Für Glück brauchen wir kein Geld.
Glück ist das Billigste auf der Welt, was es gibt.
Es will nur gefunden werden und nirgendwo anders
als in uns selbst.

Aelita

Rainer Sonnberg

Glückskekse sind eine Mogelpackung

Erzählungen

Bibliografische Information der Deutschen Nationalbibliothek:
Die Deutsche Nationalbibliothek verzeichnet diese
Publikation in der Deutschen Nationalbibliografie;
detaillierte bibliografische Daten sind im Internet über
http://dnb.dnb.de abrufbar.

© 2016 Rainer Sonnberg

Herstellung und Verlag: BoD – Books on Demand,
Norderstedt

ISBN: 978-3-7431-0145-6

Inhalt

Pass auf, was du dir wünschst 7
Nur ein Lächeln 27
Eine Million Tropfen Leben 31
Ausgeknockt 43
Creature 90
Die Auflehnung der Neandertalerin 112
Es gibt keine Wölfe in Schwerin 140
Salute Gaucho 182
Der Code Gottes 192
Das Herz der Sterne 220
Schutzengel: Out of the Dark 230
Das Perverdrin-Syndrom 240

Pass auf, was du dir wünschst

Wenn Aelita sich aus einem ihrer langen Röcke schälte, die ihn immer ein wenig an eine Zigeunerin erinnerten, kam darunter der makellose Körper eines jungen Mädchens zum Vorschein. Auch ihr schmales Gesicht mit den viel zu großen, rehbraunen, immer wie erstaunt blickenden Augen und den langen schwarzen Haaren furchte trotz ihrer vierzig Jahre nicht die geringste Falte. Es war, als würde die Zeit einen Bogen um sie machen.

Doch was sie mit diesem fast androgynen Körper mit den kaum vorhandenen Brüsten und dem winzigen Becken tun konnte, war alles andere als kleinmädchenhaft. Mit ihr zu schlafen war wie Sex von einem anderen Stern. Nein, eigentlich war es kein Sex, es war fast schon so etwas wie eine spirituelle Erfahrung und jeden anderen Mann hätte sie süchtig nach dieser Frau und ihrer Liebe gemacht.

Andreas schaute sie nur an und schon meldete sich trotz der bitteren Enttäuschung wieder das Begehren zwischen seinen Schenkeln. Unwirsch schob er es zur Seite und fragte sie wütend: „Warum nicht?"

Sie sah ihn über den Küchentisch hinweg so ruhig an, als würde sie den tobenden Zorn in ihm nicht spüren und antwortete leise: „Weil ich dich liebe. Erst macht es dich süchtig, und dann bringt es dich um."

Ein halbes Jahr lang hatte er wie nichts sonst auf diesen ersten Satz gewartet. Seine Seele hätte er dafür gegeben. Aber nicht mehr jetzt.

„Ganz mieses Timing. ‚Liebe' ist deine Antwort auf alle Probleme, doch sie bringt mir kein Geld auf die Firmenkonten und macht uns nicht satt. Ich bringe es dorthin, wenn ich nur noch eine Woche durchhalte. Du bist Arzthelferin, du kannst mir das Medikament besorgen. Also tu es, verdammt noch mal! Für uns!"

Er hatte viel zu laut gesprochen, zum ersten Mal, seit sie bei ihm eingezogen war und es machte ihn nur noch wütender.

Sanft sagte sie: „Nein. Und fluche bitte nicht."

Niemals in den vergangenen sechs Monaten ihres Zusammenlebens war Aelita laut geworden, stets hatte sie ruhig und besonnen mit ihm geredet und sich durch nichts aus der Ruhe bringen lassen. So war sie zum Hafen im Auge seines Lebenssturms geworden, in dem er immer wieder hatte einlaufen können. Doch jetzt tobte ein Orkan, der alles niederreißen konnte, wofür er gearbeitete hatte, und er brauchte mehr als eine sichere Zuflucht. Und vor allem brauchte er nicht ihren ewigen Sanftmut, an dem alles, was er ihr entgegenwarf, abprallte wie die Zeit von ihrer Samthaut.

Er sprang auf, stützte die Hände auf die Tischplatte und brüllte: „Ich fluche, wenn mir danach ist. Für wen schufte ich denn bis zum Umfallen? Doch nicht für mich, sondern für uns, für unser Glück! Aber das kapierst du blöde Kuh einfach nicht!"

Der Stuhl hinter ihm polterte zu Boden. Ohne es zu beachten, ging er mit schweren Schritten zur Tür.

Sie sagte in seinem Rücken: „Für Glück brauchen wir kein Geld. Glück ist das Billigste auf der Welt, was es gibt. Es will nur gefunden werden und nirgendwo anders als in dir selbst. Nicht einmal mich hättest du dazu gebraucht."

Mit den gleichen Worten hatte ihre erste Nacht geendet und damals hätte er ihr fast geglaubt. Damals. Er drehte sich noch einmal um.

„Das ist nur ein Spruch und er ist genauso eine Mogelpackung wie der in dem Glückskeks bei unserem ersten Essen. Glück muss man sich erarbeiten. Hart erarbeiten."

Sie rührte sich nicht und auch ihr schmales Gesicht war ruhig und beherrscht, wie er es nie anders bei ihr erlebt hatte. Außer in ihren Nächten, wenn es vor wilder Leidenschaft glühte und ein überirdisches Feuer in ihr zu brennen schien.

Sie schaute ihm viel zu lange in die Augen, und wie immer, wenn sie das tat, hasste er sie dafür. Es gab etwas in ihrem Blick, dem er nichts entgegenzusetzen hatte, ja, das sogar verhinderte, dass er die Augen senkte.

Als er schon glaubte, sie würde gar nicht mehr antworten, sagte sie mit einem seltsamen Singsang in der Stimme, die Augen groß und weit geöffnet: „Zuerst wirst du denken, du hättest Halluzinationen."

„Wie bitte?"

„In wenigen Stunden wirst du Dinge sehen, riechen, schmecken und Geräusche hören. Und du wirst zu wissen glauben, dass sie nicht real sind. Doch sie werden es sein. Dann werden dich schwere Muskelkrämpfe quälen, zuerst in der linken Hand und dann im ganzen Arm."

Jetzt verstand er. Sie meinte die Wirkung des Aufputschmittels, das ihm sein Arzt nicht mehr hatte verschreiben wollen. Er höhnte: „Kommt noch mehr?"

Sie sprach wieder mit ihrer normalen Stimme: „Natürlich. Dann wird dein Herz aussetzen und du wirst sterben."

*

Er war so müde, dass er sich kaum noch auf den Beinen halten konnte, trotzdem setzte er sich ins Auto und fuhr vor Aelitas verzeihendem Lächeln davon, irgendwohin, einfach nur weg.

Fast zwei Stunden später saß er auf seinem Lieblingsstein am Strand von Börgerende-Rethwisch und sog mit jedem Atemzug Luft wie süßes Blei mit einer Beimischung von ein wenig Meeressalz in seine Lungen. So bitterherb schmeckte die Luft nur hier an der Ostsee und nur an einigen wenigen, ganz besonderen Abenden im Jahr. Der Duft erinnerte ihn daran, dass manche Gefühle nicht nur eine Farbe, sondern auch einen Geschmack und einen Geruch besitzen.

Er würde Aelita verlassen müssen, so viel stand fest. Eben hatte er sein Gesicht vor ihr verloren und das Wissen darum machte ihn nur noch wütender. Er hätte sich lieber die Zunge abgebissen, als irgendjemanden in dieser Welt um Verzeihung zu bitten. Gerade Aelita nicht, denn um Entschuldigung zu bitten, war ein Zeichen von Schwäche und wie hätte eine Frau wie sie einen schwachen Mann lieben können?

Das Leben war kein Ponyhof und er hatte ein Geschäft zu retten, das kurz vor dem Bankrott stand. Sie wusste nicht, dass er sich ihretwegen auf das riskante Unternehmen mit den Ukrainern eingelassen hatte und er würde es ihr auch nie erzählen. Er hatte sie beeindrucken und außerdem für sich ein finanzielles Polster schaffen wollen, um mehr Zeit für sie zu haben. Ihr Gerede von „sich Zeit nehmen" und „innerer Energie", die ihm angeblich verloreninging, hätte er dann mit einem Lächeln abtun können, denn beides hätten sie gehabt. Im Moment nervte sie ihn damit nur. Wenn es einen Gott gab, hatte er vor den Preis den Schweiß gesetzt und sie tat so, als wüsste sie es nicht.

Tantra, Yoga und was sie noch so alles trieb, brachten ihm nicht mehr Schlaf und keine der weißen Hexen aus ihren alten Büchern würde kommen und seine tiefroten Bankkonten auffüllen.

Er kämpfte um ihre nackte Existenz, aber statt ihn darin zu unterstützen, kam ihm diese eigentlich kluge und gebildete Frau mit irgendwelchem esoterischen Mist, und das im einundzwanzigsten Jahrhundert. Er brauchte ihre Engelsgeduld nicht und ihre ewig währende Verzeihung, als sei sie eine Heilige. Er brauchte eine Frau an seiner Seite, die mitzog. Eine Frau, die ihn in diesem Kampf nicht allein ließ! Wenn sie das verstanden hätte, hätte sie ihm das Aufputschmittel besorgt, das ihm sein Arzt verweigert hatte.

Gedankenlos öffnete er die kleine weiße Dose und nahm die nächste Tablette. Sie war eine der Waffen in dem Arsenal, mit dem er die Firma retten würde, egal, was es ihn an Gesundheit kostete.

Er ließ die Beine ins Wasser baumeln und wartete darauf, dass die Wirkung der Droge einsetzte. Der Stein unter seinem Po hatte die Sonnenstrahlen gespeichert und sandte sie nun als Wärme über das Rückgrat an sein Gehirn. Sein Herz hätte sie wieder in Licht verwandeln können, aber es schwieg.

Ihm kamen die Worte seiner Großmutter in den Sinn, die hier in diesem armseligen Fischernest gelebt hatte und bei der er als Kind oft die Ferien verbracht hatte: „Wenn die Luft dir schwer wie Blei auf die Brust drückt und die Sonne am Abend blutrot das Wasser berührt, darfst du niemals an den Strand gehen!"

Sie hatte es ihm nie erklärt, aber an diesen Abenden im November und gegen Mitte August hatte sie immer mit besonderer Sorgfalt das Haus verschlossen.

Noch bei Tageslicht hatte sie die Fensterläden zugeklappt und penibel überprüft, dass alle Riegel in ihren Halterungen eingerastet waren. Als hätte sie Angst gehabt, dass etwas Böses dem Meer entsteigen und in ihr Haus eindringen könnte.

Tatsächlich zeigte der Rand der Sonne, der eben begann in den Fluten der Ostsee zu verschwinden, ein so intensives Blutrot, wie er es noch nie gesehen hatte.

Vor welcher uralten Legende seine Großmutter wohl Angst gehabt haben mochte? In den Nächten im Jahr, in denen sie sich so seltsam verhalten hatte, kreuzten große Meteoritenströme die Umlaufbahn der Erde, im November die Leoniden und heute würden die Sternschnuppen der Perseiden glühende Spuren im nächtlichen Himmel hinterlassen. Die Christen nannten sie „die Tränen des Laurentius" und wer eine solche Sternschnuppe sah, hatte angeblich einen Wunsch frei. Er lächelte bitter. Wenn es denn so einfach wäre, dann hätte er gerne wieder schwarze Zahlen auf dem Firmenkonto, das war sein sehnlichster Wunsch.

Mittlerweile war es merklich dunkler geworden, eine erste, feurige Spur, Vorbote des mächtigen Stroms der Perseiden, zog über den Himmel und abrupt verstummte das laute Gekreisch der Möwen. Sie flogen so schnell davon, als hätte jemand gebrüllt: „Achtung! Gefahr!"

Keine Menschenseele tummelte sich mehr am Strand, urplötzlich waren alle Urlauber verschwunden und da, wo eben noch die Fischerboote vom Fang heimgekehrt waren, glänzte das Meer wellenlos wie blutrotes Silber.

Etwas lag in der Luft, undefinierbar, nicht greifbar und doch so präsent, dass ihm ein Schauder den Rücken hinunterlief. Die Sonne versank im Meer, die

Dämmerung zog herauf, mit ihr eine Briese kalter Luft und er hörte seine Großmutter rufen: *„Flieh, lauf weg, bevor es zu spät ist!"*

Er stand auf, musste sich dazu mit der Hand am Stein abstützen und ärgerte sich über seine Schwäche. Er lebte im einundzwanzigsten Jahrhundert, und die Zeit der Legenden und der Ungeheuer - wenn es sie denn einmal gegeben hatte - war längst vorbei.

Über ihm krächzte ein Rabe. Der schwarze Vogel flatterte direkt über seinem Kopf und sein Geschrei war der einzige Laut, den er noch hörte. Selbst das Rauschen der Wellen war verschwunden. Was geschah hier gerade?

Nicht weit entfernt humpelte eine alte Frau an einem Stock den menschenleeren Strand entlang. Manchmal bückte sie sich, hob etwas auf, betrachtete es und ließ es dann wieder fallen. Immer näher trottete sie, bis sie schließlich an seinem Felsen anlangte.

Ihr schwarzer Rock aus einem schweren, samtartigem Stoff mochte vor einigen hundert Jahren einmal modern gewesen sein, und das ausgeblichene Leinenhemd, dass sie darüber trug, besaß altertümliche Verschnürungen statt Knöpfen und war so voller Wasserflecken, als hätte sie eben damit gebadet. Weiße, zu einem Zopf geflochtene Haare hingen ihr über die Schulter und reichten fast bis zum Boden. Ihre ledrige Gesichtshaut war voller Runzeln und kleiner und großer Altersflecken.

Sie blieb vor ihm stehen, stützte sich mit beiden Händen auf ihren knotigen Stock und hob den Kopf. Krächzend und stotternd, als hätte sie ihre Stimme lange nicht mehr benutzt, fragte sie: „Habt Ihr vielleicht 'nen Bernstein gesehen?"

Dabei funkelte sie ihn mit Augen an, die viel zu klar und scharf für so eine alte Frau waren. Ihr Blick ging ihm unter die Haut und ließ ihn frieren.

„Bernsteine sammelt man am Morgen, nach einem Sturm, alte Frau", antwortete er.

Sie lachte keckernd. „Das denkt ihr feinen Herren aus der Stadt alle. Die Tränen des Meeres muss man sammeln, wenn sie vergossen werden. Sie werden abends geweint. Drum bin ich hier."

Sie neigte ihren Kopf ein wenig zur Seite, schaute ihm ins Gesicht, und ein einziger, senfgelber Schneidezahn grub sich dabei in ihre Unterlippe: „Wie Ihr. Warum heult Ihr, junger Herr?"

„Bitte? Ich weine ja wohl nicht. Ich bin hier, um den Sonnenuntergang zu genießen. Das hast du mir gerade verleidet, alte Frau."

Sie keckerte wieder. „Ja, wenn Ihr meint. Aber der Sonnenuntergang ist vorbei und die Tränen des Laurentius rinnen bereits über das Himmelszelt. Schaut hin!"

Mit einem vor Dreck starrenden Finger zeigte sie zum Himmel und tatsächlich raste eine Sternschnuppe über das Firmament und hinterließ dabei eine feurige Spur.

„Hihi, ausgetrickst!"

Sie hatte sich auf die Knie sinken lassen, während er nach oben geschaut hatte, richtete sich jetzt ächzend wieder auf und hielt etwas gelb glänzendes, Hühnereigroßes vor sein Gesicht. „Ich hab' doch gesagt, Ihr heult. Ein schöner großer Bernstein ist das!"

Mit offenem Mund starrte er auf ihre Hand und wollte es nicht glauben. Sie belog ihn! Hätte hier ein Bernstein gelegen, so hätte er ihn sehen müssen, als er sich auf den Felsen gesetzt hatte.

„Du verarschst mich!"

Sie packte mit erstaunlicher Kraft seine Hand, patschte den Bernstein hinein und ein stechender Schmerz fuhr durch seinen ganzen Arm. „Ihr Menschen übertölpelt euch immer nur selbst. Geht zu der alten Hintze, sie macht Euch daraus eine schöne Kette für Euer Weib."

Sie beugte ihren Kopf ganz nahe zu ihm, ihre Augen schienen von innen zu leuchten und ihr Gestank nach Tang und Meer nahm ihm den Atem. Sie krächzte: „Ihr habt eine Träne des Laurentius gesehen und so habt Ihr einen Wunsch frei. Was wünscht sich der feine Herr?"

Lauernd sah sie ihn an und er lachte sie aus. „Du kannst Wünsche erfüllen, alte Hexe? Nur zu, aber von Bankkonten wirst du keine Ahnung haben und was es bedeutet, wenn man aus den roten Zahlen herauskommt. Also bring mir Glück, Alte! Ein kleines bisschen Glück, weiter will ich nichts!"

Sie gab wieder ihr keckerndes Lachen von sich. „Welch einfacher Wunsch. Es hat doch schon bei Euch gewohnt, Ihr wahrt nur zu blind, es in Eurem Eigendünkel zu sehen. Aber trotzdem - er sei Euch gewährt."

Dann sank sie in sich zusammen und wandte sich um. Doch als wäre ihr etwas eingefallen, drehte sie sich noch einmal zu ihm herum. „Eure Großmutter war klüger als Ihr! Ihr habt hier nichts verloren. Schert Euch zu dem Weib, das Euch liebt. Es wartet schon viel zu lange auf Euch."

Sie trottete davon und murmelte dabei vor sich hin: „Die Menschen werden sich nie ändern ..."

Einen Moment schaute er ihr noch hinterher, dann wandte er sich ab und machte sich auf den Heimweg.

Mühsam stapfte er durch den Sand und jeder Schritt fiel ihm schwerer als der vorhergehende. Seine linke Hand war zur Faust geballt, ein Krampf verhinderte, dass er sie öffnete und sein ganzer Arm brannte wie Feuer.

Auf der Dünenkrone blickte er noch einmal zurück und erstarrte. Die Abenddämmerung war heraufgezogen, doch der Strand und das Meer waren noch immer voller Leben. Die Fischerboote kehrten von ihrem Fang heim und neben dem Stein, auf dem er eben gesessen hatte, spielten Kinder am Wasser, als wären sie die ganze Zeit da gewesen.

Die Knie gaben nach unter ihm und er brach zusammen. *„Du wirst Dinge sehen, Geräusche hören, riechen, schmecken - und nichts davon wird real sein. Dann wirst du schwere Muskelkrämpfe bekommen, zuerst in der linken Hand und dann im ganzen Arm"*, hatte Aelita zum Abschied gesagt.

Es war das Medikament. Sie hatte ihn gewarnt, doch er hatte nicht auf sie hören wollen. Er begann zu schluchzen wie ein Kind, drehte sich auf die Seite und versuchte, auf den Knien und mit einem Arm bis zu seinem Wagen zu kriechen. Aelita. Wo war sie? Was hatte er nur getan?

Es reichte nicht. Wenige Meter vor seinem Auto verließen ihn die Kräfte; ihm wurde schwarz vor Augen und sein Herz hämmerte in wilden Schlägen gegen die Rippen. Mit geschlossenen Augen blieb er liegen, hörte auf zu kämpfen und hatte nur noch einen Gedanken im Kopf: Aelita.

*

Ein spitzer Schmerz explodierte zwischen seinen Zehen, raste seinen Körper hinauf und zerbarst zu einer Funkenkaskade hinter seinen Augenlidern. Jemand schimpfte leise: „Ich hätte nicht so lange warten sollen. Das ist keine Haut mehr, das ist eine Panzerplatte!"

Dann noch eine Funkenkaskade, diesmal von seinem anderen Fuß und schließlich noch zwei von seinen Schienenbeinen.

Zwei Hände massierten erst seinen Nacken und dann seine Stirn. Er hätte sie unter Milliarden anderer erkannt, wie auch die melodische Stimme an seinem Ohr: „Ich habe dir ein paar Nadeln gesetzt. In ein paar Minuten sollte es dir besser gehen."

Nadeln? War er eine Voodoo-Puppe? Er kämpfte gegen die Tonnengewichte auf seinen Augen, und als er sie endlich besiegt hatte, blickte er in Aelitas schmales, ein wenig sorgenvolles Gesicht.

Er lag in seinem Wagen auf dem heruntergeklappten Beifahrersatz, es war fast dunkel draußen, hinter den Dünen rauschte das Meer, wie es das seit Millionen von Jahren getan hatte und irgendwie beruhigte ihn dieser blödsinnige Gedanke. So war es also, wenn man dachte, sterben zu müssen. „Woher ..."

Er brach ab, ohne die Frage auszusprechen. Seine Stimme wollte nicht so wie er.

Sie schaute ihn mit einem dieser langen Blicke an, die er einmal gehasst hatte, und beantwortete seine unausgesprochene Frage: „Ich weiß immer, wo du bist. Und ich weiß immer, wann du mich brauchst."

Was auch immer ihre Antwort bedeuten sollte - er verstand sie nicht. Sein Körper hatte ihn im Stich gelassen. Noch schlimmer war, dass auch sein Kopf verrückt gespielt hatte. Er war offenbar so sehr am Ende seiner Kräfte gewesen, dass seine Erschöpfung und die heiße Sonne Halluzinationen hervorgerufen hatten und sein Kreislauf zusammengebrochen war.

Er hasste sich dafür. Er hasste seinen Körper, er hasste seinen Kopf. Wie konnte er nur so schwach sein? Jetzt lag er hier in seinem Wagen wie ein hilfloses Baby, musste sich von der Frau versorgen lassen, die er liebte, obwohl er sich doch um sie zu kümmern hatte. Sie würde ihn nach Hause fahren und diesen Schwächling irgendwann verlassen. Oder noch schlimmer, sie würde versuchen, ihn zu beherrschen.

Das war logisch. Doch trotzdem stimmte etwas nicht. Wieso war Aelita hier? Woher hatte sie gewusst, was passieren würde und vor allem, wann? Warum hatte sie mit so einem seltsamen Ton in der Küche seinen Tod vorausgesagt?

Er musste unbedingt nachdenken, doch in seinem Kopf herrschte ein wüstes Durcheinander und er war sich nicht einmal sicher, ob er wirklich Antworten auf seine Fragen haben wollte.

Mit einem leisen Lächeln hatte Aelita ihn beobachtet, als wüsste sie, was in ihm vorging. Sie strich ihm eine schweißnasse Haarsträhne aus der Stirn, dann erhob sie sich aus ihrer knienden Stellung neben ihm und schloss leise die Beifahrertür. Auf der anderen Seite stieg sie wieder ein.

Er drehte den Kopf. Etwas in ihm verlangte, dass er sie keine Sekunde aus den Augen ließ. Und etwas anderes wollte, dass er seine Augen schloss und sich dem hingab, was auch immer sie als Nächstes tun würde.

Sie fragte leise: „Ist es so schwer?"

Woher wusste sie...

Er musste mehrmals schlucken, bevor er antworten konnte. Nur ein Wort brachte er zustande: „Warum?"

„Willst du es wirklich wissen?"

Sie schnallte sich an, startete den Wagen und fuhr los. Es waren die gleichen Handlungen, die er selbst ein dutzendmal täglich machte und wie selbstverständlich kam diese zarte Frau mit seinem großen Wagen zurecht, den sie nie zuvor gefahren hatte.

Natürlich wollte er alles wissen. Er schloss die Augen und sagte: „Nein."

„Du bist der netteste Kotzbrocken, dem ich je begegnet bin."

Wie ein wärmender Mantel füllte ihre Zärtlichkeit das Innere des Wagens und er wusste, was sie meinte. Es war ja nicht so, dass er sich nicht kannte. „Ich weiß. Aber um mich zu biegen, brauchtest du so etwas wie Zauberkräfte. Das haben schon ganz andere versucht."

War es seine Schwäche oder diese seltsame Aura, mit der Aelita den Wagen füllte - er hatte gerade ihr gegenüber zugegeben, dass er sich nicht für perfekt hielt. Auch wenn er es in einen Scherz verpackt hatte.

„Wer sagt dir, dass ich sie nicht besitze?"

Ihre Antwort hatte nicht wie ein Scherz geklungen. Er murmelte: „Weil es so etwas nicht gibt. Nie gegeben hat. Das, was die Leute als Zauberei bezeichnen, sind nur Resultate, von denen sie nicht verstehen, wie sie zustande gekommen sind. Es gibt für alles eine Erklärung. Ursache und Wirkung, Kausalität!"

Seine Worte waren schärfer herausgekommen, als er es gewollt hatte. Fast so, als hätte er sich gegen etwas wehren wollen. Schon wieder ein Zeichen von Schwäche. Er setzte brummend hinzu: „Du liest zu viel Bücher über diesen Kram."

„Eher zu wenig. Hätte ich schon mehr gewusst, würdest du jetzt nicht in diesem Zustand neben mir liegen."

Er seufzte leise. Verstehe einer die Frauen. Was auch immer sie mit ihm gemacht hatte, es begann zu wirken. In seinem Kopf begann sich das Durcheinander zu verziehen und er fühlte sich kräftiger als noch vor wenigen Minuten. Und schuldiger. Er hatte sie mies behandelt, trotzdem war sie rechtzeitig genug gekommen, um ihm wahrscheinlich das Leben gerettet zu haben.

Er sagte: „Du hattest Recht. Das Medikament hätte mich umgebracht."

„Welches Medikament? Die Tabletten in deiner Dose habe ich schon vor drei Tagen gegen ein herzstärkendes homöopathisches Mittel ausgetauscht."

Sie hatte was?

Wie ein Blitz traf ihn die Erkenntnis. Sie hatte ihn manipuliert! Das war die Erklärung, nach der er die ganze Zeit gesucht hatte. Wahrscheinlich war es irgendeine Droge gewesen. Sie kannte Akupunktur und vielleicht stand in ihren Büchern auch etwas über Hypnose - er wusste einfach nicht genug über diese Frau neben sich. Dann hatte sie in der Küche mit ihren Worten einen Befehl in sein Gehirn gepflanzt, war ihm nachgefahren und hatte nur warten müssen, bis er zusammenbrach. Jetzt war sie die große Retterin und hatte ihn unter Kontrolle. Nein!

„Fahr sofort rechts ran!", schrie er.

Sie reagierte nicht.

„Du sollst anhalten!" Er tastete nach der Sitzverstellung, um die Rückenlehne hochzufahren.

Aelita drehte den Kopf. „Was die Medizin nicht heilt, heilt das Eisen; was das Eisen nicht heilt, heilt das Feuer", sagte sie in dem gleichen Singsang, mit dem sie auch in der Küche gesprochen hatte. Sie nahm die rechte Hand vom Lenkrad, griff nach seinem verkrampften linken Arm und eine Lanze aus glühendem Eisen bohrte sich in sein Gehirn. Er schrie auf, sank zurück und blickte sie voller Entsetzen an.

Als sei nichts geschehen, fuhr sie weiter. Nach einigen Minuten lenkte sie den Wagen an den Straßenrand, stellte den Motor ab und öffnete ihren Sicherheitsgurt.

Er flüsterte, für laute Worte hatte er nicht die Kraft: „Warum hältst du jetzt an?"

Wie sie es vor einer Ewigkeit getan hatte, wie ihm schien, strich sie ihm wieder mit einem leichten Druck über die Stirn. „Weil ich es JETZT will!"

Eine Straßenlaterne leuchtete ins Innere des Wagens und in ihrem Licht fiel ihm wieder auf, wie groß die braunen Augen waren in ihrem Mädchengesicht. Was verbarg sie wirklich dahinter?

Sie stieg aus, ging um den Wagen herum, öffnete die Tür an seiner Seite und zog ihm die vier Akupunkturnadeln aus den Beinen. Dann fuhr sie seine Rückenlehne in die Senkrechte, öffnete seinen Sicherheitsgurt und kraftlos, wie er war, ließ er es geschehen. Selbst, wenn er etwas hätte tun können, hätte er nicht gewusst, was.

Sie setzte sich auf den Bordstein neben dem Wagen, stützte die Ellenbogen auf die Knie und vergrub den Kopf in den Händen. So blieb sie minutenlang sitzen. Schließlich hob sie ihn wieder, ordnete mit einem Handgriff ihre Haare und sagte: „Bitte setz dich zu mir."

Er war sich nicht sicher, ob er die Kraft dazu hatte, doch es ging. Er stieg aus und ließ sich neben ihr auf dem Bordstein nieder, darauf bedacht, sie nicht zu berühren. Der Boden unter ihm war noch warm wie der Felsen am Strand, auf dem er gesessen hatte. Mit der Erinnerung daran kam auch die Halluzination wieder und er schüttelte sich.

Aelita lehnte den Kopf an seine Schulter und sagte: „Du glaubst nicht an Hexen und du hast Recht damit. Es hat nur zu allen Zeiten Menschen gegeben, die mehr wussten. Das, was sie taten, konnte niemand erklären und so mystifizierte man sie und nannte sie Hexen und Zauberer. Selbst heute, nach zweitausend Jahren, weiß niemand genau, wie die Akupunkturnadeln, die ich dir gestochen habe, wirken. Man weiß nur, dass sie die Selbstheilungskräfte des Körpers aktivieren, aber niemand hält es mehr für Zauberei."

Sie verstummte einen Moment, schaute zum sternenklaren Himmel auf, dann auf die Uhr an ihrem schmalen Handgelenk und fuhr fort: "Du hast mir sehr weh getan vor ein paar Stunden und nichts in dieser Welt geschieht, ohne dass es Konsequenzen hat. Der Schmerz, den ich dir eben zugefügt habe, war die Rache des kleinen Mädchens in mir."

„Aber ... „

Sie legte einen duftenden Finger auf seine Lippen. „Psst! Schau jetzt zum Firmament!"

Er blickte nach oben, gerade rechtzeitig genug, um zu sehen, wie eine wahre Feuerkaskade über den Himmel zog. Eben musste ein ganzer Meteoritenschwarm in der Atmosphäre verglüht sein.

„Und jetzt küss mich, du Dummkopf!"

Heiß presste sie ihre Lippen auf seine, ihre Zunge suchte nach einer Spielgefährtin, fand sie und ihre Berührung war glühende Lava, die ihn verbrannte.

Nach einer Ewigkeit, die ihm viel zu kurz erschien, löste sie sich wieder von ihm und sagte: „Fast auf die Minute genau vor einundvierzig Jahren bin ich hier in einem Fischerhaus geboren worden. Den ersten Schrei meines Lebens stieß ich aus, als ein solcher Tränenschwall des Laurentius, wie du ihn eben gesehen hast, den Himmel in Feuer tauchte. Meine Urgroßmutter war eine Heilerin und wusste so viel, dass die abergläubischen Menschen hier sie „weiße Hexe" nannten. Ich habe ein bisschen davon geerbt. Verglichen mit ihrem Wissen bin ich noch eine Anfängerin. Mit dieser Erklärung wirst du dich zufriedengeben müssen."

Sie lachte leise und es klang wie das Klingeln eines Silberglöckchens im Dunkeln. „Auch wenn es dir nicht gefällt. Wir Frauen haben gern unsere kleinen Geheimnisse. Und jetzt komm!"

Sie stand auf und ging Hand in Hand mit ihm zum Wagen.

Sie waren bereits wieder einige Minuten unterwegs, da fiel ihm auf, dass sie nicht auf der Straße nach Schwerin fuhren. Er war so sehr mit Nachdenken über diese unglaubliche Frau beschäftigt gewesen, dass er es nicht bemerkt hatte.

Er fragte: „Wohin fahren wir?"

„Zu meiner Urgroßmutter."

„Warum?"

„Es wird Zeit, dass sie meinen Mann kennenlernt."

Meinen Mann. Aelita hatte diesen Satz gesagt, wie sie immer mit ihm sprach - ruhig, ohne besondere Betonung, als sei es das Selbstverständlichste auf der Welt. So saß sie auch hinter dem Lenkrad - entspannt, die kleinen Hände nur locker um das Leder gelegt, als würde das Auto von alleine den Weg finden. Vielleicht tat es das auch, er war mittlerweile bereit, fast alles zu glauben. Nur zu einem war er nicht bereit - sich einfach so aufzugeben.

Er sagte: „Das hatte ich nicht gefragt."

Sie schaute kurz herüber, seufzte und sah dann wieder nach vorn auf die dunkle Straße. „Es wird noch ein hartes Stück Arbeit mit dir, bis du, statt zu fragen, fühlen kannst. Du bist ein Stiesel, der alles unter Kontrolle haben will, aber kein Egoist. Du könntest dich nicht mit geschlossenen Augen in meine Arme fallen lassen, dazu hast du noch zu wenig Vertrauen. Aber du zerreißt dich für deine Leute und du hast alles für mich riskiert, obwohl ich das gar nicht gebraucht hätte. Du hast ein Herz, nur das Leben hat bei seiner Erziehung ein wenig gepfuscht und ich biege das wieder hin. Doch die Wahrheit ist ..."

Sie unterbrach sich und er hakte nach: „Was?"

So leise, dass er es zwischen den Fahrgeräuschen fast nicht gehört hätte, sagte sie: „Die Wahrheit ist, dass ich dich liebe. Und das braucht keine Erklärungen."

Die letzten Stunden hatten sein Selbstbild auf den Kopf gestellt und wo vorher alles einen festen Platz gehabt hatte, herrschte nur noch Chaos. Der Wagen rumpelte über einen Feldweg und er stieß sich den jetzt zwar schmerzfreien, aber noch immer verkrampften Arm an der Lehne. „Was ist mit meinem Arm?"

„Großmama wird das schon richten. Mach dir keine Sorgen."

„Darum mache ich mir keine Sorgen."

Er dachte jedoch: *„Ich mache mir aber Sorgen um dich. Um uns. Wer bist du wirklich? Was willst du von mir?"*

Der Wagen stoppte und die Scheinwerfer beleuchteten eine uralte Fischerkate mit reetgedecktem Dach, auf dem Moos wuchs und die sich schief und krumm zwischen den Dünen zu verstecken schien. Ein einziges, flackerndes Licht brannte in einem winzigen Fenster.

Aelita stand schon an der Pforte eines kleinen Holzzauns, ehe er auch nur die Autotür öffnen konnte. Plötzlich fing sein Herz an zu klopfen, als hätte er gerade einen Hundertmetersprint hinter sich. Von dem Haus ging eine Präsenz aus, die ihm den Atem nahm. Aelita öffnete die Pforte und rief: „Komm endlich. Großmama wartet nicht gerne."

Langsam ging er die wenigen Schritte bis zum Gartentor. Vor der Pforte blieb er stehen. Etwas in ihm wollte nicht, dass er weiterging. Aelita hatte auf ihn gewartet, sie reichte ihm die Hand und sagte, als wüsste sie genau, was er fühlte: „Bitte komm. Es ist wichtig. Für uns."

Er griff nach ihrer Hand, ließ sich von ihr hinter den Zaun ziehen und im gleichen Moment fuhr wieder ein brennender Schmerz seinen Arm hinauf. Diesmal jedoch löste er den Krampf darin, seine Hand öffnete sich endlich, etwas rollte heraus und fiel ihm vor die Füße.

Er wollte nach unten schauen, doch da wurde knarrend die Tür der Kate geöffnet, ein dunkler Schatten erschien darin und eine Stimme, deren Besitzerin uralt sein musste, sagte: „Ihr seid zu spät. Das Essen ist schon fast kalt!"

Er hatte diese Stimme schon einmal gehört heute.

„Es hat ein bisschen länger gedauert, als ich dachte, Großmama", erwiderte Aelita und drückte dabei seine Hand, als wollte sie ihm Mut machen.

Er schaute erst sie an, dann die runzlige Alte. Schließlich senkte er seinen Blick nach unten und

Entsetzen kroch ihm wie ein kalter, glitschiger Fisch den Rücken hinauf. Keines Gedanken fähig, starrte er auf den hühnereigroßen Bernstein vor seinen Füßen und wie durch Watte hörte er die Worte von Aelitas Großmutter: „Ihr müsst nicht an uns glauben, junger Herr. Wir glauben an Euch, und meine Enkeltochter liebt Euch. Das ist mehr Glück, als Ihr in einem ganzen Leben aufbrauchen könnt. Das war Euer Wunsch und ich habe ihn erfüllt. Nun erfüllt mir meinen und seid mein Gast."

Ungläubig starrte er ihr in das runzlige Gesicht mit den vielen kleinen und großen Altersflecken, dann wurden seine Knie weich und er ging zu Boden, wieder einmal.

Die Alte keckerte: „Dein Bräutigam scheint mir ein wenig schwächlich, Kind."

Aelita lachte: „Du hast ihn erschreckt mit deiner Zauberei am Strand, Großmama. Gib ihm ein bisschen Zeit, sich an uns zu gewöhnen."

Sie kniete sich neben ihn, strich ihm das Haar aus der Stirn und flüsterte zärtlich: „Pass in Zukunft ein bisschen auf, was du dir wünschst, mein Liebster. Du könntest es bekommen ..."

Nur ein Lächeln

Das viel zu laute Lachen des breitschultrigen Mannes mit dem wenigen, aber wirren Haar am Tresen dröhnte durch die Halle: „Wenig Kohle und zu jedem Idioten musst du freundlich sein. Ich müsste ja ein Vollpfosten sein, wenn ich hier arbeiten würde!"

Er nickte dazu und die Schweißperlen auf seiner Stirnglatze rollten über die Wange, fanden zielsicher ihren Weg durch den offenen Kragen seines Polohemdes und gesellten sich dort zu ihren vielen Vorgängern.

Er blickte mit glitzernden Augen der kleinen, nicht mehr jungen Frau mit den langen roten Locken hinter dem Tresen auf die Brüste. „Du bist zwar nicht mehr so taufrisch, aber mit deinem Aussehen könntest du noch ordentlich Kohle verdienen. Natürlich nicht in dem Schuppen hier."

Den winzigen Aussetzer in der kreisenden Bewegung ihrer kleinen Hände, mit der sie ein Glas polierte, und den bläulich schimmernden Stahl in ihren Augen nahm er nicht wahr. Ebenso wenig wie den besorgten Blick, den sie mit zusammengezogenen Brauen nach links ins Dunkel warf.

Sie stellte das Glas auf den Tresen, strich sich mit beiden Händen über die schmalen Hüften, tat so, als wollte sie sich drehen und fragte: „Meinen Sie wirklich? Doch nicht etwa mit Ihnen?"

Die Wangen der Blondine mit den hungrigen Augen auf dem Barhocker neben dem Mann nahmen die

Farbe einer überreifen Apfelsine an. „Wir wollten schon vor einer halben Stunde gehen!", piepste sie, schob seine Hand von ihrem Schenkel und blickte angewidert auf den feuchten Fleck, der auf ihrer Strumpfhose zurückblieb.

Ein paar Schritte entfernt, im Halbdunkel hinter dem Counter des Bowlingcenters, lehnte Hartwig mit vor der Brust gekreuzten Armen und schmerzendem Rücken an der Wand und beobachtete die Szene mit zornig zusammengepressten Lippen. Eigentlich hätte er viel lieber gelächelt. Es bügelte die Falten aus dem Gesicht, fand er. Vor allem bekam man es meistens mit Zins und Zinseszins zurück. Doch zweiundsechzig Kinder und einhundertachtundneunzig Erwachsene hatten in den letzten elf Stunden im Bowlingcenter ihren Spaß gehabt und jeder von ihnen hatte ein bisschen von seinem Lächeln abgezwackt, bis nichts mehr davon geblieben war. Jetzt feierten Stresshormone und Kopfschmerzen in seinem Kopf eine wüste Party und endlich nach Hause fahren und in sein Bett fallen zu können, war alles, was er sich noch wünschte. Nur stand diesem Wunsch das besoffene Pärchen am Tresen entgegen und ihre Ignoranz war es, die ihn wütend machte.

In Gedanken schrumpfte er die beiden auf die Größe von Pins, stellte sie am Ende der Bahn auf das Pindeck, suchte sich den schwersten Ball und nahm genüsslich Anlauf. So ein Bowlingball wog bis zu acht Kilogramm, wurde mit Geschwindigkeiten von manchmal mehr als dreißig Kilometern pro Stunde abgefeuert und wo solch ein Geschoss einschlug, wuchs kein Gras mehr. Tischplattenstarke Holzbalken splitterten dann wie Glasscheiben und die zehn Pins am Ende der Bahn krachten bei einem Strike gegen die Wände, dass am Counter hinter dem Spielbereich noch Gläser vibrierten.

Hartwig kehrte in die Wirklichkeit zurück und sagte ruhig in die Richtung der beiden am Tresen: „Soll ich Ihnen ein Taxi rufen?"

Der Mann drehte seinen Kopf und knurrte: „Da ist ja noch einer. Na sowas. Hey, Vollpfosten, was bekommst du hier?"

In Hartwigs Gedanken raste der Bowlingball gerade auf den Typ zu.

Der Mann knallte seine Hand auf die Tresenplatte: „Ich rede mit dir!"

Hartwig sagte kalt: „Was ich hier verdiene, geht Sie nichts an!"

Die Blondine blickte ihm ins Gesicht und das, was sie da sah, gefiel ihr nicht. Sie zerrte ihren Freund am Arm. „Komm jetzt. Die Leute wollen Feierabend machen."

„Warte!", fauchte er sie an. „Ich will eine Antwort!"

Er rutschte von seinem Barhocker, stemmte nach ein paar schwankenden Schritten die Hände vor Hartwig auf die Platte, auf der die Gäste nach dem Spielen die Schuhe abstellten, und höhnte: „Du verdienst hier was? Unglaublich! Soll ich dir sagen, was du gleich von mir kriegst?"

Hartwig warf leise seufzend einen Blick auf die Eisenstange unter der Tischplatte. Lang wie ein Polizeischlagstock, wog sie mehr als zwei Kilogramm und er benutzte sie gewöhnlich, um die Seitenwände der Bahnen hochzuklappen, damit auch die Kleinen Spaß beim Bowling hatten. Er dachte an Patrick Swayze, den Film „Roadhouse" und daran, dass es nie persönlich war und er immer nett zu sein hatte.

Er zog die Eisenstange unter dem Tisch hervor, schaute dem Mann voll in die Augen und patschte sie deutlich hörbar in seine linke Handfläche.

Der Mann fuhr zurück und seine Augen wurden groß. Fast so groß wie die des kleinen Mädchens mit den lustigen blonden Zöpfen, das vor ein paar Stunden nicht genug Kraft gehabt hatte, die Bowlingkugel stark genug zu werfen. Hartwig hatte die Kleine auf seine Arme genommen und sie über die Bahn getragen, damit sie selbst die Kugel wieder aufnehmen und es noch einmal versuchen konnte. Die ganze Halle hatte gejohlt und seine Belohnung waren ein schüchternes „Danke" und ein strahlendes Lächeln gewesen. Und auch an den alten Herrn mit dem steifen Bein und den mürrisch nach unten gezogenen Mundwinkeln erinnerte Hartwig sich, der drei Strikes nacheinander geworfen hatte. Ein Schulterklopfen für diese Leistung hatte die Mundwinkel des Mannes nach oben gebogen und in seinem Gesicht die Sonne aufgehen lassen.

Hartwig ging an dem betrunkenen Mann vorbei ins Dunkel. Irgendwie war ihm, als hätte er vergessen, eine der Kinderbahnen herunterzuklappen. Auf halbem Weg verhielt er, drehte sich noch einmal um und sagte: „Lächeln verdienen wir hier, nichts weiter als ein Lächeln. Wann hatten Sie Ihr Letztes?"

Eine Million Tropfen Leben

Mit meinem immer noch viel zu heißen Kaffee „to go" in der einen und der Aktentasche in der anderen Hand wartete ich auf dem Schweriner Marienplatz auf die nächste Straßenbahn zum Dreesch. Eingezwängt wie eine Wurst in der Pelle zwischen den anderen Feierabendmachern hatte ich dem Druck hinter mir, der mich gegen die große Frau in der weißen Baumwollbluse mit den lustigen Rüschen an den Ärmeln pressen wollte, nur wenig entgegenzusetzen. Sie war bestimmt hübsch und trotz der Junihitze roch sie nicht nach Schweiß wie wir alle, sondern frisch wie eine Frühlingswiese.

Die Straßenbahn fuhr ein, die Wartenden hinter mir setzten sich in Bewegung und ihr kinetischer Impuls überwand mühelos meine gute Kinderstube. Ich rammte einen wunderbar weichen, prachtvollen Frauenpo. Vielleicht hatte ich mich nicht schnell genug wieder um den nötigen Abstand bemüht oder im Gegensatz zu mir war es ihr unangenehm gewesen - sie fuhr herum, schlug mir dabei den Plastikbecher aus der Hand und sowohl der Kaffee als auch mein Schicksal nahmen einen Weg, den ich nicht geplant hatte. Die heiße Brühe legte eine Punktlandung auf ihren Brüsten hin, ihre Bluse landete eine halbe Stunde später in meiner Waschmaschine und mein Leben in ihren Händen.

Das lag ungefähr ein Jahr zurück, so wie auch meine Freiheit. Sabrinas Urteil für diesen Frevel an der Straßenbahnhaltestelle hatte „lebenslänglich" gelautet, eine Revision war nicht vorgesehen und jeden

Versuch von mir, Berufung einzulegen, erstickte sie mit einem Blick aus sanftbraunen Augen, dem ich nichts entgegenzusetzen hatte.

Es war wieder Freitagnachmittag, morgen war unser erster Hochzeitstag und ich suchte in der Menschenmenge auf dem Schweriner Marienplatz nach meiner Frau. Jemand packte mich von hinten an der Schulter, wirbelte mich herum und schnurrte dabei: „Na, noch Energie für ein bisschen Shopping?"

Weiche Lippen auf meinem Mund erstickten die Erwiderung, und als ich dann hätte antworten können, zerrte sie mich bereits hinter sich her. Das war typisch Sabrina. Sie war fast zwei Meter groß, und auch wenn sie schlank war, bedeutete das immerhin ein Lebendgewicht von mehr als achtzig Kilogramm, mit dem sie als Fitnesstrainerin auch einiges anzufangen wusste.

Meine Versuche, sie von etwas abzuhalten, was sie unbedingt wollte, hatten in der Vergangenheit immer geendet wie der Pygmäe, der mit blanken Händen ein wütendes Nilpferd stoppen will. Sie war der Typ Frau, von dem nicht nur ich, sondern auch eine bestimmte Art von Männern träumte. Mit dem strengen Knoten, in den sie ihre langen blonden Haare immer zwang, und den fest zusammengepressten, vollen Lippen wäre sie mit ihrer Figur und ihrer herrischen Ausstrahlung die Zierde in jedem Sadomasoschuppen gewesen. Dazu noch eng anliegendes, schwarzes Leder, ein paar Ketten an den richtigen Stellen und eine Peitsche in den kräftigen Händen - die perfekte Domina.

Ich schwamm in ihrem Kielwasser mit und grinste in mich hinein. Der erste Eindruck Sabrinas täuschte jeden. Wenn es zur Sache ging, bestand sie prinzipiell darauf, dass ich das Licht ausmachte, lag nur unten und genoss fast immer passiv, was ich mit ihr anstellte. Doch manchmal, wenn das Mondlicht durchs Fenster fiel, blitzte etwas in ihren Augen, und nicht nur einmal hatte ich mich gefragt, was passieren würde, wenn das, was da lauerte, hervorbrechen würde.

Der Weg von der Bankfiliale zum Schlossparkcenter, zu dem Sabrina wollte, war nicht weit und führte quer über den Marienplatz, den wohl zu jeder Tages- und Nachtzeit belebtesten Ort in Schwerin. Er war nicht nur ein zentraler Verkehrsknotenpunkt, sondern mit seinen liebevoll restaurierten Gebäuden auch eine Erinnerung an die Zeit, als hier noch Pferdekutschen auf ihre Fahrgäste gewartet und die Damen der Gesellschaft ihre neueste Mode ausgeführt habenhatten.

Selbst die Shoppingmeile versteckte sich gekonnt zwischen Gebäuden aus dem achtzehnten und neunzehnten Jahrhundert und wer aus einer der drei Straßenbahnlinien ausstieg, die sich hier kreuzten, hatte die Wahl, ob er einhundert Schritte bis in die historische Altstadt mit ihren Läden und Kaffees und dem berauschenden Blick auf das Schweriner Schloss oder fünfzig Meter bis in ein modernes Shoppingcenter ging.

In Letzteres bahnte sich Sabrina den Weg durch die Menschenmenge mit mir im Schlepptau. Wir drängelten uns durch den Eingang und eine Mischung aus Schweiß, Kindergeschrei und Werbedurchsagen brandete uns entgegen. Die Junisonne hatte den ganzen Tag auf die staubverschmierte Glaskuppel über dem Schlossparkcenter gebrannt, und seit dem späten Morgen hatte sich Welle auf Welle anonymer Massen durch die engen drei Etagen des Gebäudes gewälzt.

Sie fragte: „Wie viel Zeit habe ich?"

Zeitvorgaben von mir hatten sie noch nie interessiert, schließlich war sie eine Frau und der schmachtende Klang ihrer Stimme täuschte mich nicht. „Du meinst, wie viel auf der Karte drauf ist?"

Sie verzog ihre perlmuttrosa geschminkten Lippen zu einem Schmollmund: „Spielverderber!"

Ich grinste. „Hau schon ab und kauf dir was Hübsches."

Dumm, da hatte ich mich gerade auf dem Silberteller serviert. Sabrina wäre nicht sie gewesen, hätte ich jetzt nicht gleich eine volle Breitseite bekommen. Und richtig.

Sie lächelte auf eine Art, wie nur sie es konnte. „Du meinst was Schönes, so zum Spielen, für heute Abend?"

Ihre Augen glitzerten und ich stöhnte. Der Freitagabend ist der Moment, auf den ein Mann sich ab einem gewissen Alter freut, um endlich Ruhe zu haben und sich vom Arbeitsstress zu erholen. Allerdings hätte ich mir dafür eine andere Frau suchen sollen. Ich versuchte es statt mit einer Antwort mit einem schiefen Grinsen, was sie nicht davon abhielt, mit dem Schnurren einer Katze und roten Fingernägeln an meinem Stoppelkinn noch nachzulegen. „Was denkst du? Soll ich es gleich hier anziehen?"

„Und wenn? Falls du einen neuen BH kaufen willst, wirst du ja wohl kaum ohne Bluse aus dem Laden kommen. Und was heißt hier spielen? Richtig gespielt haben wir noch nie."

Es war Freitag und ich war nicht mehr ganz auf der Höhe.

Sie trat einen halben Schritt zurück und maß mich mit einem Blick, als sähe sie mich zum ersten Mal. „Fehlt dir etwas in unserem Liebesleben?"

Das dunkle Grollen in ihrer Stimme hatte ich noch nie vernommen und es gehörte nicht hierher, nicht in das Licht des Freitagnachmittags und nicht zwischen diese Menschen. Ich blickte sie erstaunt an und für einen Moment blitzte in ihren Augen wieder das auf, was ich nachts gesehen hatte. Doch jetzt war es dominant und versteckte sich nicht mehr.

Es dauerte nur eine Sekunde, dann erblühte wieder ein kontrolliertes Lächeln in ihrem Gesicht, sie gab mir einen flüchtigen Kuss auf die Wange und verschwand mit unserer Kreditkarte. Für einen Moment blickte ich ihr noch hinterher, dann suchte ich mir die nächste Rolltreppe und richtete mich auf mindestens drei langweilige Stunden ein. Ich sollte mich irren.

Der lange Arbeitstag hatte eine Mischung aus Stresshormonen, Adrenalin und Testosteron in meinem Blut angestaut, die langsam toxische Werte annahm. Ein paar Schritte entfernt lockte das offene Café Rothe mit dem Duft von frischem Kaffee und ich zögerte nicht, mir dort einen Platz zu suchen. Der saubere, durchsichtige Glastisch vor mir flimmerte im Licht der untergehenden Sonne und erinnerte mich an den Schweriner See in Zippendorf. Im Sommer glitten dort weiße Segel wie Schäfchenwolken über das Wasser, blaugrüne Wellen rauschten leise an den Strand und statt Schweiß und Fresstempelmief war der Duft von eingecremter Frauenhaut allgegenwärtig. „Einen Kaffee?"

Der See in meinem Kopf zerplatzte und statt Sonnenölaroma traktierte der Geruch von angebranntem Frittenfett meine Nasenschleimhäute. Ein kleiner Fünfziger mit müden Augen stand neben meinem Tisch und blickte auf mich herab. Der Fleck auf seinem weißen Hemd und die Müdigkeit in seinem Gesicht erzählten eine lange Geschichte von übellaunigen Kunden und einer Arbeitszeit jenseits von Gut und Böse zu einem Lohn, dessen Attribut „gesetzlich" der reine Hohn war.

Ich murmelte: „Eigentlich nicht. Ich warte nur auf meine Freundin."

Unter seiner Hakennase und den Stoppeln des grauen Dreitagebartes machte sich ein wissendes Lächeln breit. „Kauft sie Schuhe oder Unterwäsche?"

Ich zog fragend die Augenbrauen hoch. Er feixte. „Wenn sie Schuhe kauft, bringe ich Ihnen besser gleich eine Thermoskanne. Zeitungen finden Sie zwanzig Schritte weiter im Kiosk rechts und die Toilette ist eine Etage tiefer."

Ob er mit jedem Kunden so umsprang? Aber wahrscheinlich sah er mir meine Müdigkeit an und das machte uns zu Leidensgenossen. „Sie haben Erfahrung?"

Sein Lächeln wurde melancholisch. „Ich war verheiratet …"

Ein Kind schrie und für einen Moment blickten wir auf das Menschengewimmel um uns herum. Dem Vater rannen Schweißbäche über das Gesicht und die Mutter presste die Lippen zu einem schmalen Strich zusammen. Wie dunkler Rauch wehte ihr Stress zu uns herauf, abrupt drehte der Kellner sich um und verschwand hinter dem Tresen.

Fünf Minuten später verwöhnte der Duft von frisch gebrühtem Kaffee meine Nase und in Gedanken teleportierte ich wieder an den Strand des Schweriner Sees. Mitten zwischen entspannt lächelnde, sonnenüberflutete Bikinischönheiten und das leise Rauschen des Wassers. Gerade rollte die nächste Welle auf mich zu, da unterbrach das Stakkato metallener Absätze den monotonen Geräuschpegel der Hastenden und Gestressten im Center. Ich reckte den Kopf und mir stockte der Atem. Schwerin ist eine eher provinzielle Stadt und der Durchschnittsbewohner hier bevorzugt unauffällige Bekleidung. Natürlich verirren sich ab und an auch schon mal Punks oder Gothics hierher, aber das ist eine Ausnahme. Genau wie die Frau, die jetzt durch die Menschenmenge den Weg in meine Richtung nahm.

Fast alles an ihr war groß und schwarz. Ihre kräftigen Waden pressten sich gegen die Schäfte von Lackstiefeln und die Enge ihres knapp über den Knien endenden Lederrocks beleidigte den Freiheitsdrang ihrer muskulösen Pobacken. Eine weiße Seidenbluse saß straff über ihren hoch angesetzten Brüsten und eine Ponyfrisur umrahmte das ausdrucksstarke Gesicht mit blau blitzenden Augen und grellrot geschminkten, vollen Lippen unter einer etwas zu breiten Nase. Mit hoch erhobenem Kopf blickte sie über die Masse hinweg und strahlte dabei eine Mischung aus Arroganz und Selbstbewusstsein aus, die einer Maggie Thatcher würdig gewesen wäre. „Ich bin eine Frau!", schrie jeder ihrer Schritte den Menschen zu. Den Frauen in der Menge schoss Missbilligung in die Gesichter und die Männer rangen nach Luft. Nichts davon schien sie zu interessieren, die Aufmerksamkeit perlte von ihr ab wie Wasser an eingecremter Haut.

Sie orientierte sich kurz und ließ sich zwei Tische weiter mit der Grazie eines Raubtiers nieder. Links am Nebentisch befeuchtete ein solariumgebräunter Armani-Anzug mit Goldkette und weißem Cashmereschal seine schmalen Lippen. Er wartete ab, bis sie bei dem müden Kellner ihre Bestellung aufgegeben hatte, und sprang dann auf.

Typen wie er lungerten auf der Jagd nach Beute in jeder Einkaufspassage und in jedem besseren Kaffee herum. Sie waren immer teuer angezogen, wohlriechend, weltgewandt und doch innerlich verfault. Es waren Seelenvampire, sie fühlten keinen Schmerz und merkten keinen Einschlag. Wenn sie bei der ersten Frau mit ihrem Gelaber keinen Erfolg hatten, suchten sie nach der nächsten, so lange, bis eine ihrem Jagdtrieb und ihrer Sucht nach Selbstbestätigung erlag. Sie krallten sich alles, was sie nur bekommen konnten - Geld, Sex, Würde und Selbstachtung. Und zurück ließen sie eine besudelte Seele.

Nach vier gezierten Schritten stand er neben ihrem Tisch, beugte sich vor und sagte leise mit einem gewinnenden Lächeln etwas zu ihr. Sie drehte den Kopf, musterte ihn aufreizend lange, ohne dass sich auch nur ein Muskel dabei in ihrem blassen Gesicht bewegt hätte. Dann fiel ihre volle, rauchige Stimme von weit oben auf ihn herab, und laut genug, dass wir alle sie hören konnten, antwortete sie: „Danke nein. Ich will weder, dass Sie jetzt an meinem Tisch Platz nehmen, noch später zwischen meinen Beinen. Ich ficke nur Männer."

In der brüllenden Stille danach tat er mir fast ein bisschen leid, aber nur fast. Goldkette drückte den Rücken durch, kehrte zu seinem Tisch zurück und jeden unserer hämischen Blicke musste er wie einen Peitschenhieb auf seinem Rücken fühlen. Geschlagen nahm er Platz und versteckte sein gerötetes Gesicht hinter einem Männermagazin. Kurze Zeit später zahlte er und verschwand.

Etwas in mir wollte, dass ich es ihm gleich tat, aufstand und sie ansprach. Doch selbst wenn ich nicht auf Sabrina gewartet hätte, so wäre die Angst vor der Eiseskälte ihres Blicks und das zu erwartende, vernichtende Gefühl des Nichtbeachtetwerdens Grund genug gewesen, mich keinen Millimeter zu rühren. Ich versuchte, an meinen See zu denken, aber es gelang mir nicht. Wie von einem Magneten angezogen, schaute ich immer wieder verstohlen zu ihr hinüber.

War ich ihr aufgefallen? Ich hatte gerade erneut unter gesenkten Wimpern nach ihr geschaut, da schlug sie langsam die kräftigen Beine übereinander. Das Schimmern von weißer Haut über dem seidigen Schwarz von Nylonstrümpfen ließ Testosteron in meine Adern und einen Hitzeschwall in mein Gesicht schießen. Als würde sie es fühlen, hob sie den Kopf und blickte mich an. In ihren Augen loderte die Höllenglut eines ausbrechenden Vulkans und sie brachte dunkle Phantasien in mir ans Licht, die jeder normale Mann tief in sich weggesperrt hat. Ihre Lippen bewegten sich, vielleicht sagte sie auch etwas, doch ihre Worte erreichten mich nicht mehr. Sie lächelte, streckte eine Hand aus und führte mich in die Nacht meiner Träume.

Darin erschaffen nur zwei flackernde Kerzen in Haltern aus geschmiedetem Eisen eine winzige Glocke aus Licht. Ich liege darunter, kalt und hart presst sich Metall gegen meinen Rücken, irgendwo tropft Wasser auf Stein und dunkle Schatten bewegen sich an rissigen Wänden.

Ich will mich erheben, aber die Fesseln an meinen Armen und Beinen verhindern es. Etwas trifft meine Schulter und heißer Schmerz treibt mir Tränen in die Augen. Ich blicke nach oben und wie in Zeitlupe fällt der nächste Tropfen heißes Wachs. Panisch zerre ich an den dünnen Ketten, aber mit jeder Bewegung schneiden die Fesseln nur tiefer in mein nacktes Fleisch.

Ein eiskalter Hauch streift mich, die Kerzen flackern, ein einsamer Schatten erwacht an der Wand zum Leben und etwas atmet in der Dunkelheit. Der nächste Tropfen aus heißem Wachs explodiert auf meiner Schulter und ich klammere mich an den Schmerz.

Klack - Metall trifft auf Stein. Noch einmal. Jemand nähert sich und mein Herz hämmert in der Brust.

Die Schritte verstummen, statt ihrer wiederholen sich die Atemgeräusche. Eine schlanke Hand dreht die Kerzenhalter zur Seite, so dass mich das Wachs nicht mehr treffen kann. Wieder ertönt das Geräusch von Metall auf Stein, Leder raschelt über Nylon und dann tritt SIE ins Licht.

Unstillbarer Hunger brennt in ihren Augen, blasses Zungenrosa befeuchtet rote Lippen und es sind die Gleichen, nach denen Leonardo da Vinci das Lächeln Mona Lisas gemalt hat.

Ich kenne diese Frau. Jeder kennt sie. Sie ist Hure und Heilige, Sünde und Unschuld, Katharina die Große und Jean d' Arc, Hera und Aphrodite, aber auch Medusa, Persephone und Pandora. Sie ist Gaija, unser aller Mutter.

Ihre Augen sind zwei dunkle Teiche und ihr Blick schweift über meinen nackten Körper, geht mir unter die Haut und berührt meine Seele. Dann lässt sie ihn abwärts wandern, bis sie schließlich auf das steif aufgerichtete Opfer ihrer Magie schaut. Das Feuer einer Leben spendenden Sonne leuchtet in ihren Augen auf, sie beugt sich zu mir herab, in ihren Händen erscheint ein schwarzes Tuch und einen Moment später bin ich blind. „Nein!", schreie ich.

Ein Finger streicht zart über meine Lippen und plötzlich wird Zeit zu einem Wort ohne Sinn, nur noch diese Frau, ihr Moschusgeruch und die Berührung ihrer Hand existieren in meiner Welt. Und diese warme Hand, die umhüllt, was eben noch nackt und schutzlos war. Dann nimmt sie mich in sich auf und unaufhaltsam und unerbittlich rollt eine riesige Welle vom Horizont meines Seins auf uns zu. Schneller wird sie, keine Macht der Welt könnte sie jetzt noch aufhalten, und als sie mich endlich mit all ihrer gewaltigen Kraft trifft, ist sie so liebevoll sanft, dass ich schreien muss.

Die Erlösung lässt mich in Millionen und Abermillionen von Tropfen explodieren, und jeder von ihnen ist gefüllt mit dem Samen eines neuen Lebens, mit all seinen Sehnsüchten, Hoffnungen und Träumen. Ich bin Lust und Schmerz, bin Freude und Trauer und ich bin Glück. Zusammengerollt wie ein Baby im Mutterleib, können mich nichts und niemand in dieser Welt und auch nicht in der nächsten erreichen, denn Gaija beschützt mich. Wie alle ihre Kinder.

„Hey, bist du noch in dieser Welt?"

Ich zuckte zusammen. Sabrina saß neben mir und ich hatte nicht bemerkt, wie sie zurückgekehrt war. Was war das denn eben? Verdammte Müdigkeit. Mein Traum war unglaublich real gewesen. Als Jugendlicher war mir das einige Male passiert, nachts, im Bett. Ich schaute auf die Frau zwei Tische weiter, die gerade zahlte. Ihre Magie war verflogen und sie war nur noch eine Frau unter vielen. Vielleicht ein bisschen zu auffällig gekleidet, ein bisschen zu stolz, ein bisschen...

„Du hast dich bekleckert!"

Ich blickte auf mein linkes Hosenbein. Der feuchte Fleck auf der Jeans in Höhe des Oberschenkels sprach Bände und mir schoss die Schamröte ins Gesicht, denn meinen Kaffee hatte ich vorhin schon ausgetrunken. Ohne einen Tropfen zu verschütten.

Sabrina blickte zu der fremden Frau hinüber, beide schauten sich für eine unendlich lange Sekunde in die Augen und mir war, als fände zwischen ihnen ein lautloses Gespräch statt. Dann erhob sich die andere Frau und ging. Die steile Falte auf Sabrinas sonst makellos glatter Stirn war mir neu. Sie zischte: „So ist das also!"

Abrupt stand sie auf und ich blickte beschämt zu Boden.

Sie fasste nach meinem Kinn, bog es nach oben und fuhr mir mit einem Fingernagel langsam über die Wange, dass es schmerzte. „Keine Sorge, mein Liebster. Ich habe nur etwas vergessen. Du kannst schon zahlen, ich bin sofort wieder da!"

Tatsächlich brauchte sie noch zwanzig Minuten, bevor sie mit einem nagelneuen schwarzen Lederrock um die Hüften und dem gleichen kalten Lächeln im Gesicht zurückkehrte, dass ich erst vor kurzem gesehen hatte, doch nicht bei ihr.

Sie packte meine Hand, zog mich ganz dicht zu sich heran und sagte mit einer Stimme, die tief aus ihrer Kehle kam: „An die heutige Nacht wirst du noch lange denken, das verspreche ich dir!"

Ausgeknockt

Jedes Zeitalter hatte seine Rōnin, herrenlose Krieger ohne Moral, ohne Besitz und ohne Skrupel, die umherzogen und ihre Dienste an den Meistbietenden verschacherten. Auf sie griff man zurück, wenn der Job für die eigenen Truppen zu dreckig, das Risiko zu hoch und die Erfolgsaussichten mies waren.

Die Schlachten im einundzwanzigsten Jahrhundert werden zwar nicht mehr mit Schwertern, sondern mit Informationen geführt, doch an dreckigen Jobs, hohen Risiken und miesen Erfolgsaussichten herrscht auch hier kein Mangel. Irgendwo ist immer die Kacke am Dampfen, muss ein Tarifvertrag umgangen werden oder braucht man jemanden, dem man, wenn ein Projekt droht, gegen die Wand gefahren zu werden, zwischen die Beine treten kann. Dann kommen wir ins Spiel, auch wenn wir keine Schwerter mehr tragen, sondern Laptops, und wir uns nicht mehr „Rōnin" nennen, sondern „Freelancer".

Wenn die Kohle stimmte, hatte ich keine Probleme damit, achtzig Stunden in der Woche zu knüppeln, nur vierzig davon aufzuschreiben und meinen Nachtschlaf auf einem Bürostuhl zu verbringen, um jeden Programmabbruch checken zu können. Wenn sich nach dem Aufwachen nach vier Stunden Schlaf der erste Schmerz gelegt hatte, blieben noch neunzehn Stunden des Tages für Adrenalinschübe vor Hochleistungsrechnern und in Projektrettungsmeetings, dreißig Minuten für einen Whisky abends in der Hotelbar und, manchmal, wenn es gut lief, auch noch einmal „rauf, rein, raus, runter" mit irgendeinem weiblichen Körper, dessen Besitzerin gerade willig war. Ich führte ein Leben wie auf Droge mit verhängten Spiegeln, die jeden tieferen Blick in das eigene Ich verhinderten und ich fand es geil.

Allerdings hatte ich ein paar schlechte Monate hinter mir, war ein paar Mal zu oft der Sündenbock gewesen und nicht nur mein Ruf, sondern auch mein Konto hatte ziemlich gelitten. Deswegen hatte ich einen Job im Osten angenommen, was ich sonst tunlichst vermeide, weil die Bezahlung hier, verglichen mit Frankfurt oder München, einfach nur lausig war. Doch ich brauchte den Auftrag dringend, was die morgige Preisverhandlung mit dem Chef der IT, einem Dr. Weinhold, nicht gerade einfacher machen würde.

Ich hatte in Schwerin im InterCityHotel eingecheckt. Es lag direkt am malerischen Hauptbahnhof, war modern und der Service war, wie bei den meisten Hotels in meiner ehemaligen Heimatstadt, hervorragend.

Vom Fenster meines Hotelzimmers blickte ich auf den Bahnhofsvorplatz. Der Herbst hatte Einzug gehalten, färbte die Blätter bunt und der Abendregen ließ die Pflastersteine im Licht der Straßenlaternen glänzen. Menschen strömten aus der Bahnhofshalle, spannten Schirme auf, schlugen die Kapuzen ihrer Jacken hoch und riefen nach Taxis. Sie kamen von der Arbeit, waren auf dem Weg nach Hause und freuten sich, weil die Familie auf sie wartete.

Seit fünf Jahren reiste ich durch Deutschland und half Computern, mit den Menschen zurechtzukommen, mein Zuhause sah mich nur an den Wochenenden und niemand wartete dort auf mich. Die Menschen verbrachten die Abende bei ihren Lieben, ich in den Hotels Europas und mein Leben schwamm davon wie ein Korken in den Wellen des Ozeans.

Ich drehte den Kopf und mein Blick fiel auf den Zierbrunnen im Zentrum des Grunthalplatzes. „Rettung aus Seenot" heißt die Skulptur darauf und Hugo Berwald hatte sie neunzehnhundertzehn geschaffen.

„Wer wird dich retten, Hartwig Renner?" Aus dem Nichts tauchte der Gedanke auf und mein Spiegelbild in der Fensterscheibe war so voll Wehmut, dass nicht einmal ich es mehr übersah. Regentropfen rannen darüber und ich drehte mich zurück ins Zimmer.

Mit Schwermut überlebte man in meinem Beruf so lange wie ein Fisch in der Wüste und ich wusste ein Mittel gegen Gefühlsduselei. Wo andere Menschen Tabletten benötigten, bevorzugte ich einen Laptop. Der ließ sich zwar nicht so einfach schlucken wie eine Pille, dafür gab es ihn aber ohne Rezept. Eine Angel mit meinem Foto als Köder nebst einem auf die Bedürfnisse einsamer Frauen zugeschnittenen Profil schwamm immer in diversen Kontaktbösen herum und ich schaute nach, ob etwas Hübsches angebissen hatte, das ich vielleicht noch heute Abend in mein Hotelbett zerren konnte.

Die Hoffnung zerschlug sich nach einem Blick in meine Postfächer, doch zumindest hatte sich eine unbekannte Sie mein Profil angesehen. Bei meinem Gegenbesuch erblickte ich das Foto einer Frau mit blauen Augen, einem herzförmigen, gebräunten Gesicht und blonden, halblangen Haaren über einer hohen, faltenlosen Stirn. Die Designerbrille sah nach intellektueller Spinnerin aus und die Klunker an den Ohrringen nach einem Bankkonto, das die Farbe Rot nicht kannte. Schade, dass ihre Augen so verkniffen wirkten und sie die Lippen aufeinander presste. Eine Frau, die sich in einer Kontaktbörse mit einem Porträtbild präsentierte, sollte ein Lächeln darauf zeigen.

Ich las, wonach sie suchte und wusste, was die zusammengepressten Lippen verbargen - die Haare auf den Zähnen. Sie wollte keinen Mann, sondern einen Sklaven, auf Lebenszeit und mit Ring. Ich war sicher, dass sie ihm den durch die Nase ziehen würde, ohne Betäubung und jeden Tag aufs Neue.

Wo andere Damen die Anforderungen an ihren temporären Sexualpartner auf fünf Zeilen oder weniger - manche beschränkten sich auf die simple Forderung „männlich" - zusammenquetschten, beanspruchte sie zweiunddreißig Zeilen. Sie schrieb neunundzwanzig Bedingungen vor, die ich erfüllen musste, um mit ihr Verbindung aufnehmen zu dürfen und dreimal ließ sie durchblicken, dass ich offen für Ungewöhnliches zu sein hätte. Im Vergleich mit ihrem Profil lud der Prüfungsparcours der Navy Seals zu einem Sonntagsspaziergang mit Blümchenpflücken ein.

Bei dieser Eisprinzessin gab es nichts weiter zu pflücken als lebenslange Sklaverei. Frauen wie sie sind auch nackt noch vollkommen zugeknöpft, treiben es nur in der Finsternis eines Schwarzen Lochs, Lichtjahre von jeder bewohnbaren Gegend der Milchstraße entfernt und mit einhundertprozentigem Schallschutz.

Nach ihrem Männerbild war ich ein bierbäuchiger, im Stehen pinkelnder Macho, der alles vögelte, was irgendwo ein Loch hat und nicht bei drei auf dem Kaktus sitzt.

Ich fühlte mich verletzt. Einen Bierbauch hatte ich nicht. Was für eine blöde, wahrscheinlich verdammt intelligente Kuh!

Es gibt Tage, da habe ich auch vom Leben die Schnauze voll, aber ich muss das nicht in Worte gießen und jedem vom anderen Geschlecht, der mir über den Weg läuft, an die Rübe knallen. Mein Kopf meinte zwar, es ginge mich nichts an, wie sie über Männer dachte, aber mein Bauch setzte sich durch. Wenn ich schon zu einer entrechteten Minderheit gehörte, sollte meine Stimme nicht ungehört verhallen.

Ich wickelte eine rote Schleife um meine Wut, steckte sie in einen elektronischen Umschlag und schickte sie ihr. „Deine Spielgefährten tun mir leid. Eine Nacht mit dir ist bestimmt ein unvergessliches Erlebnis. Trägst du dann Lack und Leder oder eine Rüstung?"

Was auch immer mich an ihrem Profil so wütend gemacht haben mochte, ich war es los und es ging mir besser. Ich grinste. Sie würde nicht antworten.

Eine Stunde später klopfte eine Clubmail von ihr. „Ich trage lieber Seide auf meiner nackten Haut. Warum schaust du es dir nicht mal an?"

Fünfzehn Worte, ein Fragezeichen, keine Anrede, kein Nachsatz und eine Telefonnummer. Erwartet hatte ich Schweigen. Bekommen hatte ich eine Provokation und mir verging das Grinsen.

Noch einmal las ich mir das Profil der Eisprinzessin durch, Wort für Wort, Satz für Satz. Diese Frau wirkte so entspannt wie Juri Gagarin zehn Sekunden vor seinem Start zur ersten Erdumkreisung - Ruhepuls bei einhundertachtzig.

Auf einen groben Klotz gehört ein grober Keil, und nach dieser Antwort durfte ich ihr nicht das letzte Wort lassen. In der Mail war eine Handynummer und das hieß, sie wollte eine kurze Antwort. Die sollte sie bekommen. „InterCityHotel Schwerin, 21:00. Ruf zehn Minuten vorher an. Ich erkenne dich an Businessoutfit mit engem Rock und Bluse. Schwarze Nylons mit Naht und High Heels sind ein Muss."

Der Boss in diesem Spiel war ich. Von Wismar bis Schwerin benötigte die Eisprinzessin mit dem Auto dreißig Minuten. Anziehen und zurechtmachen für ein Date schafft eine Frau nicht in einer halben Stunde, schon gar nicht, wenn sie meine ziemlich überzogenen Vorgaben ernst nahm, was ich ohnehin nicht glaubte. Sie würden mir den Grund liefern, sie sitzen zu lassen, wenn sie wider Erwarten doch auftauchen sollte. Aber wahrscheinlich wusste sie nicht einmal, dass es so etwas wie Nylonstrümpfe mit Naht gab, geschweige denn, dass sie sie im Kleiderschrank irgendwo unter ihren Wollsocken liegen hatte.

Sie hatte mir eine Entschuldigung erspart und ich machte es mir auf dem Hotelbett zusammen mit einem Sixpack gemütlich. In vierzig Minuten wurde die Championsleague angestoßen. Für die Eisprinzessin hatte der Schiedsrichter soeben das Spiel abgepfiffen. Das Ergebnis hieß eins zu null für mich und eine Verlängerung stand überhaupt nicht zur Debatte.

Pünktlich Viertel vor neun gab Signore Colina die Begegnung in Barcelona frei, Schweinsteiger führte den Ball auf dem Fuß und ich ein Bier zum Mund. Mein Handy auf dem Schreibtisch schüttelte sich und ich zog die Stirn kraus. Um diese Zeit schicken sich nur Frauen Nachrichten, echte Kerle sitzen vor dem Fernseher.

„Du hast zehn Minuten. Geputzte Schuhe und Zähne, Anzug und Schlips sind ein Muss. Auf Nylons bei dir kann ich verzichten. Und nein, du musst nicht vorher anrufen. Schieb deinen hoffentlich knackigen Arsch einfach in die Bar!"

Zehn Minuten. Eine davon verbrauchte ich mit Atmen durch den offenen Mund und dem Versuch, meinen Blutdruck unter Kontrolle zu bringen. Was bildete sich diese blaustrümpfige, männerfressende und einen Sklaven suchende Xanthippe ein? Neun Minuten verblieben. Neun Minuten, das herauszufinden und mir zu überlegen, wie ich aus der Geschichte heraus kam, ohne mein Gesicht zu verlieren.

Zähneputzen, kalte Dusche, Anzug an, Kontrollblick auf die Schuhe - makelloses Schwarz.

Noch eine Minute. Im Tiefflug eine Etage nach unten, Vollbremsung auf der letzten Stufe. Jetzt die Hand in die Hosentasche und mit einem entspannten Lächeln im Gesicht lässig um die Ecke. Niemand musste sehen, dass mein Puls im roten Bereich hämmerte. In meinem Kopf schaltete ein Rührlöffel in den Turbomodus und ich grübelte, ob ich ein Messer oder besser gleich eine Pistole hätte mitnehmen sollen.

Eine gut besuchte Hotelbar sieht anders aus. Im Dämmerlicht lümmelten vier Anzugträger auf dreibeinigen Edelstahlhockern am Tresen, zwischen ihnen spreizten sich zwei Angehörige der Busenfraktion und keine von ihnen trug einen Rock. Ein Pärchen turtelte im Hintergrund auf einer Sitzecke aus schwarzem Leder und mehr Weiblichkeit ließ sich nicht blicken.

Natürlich glotzten sie alle zu mir und ich hatte Mühe, bei diesem Albtraumszenario meinen entspannten Gesichtsausdruck zu behalten, denn offenbar hatte die Eisprinzessin mich verarscht. Wahrscheinlich saß sie zu Hause in ihrem kratzigen Pyjama aus garantiert fair gehandelter Baumwolle und schnitzte eine neue Kerbe mit meinem Nicknamen aus dem Forum in ihren Baseballschläger. Oder sie las ein Buch über Schachstrategien für Fortgeschrittene. Mich hatte sie „matt in vier Zügen" geschlagen. Das war der „Schäferzug" und so legte man Anfänger aufs Kreuz. Eigentlich war das meine Absicht mit ihr gewesen, nur hatte ich mir das „aufs Kreuz legen" etwas anders vorgestellt.

Ich nahm mir den Hocker in der hintersten Ecke, schnauzte den Barkeeper vorbeugend an, damit er meinen Single Malt nicht wieder wie gestern Abend mit Eis versaute und versuchte mich in den Griff zu bekommen.

Wie ging es weiter? Sie musste überprüfen, ob ich mich zu ihrem Affen gemacht hatte und auf ihre SMS hereingefallen war. Dazu musste sie entweder selbst eine schicken oder sie gab die ganz Coole und rief hier an.

„Der Whisky für den Herrn. Kann ich noch etwas für Sie tun?"

Der Barkeeper störte mich bei meinem wütenden Brüten über eine mögliche Antwort und ich verpasste ihm gleich noch eine Ladung: „Klar können Sie das. Besorgen Sie sich eine Flasche von dem Stoff, bevor mein Glas leer ist, dann müssen sie nicht wieder wie eben zu Fuß nach Loch Ness und zurück."

Er zog beleidigt ab und ich grinste hämisch. Geteiltes Leid ist halbes Leid und ich war nicht mehr alleine sauer.

Auf dem Bildschirm über mir senste Schweinsteiger mit einer Blutgrätsche, die ihr Erfinder Schwarzenbeck nicht besser gekonnt hätte, einem spanischen Spieler übel die Beine weg und ich überlegte, ob wenigstens die Bayern heute einlochen würden. Mein Whisky schmeckte wie Abwaschwasser und ich winkte dem Barkeeper, um ihm noch eine zu verpassen, da verstummte auf einen Schlag das leise Summen der Gespräche neben mir. Die Männer hörten auf, den Damen neben sich die Ohren voll zu labern und sogar Junior auf der Ledercouch nahm die Finger aus seiner kichernden Freundin.

Erstaunt wendete ich mich zur Tür, aber da drehte kein rosa Elefant mit grünen Punkten seinen Rüssel, sondern eine schlanke Frau mit einer im Licht der Deckenspots weiß schimmernden Bluse und einem wadenlangen, braunen Seidenrock, ihren Kopf. Sie schaute sich um, als erwartete sie, dass ihr jemand einen roten Teppich ausrollte oder sie war es nur nicht gewohnt, dass Männer in ihrer Gegenwart zu Salzsäulen erstarrten. Bei mir erstarrte auch etwas, aber das war nur sinnlose Blutverschwendung im Unterleib. Frauen wie sie waren der Siegespokal in einer Liga, für deren Spiele ich mir keine Eintrittskarte leisten konnte.

Ein Lächeln, für das ein Bischof ein Loch ins Kirchenfenster getreten hätte, brachte zwei reizende Grübchen auf ihren Wangen zum Vorschein. Dann schritt sie wie ein General seine Truppenparade das Spalier der sprachlosen Männer und giftig blickenden Weiber ab, eine lodernde Fackel auf zwei endlos langen Beinen mit Locken in der Farbe eines Reisigfeuers, die im Takt ihrer Füßchen auf den schmalen Schultern wippten.

Die Spitzen ihrer roten Lackpumps zeigten in meine Richtung, und jedes Mal, wenn die Stiftabsätze auf dem Parkettboden „klack" machten, hätte ich ihn an genau der Stelle küssen mögen. Nach zehn dieser Schritte und den darüber schwingenden Hüften war ich verliebt in Rotlöckchen, für immer und ewig. Ich würde ihr Sklave sein und mir freiwillig einen Ring durch die Nase ziehen.

Vor mir blieb sie stehen, streckte mir eine schmale Hand mit auffallend langen Fingern entgegen, legte den Kopf ein wenig schräg, schaute mir in die Augen und zusammen mit dem Duft von pfefferminzgeputzten Zähnen verwandelte eine Stimme, irgendwo zwischen Zarah Leander und Joe Cocker nach seinem zehnten Whisky, meine Kniekehlen in Gelee.

„Na, überrascht?"

Nein, natürlich nicht. Mir hüpfen in jeder Hotelbar die überirdischen Schönheiten auf den Schoß. Reine Routine. Ich war nur ein bisschen steif, so ungefähr wie ein hypnotisierter Tanzbär mit Arthrose im Endstadium und Wortfindungsstörungen.

Sie fuhr fort, als wäre sie es gewohnt, dass ihre Anwesenheit Männern die Stimmbänder blockierte: „Bitte entschuldige, aber Nervosität schlägt mir immer so auf die Blase und ich will ja nicht, wenn es am Schönsten ist, auf die Toilette müssen. Nett, dass du den Platz neben dir für mich frei gehalten hast."

Die Bedeutung dieses Satzes war zwar Doping für meine Phantasie, aber Gift für meine Kommunikationsfähigkeit und so rutschte ich nur, meinen Arm ausfahrend, vom Barhocker. Ihre beiden grünen Hochleistungsstrahler unter den langen schwarzen Wimpern brutzelten mich dabei und nach fünf Sekunden war ich gut durch, mindestens medium. Bitte wenden.

Hatte ich mich über die Hitze beschwert? Sie verzog ihre kirschrot geschminkten Lippen zu einem schnippischen Lächeln, das nach vierzig Jahre intensivem Training aussah und es war gut, dass ich mich an der Bar abstützen konnte. Ich nahm ihr den Mantel ab, sie drapierte sich auf ihrem Hocker und griff wie selbstverständlich nach der Cocktailkarte.

Mein gesunder Menschenverstand schien kurzzeitig wieder etwas durchblutet worden zu sein und meldete sich. Sie gehörte doch nicht etwa zu den Frauen, die sich in solche Kontaktbörsen einschlichen, um Geld zu kassieren? Dann würde sie eine böse Überraschung erleben, denn für solche Frauen war mir meine Kohle einfach zu schade. Ich war mir dafür zu schade. Wenn es wirklich mal brannte, hatte ich immer noch zwei gesunde Hände, mit denen ich für die Kohle auch schuftete und sie deswegen nicht leichtfertig zur Beseitigung von Hormonstaus aus dem Fenster schmiss. Doch wenn sie zu der Fraktion „Hausfrau möchte Taschengeld" gehört hätte, dann hätte sie nicht so ein krankes Profil ins Netz gestellt, sondern eines, das auf Männerfang ausgelegt war.

Es war schon eine verkehrte Welt an diesem Abend. Wenn ich mir die Frauenprofile in den Kontaktbörsen angesehen hatte, waren es die Fotos und die Einsamkeit meiner Hotelnächte gewesen, die die Frauen schön und begehrenswert gemacht hatten. Ein Treffen hatte dann meistens die Erkenntnis gebracht, dass die Fotos zehn Jahre alt oder wie meins mit Photoshop retuschiert worden waren und „begehrenswert" nur eine Frage des verfügbaren Alkohols war. Hielt dieser Abend etwa noch mehr Überraschungen für mich parat, als eine geänderte Haarfarbe und eine vergessene Brille?

Meine Nachbarin hatte die richtige Sitzposition gefunden, den Oberkörper halb zu mir gedreht und die schmalen Knie nur Zentimeter von mir entfernt. Als müsste sie sich überwinden, holte sie tief Luft und schaute mir von der Seite ins Gesicht. „Also ich bin

Ela. Meine Schwester hat sich so wahnsinnig über deine Clubmail geärgert, dass sie mich gleich anrufen und mir erzählen musste, was es doch für testosterongesteuerte, notgeile Männer gibt, die nicht mal lesen, was für einen Typ Mann sie sucht. Naja, und da habe ich mir mal dein Profil angesehen und mir gedacht, dass es sich vielleicht lohnen könnte, dich näher kennenzulernen. Ich habe ihr gesagt, was sie dir antworten soll. Was machen wir jetzt daraus?"

Und der Mond ist aus grünem Käse. Der Satz hatte geklungen, als hätte sie ihn aufgeschrieben und dann auswendig gelernt. Oder sie hatte ihn schon ein Dutzend Mal anderen Männern aufgesagt. Die ersten Worte aus diesem Mund mit den schwellenden Lippen, die Angelina Jolie hätten vor Neid erblassen lassen, waren eine Lüge. Unglaublich.

„Wie wäre es mit übers Knie legen?" Mein Sprachzentrum litt immer noch unter Blutmangel.

Sie neigte kokett den Kopf zur Schulter und leckte sich über die Lippen. „Wirklich? Vielleicht mag ich das ja ..."

Es hatte schüchtern klingen sollen und sie log schon wieder. „Die Schüchternheit spielst du nur", dachte ich. „Vielleicht magst du das ja wirklich, aber dann wird der Abend eine Enttäuschung für dich werden. Ich schlage keine Frauen, weder im Ernst noch im Spaß und schon gar nicht, um mich oder dich auf Touren zu bringen."

Hatte sich etwas in meinem Gesicht oder in meiner Haltung verändert?

Sie rückte ein Stück ab von mir. „Habe ich da ein Tabu getroffen?"

„Nein, ich frage mich gerade, was für eine Frau hier neben mir sitzt."

„Ach, das ich eine Frau bin, ist dir also schon aufgefallen?"

Ich lehnte mich etwas zurück und schmiss den Blick an, mit dem Männer Frauen ausziehen. „Aber hallo! Alles dran, vermutlich auch alles drin und wirklich sexy verpackt." Ich nickte anerkennend. „Ich habe aber auch schon Männer gesehen, die so aufreizend angezogen waren."

„Und hat es Spaß gemacht?"

„Was?"

„Na, mit den Männern?"

Hätte sie die Frage mit einem Lächeln gestellt, wäre alles gut gewesen, aber sie blickte ernst.

Was sollte das jetzt? Es gab ungeschriebene Regeln für solche Dates und eine davon besagte, dass weder die Vergangenheit noch eine mögliche Zukunft erwähnt wurden. Ärger stieg in mir auf, und dass mir bei der Erinnerung an dieses Abenteuer die Röte ins Gesicht schoss, verstärkte ihn noch. „Bist du hier, um mich über vergangene Liebesabenteuer auszufragen oder brauchst du das, um auf Touren zu kommen?"

Die Schärfe in meiner Stimme quittierte sie mit einem Kopfschütteln und der Ausdruck in ihrem Gesicht wechselte zu Nachdenklichkeit. „Was mich auf Touren bringt, erfährst du noch rechtzeitig genug, wenn du zuhören kannst. Aber vielleicht möchte ich vorher wissen, mit welcher Art Mann ich mein nächstes Liebesabenteuer haben werde?"

„Und weißt du es jetzt?"

Sie lächelte, übergangslos, als hätte sie dafür nur einen Schalter umlegen müssen. „Natürlich. Du lädst deinen Frust darüber, dass du jeden Morgen alleine aufwachst, auf Frauen ab, die dir nichts getan haben, lässt es dir von Männern besorgen und kannst keine

Frauen schlagen. Ich glaube, du bist ein Weichei. Vor allem dir selbst gegenüber."

Ich krampfte die Hand um das Whiskyglas, meine Augen suchten den Barkeeper, aber der polierte grinsend und außer Wurfweite einen Sektkelch auf der anderen Seite des Tresens.

Hart setzte ich das Glas auf der Tischplatte ab, Köpfe ruckten herum zu mir und Ela fasste mit einer ringlosen Hand nach meinem Arm. „Ich bin ein neugieriges kleines Mädchen, dass gerne Männer ärgert. Ist dir das noch nicht aufgefallen?"

Nein, es war mir noch nicht aufgefallen. Ich hatte sie für ein großes Mädchen gehalten, das wusste, was es wollte und so, wie sie auf meine Mail geantwortet, sich angezogen und die Bar betreten hatte, war das Sex gewesen. Und zwar mit mir. Hatte ich das falsche Aftershave aufgelegt oder einen Fleck auf meinen Schuhen übersehen? Ich hatte Besseres mit meiner Zeit anzufangen, als an einem hübschen Stück Holz herumzuraspeln, das sich noch nicht entschieden hatte, ob es Süßholz oder deutsche Eiche sein wollte.

Ich knurrte: „Ich bin nicht hier, um mich ärgern zu lassen. Und sei dieser Jemand noch so sexy. Vielleicht gerade dann nicht!"

Statt sauer zu sein, lachte sie so laut auf, dass alle Köpfe sich wieder ruckartig zu uns drehten, und ich fragte mich, ob ich Eintrittsgeld für unsere Show verlangen sollte, da drückte sie meinen Arm. „Gut gebrüllt, Löwe. Komm, der Platz auf der Couch ist gerade frei geworden. Da ist es nicht so hell und wir können in Ruhe noch ein bisschen reden, bevor wir auf dein Zimmer gehen. Oder hast du etwa keine Lust mehr?"

„Ich habe immer Lust", lag mir auf der Zunge, doch den Stammtischspruch hatte sie nicht verdient. Die beiden straffen Rundungen unter der glänzenden Seide ihres Rocks versprachen den Himmel und so folgte ich ihr brav zur Couch. Zwei Minuten und nur wenige Sätze hatte sie gebraucht, um mich dreimal auf den Rücken zu legen und damit war klar, dass ich mit ihr das Gleiche tun würde.

Ich mochte es, wenn Frauen nicht nur ihren Körper benutzten, sondern, sofern vorhanden, auch ihr Gehirn. Sex ohne Intelligenz war nichts weiter als Rammeln und ich war kein Karnickel. Ich mochte es nur nicht, wenn sie ihren Grips benutzten, um mich aufzuspießen. Das war meine Sache und dafür hatte die Natur mir auch das passende Körperteil gegeben.

Kaum saßen wir, verwandelte sich die Schönheit mit der spitzen Zunge in eine samtig schnurrende Katze mit eingezogenen Krallen. Sie plauderte mit einer Leichtigkeit und Weltgewandtheit, die mir gerade einmal Platz ließen für ein gelegentliches Nicken oder Kopfneigen und nach einer halben Stunde kam ich mir vor wie der Wackeldackel in meinem ersten Trabbi. Doch ich bin ein Gentleman und so ließ ich ihr genügend Freiraum, mir ihre Wichtigkeit zu demonstrieren.

Sie arbeitete in einer Bank und kannte sich recht gut in der Informatik aus. So, wie sie auftrat und redete, tippte ich auf Vertrieb, ohne sie jedoch danach zu fragen, denn das verboten die Regeln. Aber es war mein Stichwort, und ich erzählte ihr, dass ich in den letzten vier Jahren keinen Urlaub mehr gemacht hatte, weil ich ständig durch die Welt jetten musste, um sie zu retten. Jedes dieser Jahre hatte mehr als dreihundert Projektarbeitstage gehabt, so gefragt waren meine

Fähigkeiten gewesen und ich genoss ihre Bewunderung dafür. Dass ich morgen einen Vertrag in der IT-Abteilung einer hiesigen Bank abschließen würde, der mir pro Monat mehr als fünfzehntausend Euro einbringen würde, schien sie ziemlich zu beeindrucken. Sie riss die eben noch halbgeschlossenen Augen weit auf und starrte mich an, als sei ich ein Fabeltier.

Dann hauchte sie: „Sag das noch einmal. Welche Bank?"

Ich wiederholte es, sie schüttelte mit gerunzelter Stirn den Kopf, als könnte sie es nicht glauben und mir wurde warm im Bauch. Es würde ein schöner Abend werden.

Nach einem ziemlich langen Moment des Nachdenkens, worüber auch immer, erhob sie sich. „Ich verschwinde mal kurz für kleine Mädchen. Fang nicht ohne mich an, ja?"

Diese Frau war einfach unglaublich! Nicht nur ich schaute ihr Brandlöcher in die Seide über ihrem Hintern, während sie durch die Bar Richtung Toiletten tippelte.

Wenn sie tatsächlich im Verkauf arbeitete, verdiente sie sich ihr Brot auf die harte Tour und vielleicht war ja die Art und Weise, wie sie mit mir umsprang, nur Selbstschutz in einer Männerwelt, in der die Schwachen untergingen und die, die schwach schienen, von jedem als Prügelknaben benutzt wurden. Frauen, die nach oben wollten, demonstrierten Stärke, indem sie sich wie Männer kleideten, redeten wie ihre Konkurrenten und meistens noch härter und brutaler waren als diese. Die Kunst, einen Mann mit Witz und Weiblichkeit zu dominieren und ihn mit einem simplen, aber wohl überlegten Übereinanderschlagen der Beine zu einem sabbernden Tölpel zu machen, war mit Marlene Dietrich gestorben.

Dass eine Frau, die wie eine Prinzessin behandelt werden wollte, sich auch als solche benehmen, kleiden und reden sollte, rafften sie nicht. Weiblichkeit betrachteten die meisten einflussreichen Frauen heute eher als Makel denn als Waffe. Erotik bedeutete für sie, im passenden oder auch unpassenden Moment mit Arsch und Titten zu wackeln - sofern der Schönheitschirurg gute Arbeit geleistet hatte und, wenn es so weit war, an der richtigen Stelle zu stöhnen. Oder auch nicht. Von der Kunst subtiler Verführung verstand die moderne Frau von heute so viel wie ein Schwein vom Stabhochsprung. Es war eine Scheißwelt, auch für Männer, die nichts weiter als genau das sein wollten.

Ela kehrte mit einem Lächeln im Gesicht zurück, setzte sich neben mich und schlug dabei ihre Beine so geschickt ungeschickt übereinander, dass ihr Rock den Blick auf leicht gebräunte Oberschenkel über dem spitzenlosen Rand von Strümpfen mit Haltern freigab. Die Welt färbte sich endgültig Rosa und mein gesunder Menschenverstand nahm ein Vollbad in Testosteron. Ich begann Sätze, sprach sie aber nur selten zu Ende und wusste doch, dass sie verstand. Es lag kein Gewitter in der Luft und trotzdem knisterte etwas. Vielleicht war es die elektrostatische Reibung, die entstand, wenn sich ihre bestrumpften Beine streiften. Oder mich berührten. Rein zufällig.

Irgendwann rückte sie mir so nah, dass ich mich nicht mehr bewegen konnte, ohne meine Finger in ihrer Wäsche zu haben und kitzelte mit ihrer Zungenspitze mein Ohrläppchen: „Bist du ein Fetischist?"

Ich schnurrte mit halbgeschlossenen Augen. „Ja sicher und du bist mein Fetisch."

„Ich meine die Frage ernst. Macht dich etwas anderes als eine Frau scharf?"

Was sollte das denn jetzt? Mit einem Ruck hatte sie den Stöpsel aus meiner Testosteronbadewanne gezogen. Ich versteifte mich in ihrem Arm. „Wieso fragst du mich das?"

„In deiner Mail wolltest du unbedingt, dass ich schwarze Nylons mit Naht anziehe."

„Und du hast gleich auch noch rote Lackpumps und einen Rock angezogen, der zumindest um den Po so eng wie eine zweite Haut sitzt, was übrigens eine gute Idee war. Aber wenn du im Bett so auftrittst, wie du mit mir redest, würde es mich nicht wundern, wenn in deiner Handtasche auch noch eine Peitsche und ein paar Handschellen stecken."

Sie lächelte, doch ihre Augen blieben kalt dabei. „Nein. Einen Dildo und Kondome, aber das wirst du ja bald sehen. Also, warum?"

„Ich habe dir die SMS geschickt, weil ich es für eine gute Idee hielt für jemanden, von dem ich annahm, dass er mich sowieso nur verarschen wollte." Ich fand, es war eine gute Antwort.

Sie nicht, das Lächeln um ihre Lippen verschwand wie weggewischt. . „Meiner Schwester, nicht mir! Warum wirst du rot und sprichst, als würdest du einen Vortrag halten?"

Eben noch war die Welt rosarot gewesen und einen Moment später stellte sie mich mit dem Rücken an die Wand. Außerdem log sie schon wieder, denn ich war mir mittlerweile sicher, dass es ihr Foto gewesen war, das ich gesehen hatte und nicht das ihrer Schwester.

Meine erste Mail war vielleicht an ihre Schwester gegangen - vielleicht - aber die SMS an Elas Handy.

„Was soll das jetzt? Verlässt dich gerade der Mut vor der eigenen Courage? Dann sage es direkt und wir sparen Zeit. Ich habe morgen einen harten Tag vor mir. Oder habe ich etwas Verkehrtes getan oder gesagt?"

„Du schaust immer wieder auf meine Beine, berührst meine Knie mit der Hand und ich frage mich, ob es meine Haut oder das schwarze Nylon darüber ist, was dich das machen lässt."

Ich starrte sie einen Moment verblüfft an, dann knurrte ich lauter, als gut war: „Mit was für Typen hast du denn rumgemacht, dass eine simple Berührung deiner Knie dich so aufregt? Wie krumm denkst du denn? Wenn es das wäre, dann könnte ich ja gleich einer Gummipuppe schwarze Strümpfe anziehen und die ficken. Dann muss ich nicht so einen Aufwand treiben!"

Die Augen des Barkeepers mutierten zur Größe von Autoscheinwerfern und für einen Moment schien es, als wollte sie aufbrausen, aber dann legte sie den Kopf schräg, schaute mich von unten an, ließ ihre Zunge zwischen den Lippen spielen, lächelte und schnurrte: „Ich mag es, wenn du schmutzige Worte sagst."

Erst Höllenfeuer, dann die Kälte von Heliumschnee und jetzt schaufelte sie wieder Kohlen in den Ofen. So härtete man Stahl oder machte einen Mann zum Affen. Wahrscheinlich hatte sie ja eine Banane in der Tasche für mich mitgebracht. „Ich hatte mir unser Gespräch anders vorgestellt."

„Oh, ich weiß, wie du es dir vorgestellt hast."

Sie kuschelte sich in meinen Arm und schaute mir mit einem schmachtenden Blick in die Augen. „So etwa?"

Sie verarschte mich. Sie hielt mich am ausgestreckten Arm über einen tobenden Vulkanschlund und sah lächelnd zu, wie ich gar gekocht wurde. Ich grummelte. „Ja, schon besser, aber noch ausbaufähig."

Sie schmiegte sich noch enger an mich und ihre Haare streichelten mein Kinn. Frühlingswiese, dachte ich nur. So muss eine Frühlingswiese duften, wenn morgens die Sonne aufging, und war schon wieder unterwegs in Richtung Wolke Sieben.

„Ich möchte es trotzdem wissen", flüsterte sie.

Wenn sie es denn unbedingt wollte? So in meinen Arm gekuschelt, mit leiser Stimme würde auch eine Diskussion über Fetisch aufregend sein. Manchmal bin ich auch mit wenig zufrieden. „Nein, ich habe keinen Fetisch. Ich mag es aber, wenn eine Frau sich schön macht. Ihr Frauen habt so viele Waffen, warum benutzt ihr sie nicht? Manche kommen zu einem Date in Jeans und Turnschuhen und wundern sich, wenn der Mann dann ein Gesicht zieht. Es gab Zeiten und es gibt Länder, da würden Frauen so nicht einmal den Müll rausbringen. Seid ihr es euch heutzutage selbst nicht mehr wert, euch schön zu machen?"

„Du bist ein sexistischer Dinosaurier, weißt du das?"

Klar war ich das. Na und? Wozu waren Frauen denn sonst da, wenn nicht, um schön zu sein? Sie waren das Licht in der Welt eines Mannes. Frauen waren weich, sanft und vor allem schön, Männer waren hart und stur. Frauen waren nicht dümmer oder schwächer als Männer, sie waren nur anders. Intelligenz und innere Stärke hängen nicht davon ab, ob man Eierstöcke oder Klöten hat. Außerdem machen Frauen erst Männer zu dem, was sie sind.

Sie knabberte wieder an meinem Ohr: „Erde an Hartwig ..."

„Entschuldige, ich war in Gedanken. Ich mache mich doch auch schön, pflege mich, ziehe mich gut an. Das bin ich mir und der, der ich begegne, einfach schuldig. Ich zeige dir, dass du mir wichtig bist."

„Nein, deswegen tust du es nicht, sondern weil du selbst dir dann besser gefällst und den meisten Frauen auch. Und weil wir dir in einem aufreizenden Outfit viel lieber sind, versuchst du das auch noch als Lebensphilosophie zu verkaufen. Du kannst dich ja gerne anlügen, aber versuch das nicht bei mir."

Sie fuhr mir mit der Hand durchs Haar. „Du bist hundert Jahre zu spät geboren, mein Lieber. Ich sagte doch, du bist ein Dinosaurier. Naja, wenn du auch einen so langen Schwanz hast, soll mir das recht sein. Fetisch?"

Ich schnappte nach Luft. Was hatte sie da gerade gesagt?

Sie kicherte und kuschelte sich wieder an meine Schulter. „Hallo, was ist mit Fetisch?"

„Äh, ja, also ... Ich mag Nylon an Frauenbeinen, es macht sie noch schöner, als sie ohnehin schon sind. Aber ich kann auch ganz gut ohne und das ist der Punkt. Ein Fetischist braucht genau das Objekt, das ihn scharfmacht, also seinen Fetisch. Damit wird der Partner nur noch zur Nebensache. Ohne seinen Fetisch kann er nicht zur Erfüllung kommen und der Partner wird austauschbar. Ich komme ja jetzt fast schon, nur weil du in meinem Arm liegst."

Sie schlug wieder die Beine übereinander. „Oder, weil du ständig auf meine schwarzbestrumpften Beine schaust."

Ich wurde steif und holte Luft, aber sie lachte laut los. „Es war ein Scherz. Heb dir das mit dem Kommen noch ein bisschen auf, ich möchte auch etwas davon haben. Aber im Ernst, wie denkst du über solche Leute?"

Ich zuckte die Schultern. „Das ist nicht meine Baustelle. Wer will schon gerne eine Ersatzbefriedigung für einen sexkranken Menschen sein?"

Die Falte erschien wieder auf ihrer Stirn. „Siehst du das so? Als krank und schmutzig?"

„Schmutzig habe ich nicht gesagt. Das ist weit von meinem Denken entfernt und ich weiß nichts darüber. Ich vermute, jemand, der einen Fetisch hat, sucht ihn sich nicht selbst. Das ist eine Fehlprogrammierung von der Natur und er muss jetzt sehen, wie er damit zurechtkommt. Außerdem ist es ausschließlich seine Sache, niemand hat das Recht, da moralisierend den Zeigefinger zu heben, auch wenn es genug Dummköpfe und Moralapostel gibt, die es tun. Es gibt Schlimmeres auf dieser Welt als Menschen, die einen Fetisch haben."

Es war nicht meine Welt und würde es auch nie werden.

Sie strich mir mit dem rotlackierten Nagel eines Zeigefingers über meinen Handrücken auf ihrem Knie. „Könntest du mit so einem Menschen leben?"

Ich dachte einen Moment nach. Könnte ich? Mit jemandem leben, der sich an Dingen, an toten Objekten aufgeilt? Ich versuchte mir eine Frau vorzustellen, die nur mit mir schlief, wenn ich etwas Bestimmtes anzog. Lack? Leder? Oder irgendetwas, was ich mir nicht einmal vorstellen konnte, Windeln vielleicht?

So ein Quatsch. Wenn ich mit einer Frau zusammen war, hatte sie zu kommen, weil ich es war, der es ihr besorgte. Wenn nicht, würde sie spätestens nach der ersten Nacht in der Mülltonne meiner Erinnerung landen. Das Leben war hinreichend kompliziert und ich musste mir nicht eine Frau anlachen, mit der es im Bett nicht funktionierte. Also definitiv nein, doch so brutal musste ich es ihr nicht in ihr hübsches Gesicht sagen und lachte sie an: „Lass uns von dem Thema wegkommen. Ich habe jedenfalls keinen Fetisch außer dir."

Für einen Moment zog ein Schatten über ihr Gesicht und sie schaute mir in die Augen, als suchte sie etwas in mir. Wollte sie etwa weiter diskutieren? Machte sie das an?

Doch das dauerte nur einen Augenblick, dann kehrte ihr Lächeln zurück. Wie eine aufzüngelnde Flamme erhob sie sich, strich ihren Rock glatt, griff nach meiner Hand und sagte: „Lass uns auf dein Zimmer gehen. Ich hoffe, es gibt etwas, das du besser kannst als reden."

Ich stand auf, sie ließ meine Hand wieder los und ich fand es in Ordnung so. Wir waren schließlich kein verliebtes Pärchen mit Flausen im Kopf, sondern auf dem Weg zur schönsten Nebensache der Welt. Und nur dazu.

Schweigend gingen wir die wenigen Schritte bis zum Fahrstuhl. Links daneben war der Treppenaufgang. Ich sagte: „Es ist nur eine Etage."

Vielleicht konnte sie in meinen Kopf schauen, vielleicht spielte sie gerne und nicht nur mit Worten - sie wendete sich zur Treppe und nahm jede Stufe davon wie ein Mannequin auf dem Laufsteg. Jeder ihrer Schritte spannte den Seidenrock über ihrem Po, straffte die Muskeln in ihren Waden über den schlanken Fußgelenken und die Nähte ihrer Strümpfe darüber befeuerten eine Landepiste, die auch ein Jumbojet nicht würde verfehlen können.

Vierzehn Stufen und zwanzig Schritte später schnappte ich nach Luft. Jeder, der schon einmal hinter einer schönen Frau im Rock oder in engen Jeans und mit High Heels eine Treppe hinaufgestiegen ist, kennt das und nur Eunuchen können dabei cool bleiben. Das elektronische Schloss in der Zimmertür akzeptierte die Karte in meiner zitternden Hand erst im zweiten Versuch, denn ich hatte nur noch eines im Kopf - wie ein Tier über Ela herzufallen, sie zu packen, auf das Bett zu werfen, ihr den Rock hoch zu zerren und das mit ihr zu tun, was auch sie wollte.

Aber weil es so einfach war, taten es auch nur Tiere. Ein Orgasmus dauert nur Sekunden und einmal an der Endstation, führt kein Weg mehr zurück. Jeder Genuss, jedes Glück sind nur noch Erinnerung und so bleibt nur, der Zeit ein Schnippchen zu schlagen und jede Sekunde zu dehnen bis in die Unendlichkeit.

Ela lehnte im Flur mit dem Rücken an der Wand und hatte ihre Arme vor der Brust verschränkt. Gekonnt ließ sie das Licht eines Neonspots auf dem seidigen Schwarz ihres lasziv angewinkelten und an der Wand abgestützten Beins spielen und lächelte mich unter halbgesenkten Wimpern an, wie es nur Frauen in solchen Momenten können.

Ich griff nach ihren Handgelenken, drückte Zentimeter für Zentimeter ihre Arme auseinander, bis es nicht mehr weiter ging und sie wie an der Wand gekreuzigt vor mir stand. Nur Zentimeter trennten mich noch von ihrem halbgeöffneten Mund mit den verführerisch feucht glänzenden Lippen - aber das wäre zu einfach gewesen.

Sie wehrte sich nicht und atmete heftig, ich schob mein Knie zwischen ihre Beine, mein Oberschenkel tastete nach ihrer Lust, aus Sanftheit wurde Druck und ihre Arme zuckten. Zischend atmete sie ein - war ich zu ungestüm? Egal!

Das Testosteron ließ mich kochen und ich packte fester zu, fesselte ihre zarten Gelenke mit meinen Händen und die Härte, die sie jetzt zwischen ihren Beinen spüren musste, war nicht mehr nur mein Oberschenkel. Ich bewegte ihn, erst langsam, fast zärtlich, dann fester, heftiger und jetzt musste es ihr weh tun.

Sie kam mir entgegen, presste mein Bein zwischen ihren Schenkeln fest und da war endlich ihr Stöhnen. Mein Mund fand ihren. Fest, hart, besitzergreifend. Gierig suchte meine Zunge, fand, und es war wie ein elektrischer Schlag. Speichel lief aus ihrem Mundwinkel, sie presste ihre Brüste gegen mich und ich hätte gemordet für die Berührung dieses Fleischs, für den Moment, in dem ihre Brustwarzen unter meinen Fingern hart wurden - und es war der Moment, es nicht zu tun.

Ich ließ sie los und trat zurück. Enttäuschung schoss ihr ins Gesicht und sie öffnete den Mund, doch ich packte sie wie eine Katze im Genick und drehte sie zur Wand. Sie würde erst das Bett erreichen, wenn ihr die Knie so zitterten, dass sie unter ihr nachgaben.

Eng schmiegte sich die glänzende Seide um ihre Hüften und die beiden Wölbungen darunter schrien mir zu: „Fass mich an!"

Noch immer zu früh. Ich tastete nach ihren Ohrläppchen, ihrem Hals, ließ meine Hände tiefer wandern und Schauer rieselten über ihre Haut. Ich spürte die Wirbel ihres Rückgrats - oder die Verschnürungen eines Korsetts? Wenn ich ihr den Stoff vom Leib fetzte, würde ich es wissen.

„Mach weiter", flüsterte sie mit rauer Stimme.

Keine Zärtlichkeit mehr, ich packte mit einer Hand ihre Brust, die andere griff ihr zwischen die Schenkel, drückte sie mit Gewalt gegen meinen Unterleib und mein Glied. Ein Gedanke schoss mir ein - mochte sie es vielleicht auch da, wo die Sonne nie hinscheint?

Ich packte ihr Haar, beugte ihren Kopf nach hinten und knurrte: „Wehe du bewegst dich!"

Meine andere Hand wusste, was sie finden wollte und glitt über die Innenseite ihrer Beine nach oben bis unter den Rock. Die Muskeln ihrer Schenkel zuckten. Viel Zucken und viel Schenkel. Ich mochte dieses Fleisch und ich mochte, wie sie es verpackt hatte.

Meine Hand nahe dem Zentrum ihrer Lust. Sie zitterte. Stöhnende Enttäuschung von ihr, als meine Hände wieder abwärts wanderten, wieder aufwärts, wieder abwärts ...

Dann knickte sie in den Knien ein, um meiner wieder nach oben wandernden Hand mit ihrer Lust zu begegnen. Regelverstoß!

Ich ließ sie los, sie spannte die Muskeln, als wollte sie sich umdrehen und sofort presste ich mich wieder an sie, meine Hand hart in ihrem Nacken: „Ich hatte gesagt, du sollst dich nicht bewegen!"

Sie öffnete den Mund, meine Hand verschloss ihn. „Du bewegst dich, wenn ich es sage und du redest, wenn ich es sage!"

Schock? Empörung? Angst? Gut so. Ich wollte ihre Lust. Ich wollte sie, bis ihr die Luft wegblieb. Kein

Streicheln mehr, Zupacken, Kneten - ihr Stöhnen mit jedem Atemzug, dann zuckte sie wieder.

Strafe! Wie eine Peitsche meine Frage: „Was willst du jetzt?"

Sie fuhr wie eine Tigerin herum, packte mit einer Hand meinen Nacken und presste ihren Mund auf Meinen. Mit der anderen griff sie mir zwischen die Beine, fand mein Glied und sie wusste genau, was sie da zu tun hatte.

Das war nicht mehr Wolke sieben, das war der siebente Himmel. Ich war spitz wie ein Apachenpfeil, hatte sie auch auf Touren gebracht und in meinen Gedanken lag ich schon zwischen ihren gespreizten Schenkeln.

Da wurde sie plötzlich steif, ihre Hand kam wieder zwischen meinen Beinen hervor und stemmte sich gegen meine Brust, in ihrem Blick veränderte sich etwas und sie rief: „Halt!"

Bevor ich etwas sagen konnte, legte sie mir einen duftenden Finger auf die Lippen und flüsterte: „Ich will es nicht so. Ich will es genießen, jede Sekunde mit dir ausleben."

Ohne mich anzusehen, nahm sie meine Hand, zog mich zum Bett und ich folgte ihr wie ein Roboter, dessen Programmierung jemand gelöscht hatte.

Ich saß auf der Bettkante und wusste nicht, was ich tun sollte. Das durfte doch nicht wahr sein! Aus dem Nichts schüttete sie mir einen Kübel Eiswasser ins Gesicht. Welche der vielen Seiten, die sie mir bis jetzt gezeigt hatte, war die wirkliche Ela? Oder kannte ich die eigentliche Frau dahinter noch gar nicht?

Königlich war sie durch das Spalier der Gäste geschritten, um sich mir danach kokett und forsch auf dem Barhocker zu präsentieren. Auf der Ledercouch hatte sie sich verspielt und kuschelig präsentiert, aber auch ernsthaft und nachdenklich. Da war aber noch etwas und das konnte ich nicht einordnen. „Verbohrt" traf es nicht direkt, aber irgendwie war der Moment, in dem sie mich mit ihren Fragen in die Ecke getrieben hatte, immer noch präsent in meinem Hinterkopf. Danach dieses Spiel im Flur, voller Lust und Erregung - und dann die eiskalte Notbremse eben, die ich an dieser Stelle niemals erwartet hätte. Wer war diese Frau, die mit jedem Wort log und was wollte sie von mir?

Sie war um das Bett herumgegangen, hatte das Licht im Flur gelöscht und knipste jetzt die Nachttischlampe an. Dann blieb sie vor mir stehen, schaute mir in die Augen, als wollte sie eine Frage stellen, nahm, als ich nichts sagte, mein Gesicht in beide Hände und küsste mich zart und lange auf den Mund.

Dann richtete sie sich auf und begann, sich auszuziehen. Knopf für Knopf öffnete sie mit einem tiefen Ernst dabei in ihrem Gesicht. Mit einem leisen Rascheln glitt die Seidenbluse an ihren Armen nach unten, dann war der Rock an der Reihe und das Geräusch, mit dem sie den Reißverschluss hinter ihrem Rücken öffnete, klang unnatürlich laut in der Stille.

Sie half mir nicht beim Ausziehen. Erst, als ich meinen Slip nach unten zog, legte sie den Kopf ein wenig schräg, befeuchtete mit der Zunge ihre Lippen und sagte: „Also doch kein Dinosaurier."

Sie drückte mich mit ihrem Körper aufs Bett, Strumpfhalter und Strümpfe, sogar ihre roten Lackpumps hatte sie noch an. Der BH und die Miederhose glänzten im Licht der Nachttischlampe, als wären sie aus Silber. Sie setzte sich auf mich und flüsterte mir ins Ohr: „Aber für einen Hengst würde es reichen."

„Willst du dich nicht ganz ausziehen?"
„Muss ich?"
„Du musst gar nichts. Ich dachte nur, es wäre angenehmer für dich."

Statt einer Antwort zeigte sie mir mit ihren Händen, ihrem Mund und ihrer Zunge, was sie unter „angenehm" verstand und wieder erinnerte ich mich an den Vulkanschlund, über dem ich gar gekocht wurde. Ich begann mir gerade ein wenig Sorgen zu machen, wie lange ich das noch aushalten konnte, ohne zu explodieren, da rutschte sie wieder nach oben, gab mir einen Kuss auf den Mund und legte sich neben mich.

Zeit für die Revanche. Die Haken ihrer Miederhose hatte sie schon selbst geöffnet und um ihre Beine zu spreizen, musste ich mich nicht anstrengen. Der Moschusduft zwischen ihren Schenkeln benebelte meine Sinne, sie begann zu stöhnen, presste ihren Unterleib gegen mein Gesicht, ihre Beine umschlangen meinen Nacken und ihre Hände verkrallten sich in meinen Haaren. Doch ich wollte es mit ihr gemeinsam, wollte es mit dem tun, was aus einem Mann einen Mann macht.

Ich befreite mich aus ihrer Umklammerung, legte mich seitlich neben sie mit einem Knie zwischen ihren Schenkeln und fragte: „Na, warm geworden?"

Sie schaute mich an und hatte wieder die Falte auf der Stirn. „Stört es dich, dass ich mich nicht ganz ausziehe?"

„Ich finde es nur ungewöhnlich."

Die Falte wurde tiefer. "Wie meinst du das?"

Ich küsste sie in die Halsbeuge. „Hey, es ist nicht böse gemeint. Wenn wir vorhin weitergemacht hätten, wärst du nicht einmal dazu gekommen, dir den Rock auszuziehen. Ich hätte dir nur die Miederhose heruntergerissen und dich in deinen Klamotten gefickt. Jetzt, hier im Bett ist es ungewohnt. Aber es sieht irre aus."

„Irre wie krank?" Immer noch dieser seltsame Gesichtsausdruck.

„Nein, sehr sexy."

Sie nahm meine Hände und drückte sie auf ihre unter dem BH verborgenen Brüste. Ich packte zu und sie nahm meine Hände wieder weg. „Tss, der Dinosaurier darf später brüllen. Ganz sacht. Fühlen, tasten!"

Wenn sie es so wollte, konnte ich mich auch zusammenreißen und sanft strich ich mit der Hand über ihren BH.

„Na, wie fühlt sich das an?"

„Wieso fragst du mich? Ich dachte, es wären deine Brüste und du musst mir sagen, wie sich das anfühlt."

Etwas wie Enttäuschung in ihrem Gesicht. Ich würde diese Frau wohl nie verstehen. Na gut, ihr BH und wahrscheinlich auch die Miederhose waren aus reiner Seide, nichts weiter, keine Verstärkungen, keine Polsterung und es war fast schon erregend, nur den Stoff zu berühren. Aber wer interessierte sich für Stoff, wenn er nackte Frauenhaut haben konnte?

Sie griff nach ihrer Handtasche und ich sagte. „Ich weiß, ich habe noch etwas vergessen."

„Nein, ich glaube nicht, dass du das vergessen hast. Wenn du so ein Mann wärst, würde ich jetzt nicht hier sein und mit dir schlafen wollen. Ich denke eher, du hättest gleich angefangen, unter dem Kopfkissen zu suchen oder nach deinem Sakko zu angeln. Und wenn du das Kondom dann gefunden hast, bekommst du die Verpackung nicht auf, weil deine Finger nass sind und deine Nägel kurz. Du scheinst nicht viel Erfahrung mit solchen Situationen zu haben, oder?"

„Also hör mal ..."

Ihre Hand auf meinem Mund stoppte meine Antwort. Dann brauchte sie beide Hände, um sich im Innern des Universums aller Frauen zu orientieren. Sie wurde fündig und es kamen Kondome, ein glänzendes Tuch und ein Dildo zum Vorschein.

„Hey, ich habe zwar keinen Dinosaurierschwanz, aber mein Selbstbewusstsein sagt mir, dass du den Dildo nicht brauchen wirst."

„Vielleicht ist der Dildo ja für Dich?" Sie prustete laut und kam wieder zu mir.

„Wie bitte?" Sprachlos und knallrot war ich froh, dass die Leuchte auf dem Tischchen nur wenig Helligkeit spendete. „Was willst du eigentlich mit dem Tuch? Wenn du eine Unterlage brauchst - wir haben Hotelhandtücher."

Urplötzlich wurde sie wieder ernst, schaute erst auf das Seidentuch und dann mich wieder an. Es war der gleiche Blick, mit dem sie mich angesehen hatte, als wir uns kennenlernten. Als suchte sie etwas, als wollte sie etwas finden in mir. Nur einen winzigen Augenblick, dann drückte sich mich nieder und schwang sich auf mich.

Was sollte das jetzt? Ich war hier der Mann! Ich wollte sie vor mir hertreiben, ihr Stöhnen hören, ihre Muskelkontraktionen spüren und mich als Sieger fühlen, wenn es ihr endlich kam - und mir natürlich auch. Es ist eine Kunst, so etwas gleichzeitig hinzubekommen und ich war ein Meister darin.

Doch was ich wollte, interessierte sie nicht. Sie bewegte sich auf mir, ich wollte mich ihr angleichen, aber sie schüttelte nur den Kopf, klammerte mich mit ihren Schenkeln fest und bewegte weiter ihren Unterleib. Sie blickte mir ins Gesicht dabei und wieder bekam ich das Gefühl, das sie mich prüfte, dass sie etwas wissen wollte und sich nicht traute, mich zu fragen.

Es wäre sowieso zu spät gewesen für Antworten. Ich wollte jetzt keine fragenden Blicke und kein Suchen nach Antworten auf ungestellte Fragen. Sie passte sich mit ihren Bewegungen dem Stöhnen an, das sie aus mir heraus presste. Dann wurde sie schneller, heftiger, wilder und mein Blick wurde zu schwach, sie zu halten. Mit geschlossenen Augen lag ich unter ihr, von ihren Schenkeln und Händen gefesselt, fühlte jeden Zentimeter ihrer Haut und musste zulassen, dass sie sich selbst als Instrument für meine Lust benutzte. Wie eine Furie ritt sie auf mir und der Schmerz, als sie die Nägel ihrer Hände in meinen Rücken grub, wurde zu Lust, genau wie die Bisse ihrer Zähne in meine Brust.

Dann bog sich mein Körper unter ihr in einem unmöglichen Winkel, etwas in mir wollte sie abwerfen, doch sie presste mich mit ihren Schenkeln wie in einem Schraubstock zusammen - und hielt still!

Ich schnappte nach Luft, trauerte etwas hinterher, das hätte eine Explosion sein können, da begann sie das Spiel von vorn. Wieder verhielt sie, kurz bevor ich explodierte und streckte auch noch einen Arm aus über meinen Kopf, als suchte sie da nach etwas und mir reichte es!

Mit einem gewaltigen Ruck warf ich sie ab, zwang sie gegen ihr Gestrampel auf den Rücken und spreizte ihr die Beine. Ihr geflüstertes: „Ich will es nicht so!" ignorierte ich genauso wie ihre kleinen Hände, die sie gegen meine Brust stemmte, um mich an dem zu hindern, was ich jetzt wollte. Ich nahm mir, was mir gehörte, hätte sie es anders gewollt, hätte sie mich nicht so anheizen dürfen.

Jetzt schlug sie sogar nach mir und mit meinen Händen fesselte ich ihr die Handgelenke über dem Kopf, drang in sie ein, und obwohl sie vorhin noch so wild auf mir getobt hatte, lag sie auf einmal regungslos wie eine Gummipuppe.

Pech für sie, irgendwann ist es vorbei mit Spielen und jetzt war ich dran! Es dauerte nur Sekunden, dann brachte ich zu Ende, was sie angefangen hatte, brüllte erstickend und blind mit der letzten Luft die Explosion in die Welt, ließ mich auf sie fallen, und alles um mich herum versank im Dunkeln.

Sie wühlte sich unter mir hervor, ich rollte mich auf den Rücken, blieb mit geschlossenen Augen liegen und schnappte nach Luft. Statt Entspannung machte sich Enttäuschung, ja sogar Zorn in mir breit. Doch ich wollte nicht unfair sein. Es kann immer einmal passieren, dass beide unterschiedliche Vorstellungen haben. Wenn sich die Hormone in ein paar Minuten wieder beruhigt hatten, würde ich mich an sie kuscheln, ein wenig mit ihr flüstern und dann würden wir es eben noch einmal machen. Diesmal so richtig mit Gefühl. Es würde ihr bestimmt gefallen.

Sie keuchte leise neben mir. Ich öffnete meine Augen, doch sie hatte das Licht gelöscht und so tastete ich nach ihr. Ihr ganzer Körper zuckte, ich wollte sie an mich ziehen und sie beruhigen, doch sie fauchte: „Lass mich", schüttelte meine Hand ab und keuchte weiter.

Ich tastete nach der Nachttischlampe und sie stöhnte: „Nicht!"

Was passierte hier gerade? Sie keuchte, als würde sie noch auf mir sitzen. Ich musste es wissen! Leise streckte ich wieder die Hand nach dem Lichtschalter aus, drehte meinen Kopf in Richtung des Stöhnens neben mir, drückte den Knopf, das Licht ging an und sie stieß einen spitzen Schrei aus.

Sie lag auf dem Rücken und ihre langen, schwarzen Haare bildeten ein wirres Knäuel auf dem weißen Kopfkissen. Sie hatte die Beine angestellt, die Halter ihrer Strümpfe waren bis zum Zerreißen gespannt, die Absätze ihrer roten Schuhe gruben sich in das Laken, eine Hand hatte sie sich auf den Mund gepresst und mit der anderen tat sie etwas zwischen ihren weit gespreizten, vor Schweiß glänzenden Schenkeln.

Es dauerte einen Moment, bis ich begriff, aber dann kochte rasende Wut in mir hoch. Sie hatte mich nicht nur mit Worten verarscht! Mit ihrem „Halt" vorhin hatte sie sich die Kontrolle zurückgeholt und dann mit mir gespielt. War ich für sie nur ein Versuchsrammler gewesen? Sie hatte mir ihren Orgasmus verweigert, mich aussehen lassen wie einen Versager und verpasste mir nun die Höchststrafe - sie besorgte es sich vor meinen Augen selbst! Ich musste zweimal ansetzen, bevor ich etwas sagen konnte und dann brachte ich nur ein Wort hervor: „Raus!"

Röte schoss ihr ins Gesicht, sie sprang auf, wankte einen Moment und hielt die Decke wie einen Schutz vor ihren Körper. Eine Sekunde schaute sie mich noch an und alles, was ich in ihren Augen las, war Hass. Sie griff nach dem Dildo, warf ihn in ihre Handtasche und schlüpfte in Rock und Bluse. Nur Sekunden später stand sie im Flur und starrte mich wortlos an. Es gibt eine Stille, die ist wie ein Schrei und ihr dunkler Rauch drang mit Elas Blick bis in die letzte Ecke meines Hotelzimmers. Mit immer noch halb erigiertem, feuchtem Glied und hämmerndem Herzen saß ich auf der Bettkante und starrte sie an.

Da stand die Frau, die mich die letzten Stunden mit ihren Widersprüchen zwischen Himmel und Hölle hin und her gejagt hatte, bis ich nichts anderes mehr gewollt hatte als sie. Sie war ein Rätsel auf zwei Beinen, verführerisch, widersprüchlich, charmant, kratzbürstig, sexy - und krank?

Ja, es konnte nichts anderes sein. Sie musste krank sein. So benahm sich keine normale Frau. Ich stand auf, aber sie streckte mir einen Arm entgegen, mit der Handfläche zu mir, und obwohl wir drei Meter auseinanderstanden, war es, als wäre ich gegen eine Mauer gerannt.

„Komm mir nicht näher und fass mich nicht an. Fass mich nie wieder an! Du kannst nicht weiter denken als bis zu dem Moment, wo du eine Frau flachgelegt hast. Du verstehst keine Andeutungen und dich interessiert nur, was eine Frau zwischen den Beinen und nicht was sie im Kopf hat." Sie straffte sich, drehte sich um und verließ mich mit dem gleichen Gang, mit dem sie vor ein paar Stunden durch die Bar zu mir gekommen war.

Es dauerte Minuten, bis ich aufstand und zum Fenster ging. Ein Kleinwagen auf dem Hotelparkplatz setzte den Blinker, parkte aus und bog in die Wismarsche Straße ein. War sie es?

Irgendetwas heute Abend war tatsächlich schief gelaufen. Ich ging zum Schreibtisch, klappte meinen Laptop auf und schaute mir das Profil der Eisprinzessin an. Erst jetzt fiel mir auf, dass sie es erst vor zwei Tagen hochgeladen hatte und das erklärte Einiges. Jetzt, wo ich sie kannte, sah ich, dass es tatsächlich ihr

Bild war. Vielleicht hatte sie eine Perücke getragen, als das Foto gemacht worden war und ich wusste nun, dass die verkniffenen Lippen tatsächlich die Haare auf ihren Zähnen verbargen. Alle ihre Wünsche liefen auf einen Mann hinaus, dessen Toleranzgrenzen weiter als gewöhnlich waren und der damit umgehen konnte, wenn eine Frau „anders" war. Bis eben hatte ich mir nicht vorstellen können, was sie damit gemeint haben könnte. Jetzt wusste ich es - sie hätte nicht „anders", sondern „krank" schreiben sollen.

Sie hatte mir einen Haufen Puzzlesteine vor die Füße gekippt, und wenn sie gehofft hatte, dass ich sie zusammensetzen würde, hatte sie falsch gelegen. Mit ein bisschen Grips hätte sie es schon vorhin kapieren müssen, als ich ihr durch die Blume gesagt hatte, dass so etwas nicht meine Baustelle ist.

Ich dachte an das Gespräch in der Bar, wie oft sie von eloquent nach kratzbürstig gewechselt hatte und mir ständig das Gefühl gegeben hatte, dass nichts davon die richtige Ela war, genau wie hier in meinem Hotelzimmer. War das Schizophrenie?

Erfahren würde ich es wohl nie und eigentlich interessierte es mich auch nicht. Nicht mehr. Wir leben alle in unserer ganz privaten Hölle und für die Probleme, die sie hatte, gab es mit Sicherheit Ärzte. Und wenn nicht, fand sie ja vielleicht irgendwann einen Idioten, der mit ihr zurechtkam, schließlich gab es für jeden Topf den passenden Deckel.

Ich klappte den Laptop zu und ging ins Bett. Ende der Geschichte. Ich hatte eine wirklich aufregende Frau erlebt, einen Superorgasmus gehabt und das Danach vertrieb ich aus meiner Erinnerung.

Ich war ein Mann.

Regen, der an die Fensterscheiben trommelte, riss mich aus dem Schlaf. Der neue Tag begrüßte mich mit trostlosem Grau und ich erwachte mit verklebten Augenlidern und Kopfschmerzen. Ela war mir im Traum in einer Rüstung erschienen, die mein Schwert nicht hatte durchdringen können und kopfschüttelnd stieg ich auf ihrer Seite aus dem Doppelbett. Fast wäre ich über ihre Decke, die sie achtlos hatte zu Boden gleiten lassen, gestolpert. Ich hob sie auf, legte sie aufs Bett und das Tuch, das sie am Abend zuvor auf dem Nachtschrank neben meinem Kopf platziert hatte, fiel heraus. Ich konnte nicht anders, ich nahm es und strich mir damit über die Wange.

Zweimal in meinem Leben hatte ich so etwas gefühlt, das erste Mal an meinem sechzehnten Geburtstag. Ich hatte mich als Jugendlicher ein wenig an der Malerei versucht und meine Eltern hatten mir eine Ausrüstung für Seidenmalerei geschenkt. Dafür wird Habotai-Seide verwendet, sie ist unglaublich glatt und allein die Berührung dieses Materials ist wie ein gehauchter Kuss.

Das zweite Mal hatte ich es in dieser Nacht gefühlt, als Ela meine Hände auf ihren BH gedrückt hatte. Das Tuch trug noch immer ihren Duft, den gleichen, der auch zwischen ihren Beinen meine Nase betört und mich fast dazu gebracht hatte, meine Beherrschung zu verlieren. Was machte er an diesem Tuch?

Und dann, wie auf einem Foto, sah ich wieder den Moment, als ich das Licht angeknipst hatte. Ela hatte auf dem Rücken gelegen, mit gespreizten Beinen, und erst jetzt sah ich das Tuch in ihrer Hand dazwischen. Ein Satz stieg aus meiner Erinnerung auf, ein Satz, den ich nicht wichtig genommen hatte: „Könntest du mit so einem Menschen leben?"

Ich warf das Tuch aufs Bett und ging Duschen, doch auch hier ließ mich die Frage nicht los. Ela trug Unterwäsche aus reiner Seide, sogar beim Sex, und hatte wohl gewollt, dass mich das anmachte. Sie hatte mit mir gespielt, und als ich fertig gewesen war, hatte sie es sich selbst besorgt, wahrscheinlich mit diesem Seidentuch, aber sich nicht getraut, es mir zu sagen oder es mir zu zeigen.

Ich stellte das Wasser ab, und erinnerte mich beim Abtrocknen an meine Antwort. „Ich kann mir nicht vorstellen, wie das funktionieren sollte." Das konnte ich mir immer noch nicht, schon gar nicht mit einer Frau, die so oft gehofft und deren Hoffnungen wahrscheinlich so oft enttäuscht worden waren, dass sie nur noch Angst hatte und um sich biss wie ein in die Enge getriebenes Raubtier. Doch ihre Gier war so stark, dass sie es immer wieder versucht hatte. Zuletzt mit mir und ich hatte mich nun auch in die Liste ihrer Enttäuschungen eingetragen.

Das waren die nüchternen Fakten, die ich gestern nicht zusammenbekommen hatte, weil viel zu viele Hormone im Spiel gewesen waren. Sie hätte Besseres verdient gehabt, als ein solches Ende und meinen Rauswurf, doch wenn die Hormone wilde Sau spielen, ist es mit dem Denken vorbei. Wenn sie so klug war, hätte sie das wissen müssen. Doch niemand ist perfekt und ich würde ihr eine zweite Chance gebe, zumindest die hatte sie sich verdient.

Ich klappte den Laptop auf, loggte mich in die Kontaktbörse ein und suchte wieder nach ihrem Profil, doch es war nicht mehr da. Offenbar hatte sie es gelöscht, nachdem sie nach Hause gekommen war. Das sprach für ihren Charakter und ihre Cleverness, denn sie wusste, dass ich ihre Handynummer hatte. Also würde ich ein paar Tage ins Land ziehen lassen und mich bei ihr entschuldigen. Zwar wusste ich nicht wofür, aber es tat mir nicht weh und Frauen wie sie haben gerne das Gefühl, dass sie die Siegerinnen sind.

Eine Stunde später spazierte ich die Wismarsche Straße hinab in Richtung Marienplatz. Hier hatte ich um zwölf einen Termin bei Dr. Weinhold, bei dem es um meinen Stundensatz gehen würde und danach war dann das übliche Brimborium fällig mit Teamvorstellung, Projekteinweisung und Sicherheitsprozeduren.

Ich hatte gut gefrühstückt, genoss trotz des schlechten Wetters den Spaziergang durch eine der ältesten und für mich schönsten Straßen Schwerins und war froh, endlich wieder arbeiten zu können. So war es immer, das Leben war kompliziert und nur, wenn ich in irgendeinem Projekt schuftete, fühlte ich mich wirklich ganz.

Der vergangene Abend war nur noch ein Schatten in meiner Erinnerung. Ich hatte gelernt, mit so etwas zu leben. Menschen waren schwierig, unberechenbar und meistens nachtragend. Darum liebte ich Computer, wenn sie zickig wurden, verpasste ich ihnen ein neues Programm und alles war wieder gut.

Am Eingang zum Rechenzentrum der Bank erwartete mich ein Mann mit der Statur eines Sumoringers in einem dreiteiligen dunklen Anzug und einem vermutlich nichtssagenden Lächeln hinter einem pechschwarzen Vollbart. Er stellte sich mir als der Projektleiter für das neue Obligo-Verfahren vor, an dessen Entwicklung ich mitarbeiten sollte. Sein Name hatte unter der Mail gestanden, mit der ich eingeladen worden war. Vor einem Jahr war ich in Kiel an einem ähnlichen Projekt beteiligt gewesen und wahrscheinlich hatte er von da meine Referenzen bekommen.

Er kümmerte sich darum, dass ich ohne Probleme die zwei Personalschleusen überwinden konnte, die nacheinander den Eingang zum Rechenzentrum, der in jeder Bank ein Hochsicherheitstrakt war, passieren konnte. Außer einem „Moin!" und seinem Namen hatte er nichts weiter gesagt und das wunderte mich nicht. Freelancer wie ich waren nirgendwo beliebt. Wir drangen in die Struktur bestehender Teams ein und waren überall Fremdkörper. Dazu kassierten wir das Doppelte oder Dreifache eines Angestelltengehalts und das weckte immer Neid. Dass wir dafür bis zum Umfallen schufteten, mehr als zwei Drittel des Geldes Kosten und Risikoabdeckung waren und wir nicht irgendjemanden bei einem Problem um Hilfe bitten konnten, registrierten sie dann eher weniger.

Es sah so aus, als würde ich auch hier in den nächsten Monaten mein Mittagessen alleine einnehmen.

Wir erreichten ein kleines, gemütliches Konferenzzimmer mit Ausblick auf das Treiben auf dem Marienplatz, einem länglichen Tisch mit acht bequemen Bürostühlen darum herum und einer mannshohen, dringend pflegebedürftigen Yuccapalme in einer Ecke. Ein junger Mann mit Glatze und schwarzer Nerd-Brille erhob sich am Kopfende des Tisches von seinem Stuhl, stellte sich vor und reichte mir die Hand.

Der Projektleiter setzte sich an die Längsseite des Tisches neben den Nerd, wies mir den Platz gegenüber, mit der Tür im Rücken zu, und damit war schon einmal klar, wie die Rollenverteilung in den nächsten

Minuten sein würde - ich gegen die Bank, denn es ging ums Geld.

Der Ausdruck in ihren Gesichtern war weder freundlich noch abweisend, lud aber auch nicht gerade zu einem Smalltalk ein und in solchen Situationen war es immer gut, selbst die Initiative zu ergreifen. „Ich war mit Dr. Weinhold verabredet. Wir wollten meinen Stundensatz klären," eröffnete ich.

Hinter mir antwortete eine Frau: „Das werden wir auch tun. Ich hatte nur noch ein kurzes Gespräch mit der Geschäftsleitung betreffs meiner Entscheidung."

Die beiden Männer sprangen von ihren Stühlen auf, als hätte ein Admiral die Brücke seines Schiffs betreten, nur bei mir dauerte es einen Moment, bis die Erkenntnis einschlug. Mit zitternden Kniekehlen drückte ich mich aus dem Bürostuhl und drehte mich langsam um.

„Hallo Herr Renner, ich bin Elaine Weinhold", sagte Ela, streckte mir die Hand entgegen und wie in Trance griff ich danach. Meine Gedanken rasten, ohne etwas anderes hervorzubringen als ein fast gestottertes „Guten Tag."

„Nehmen Sie bitte Platz. Wir haben wenig Zeit und ich will gleich zur Sache kommen."

Wenn ihr Gesichtsausdruck bei diesen Worten ein Lächeln sein sollte, so war es das kälteste, das ich je in meinem Leben gesehen hatte. Ich ließ mich auf den Stuhl zurückfallen und versuchte, mich in den Griff zu bekommen, während sie in einem perfekt sitzenden, taubenblauen Kostüm durch den Raum schritt. Der knielange Rock schwang so um ihre Hüften wie gestern, als mich ihr Gang so verrückt gemacht hatte und selbst nach dieser verkorksten Nacht schrie mir ihr Po darunter noch immer zu „Fass mich an!"

Ich Idiot hatte ihr in der Bar erzählt, in welcher Bank ich einen Kontrakt unterzeichnen würde. Ab da hatte sie es gewusst und wahrscheinlich war sie auf die Toilette gegangen, um nachzudenken. Doch warum hatte sie dann weiter gemacht und den Abend nicht nur einfach in der Bar ausklingen lassen? Wieder schoss die Wut in mir empor. Sie hatte mich schon viel früher manipuliert, als ich bisher gedacht hatte.

Sie ließ sich von dem Projektleiter ihren Stuhl zurechtrücken, setzte sich mit einer anmutigen Bewegung, legte eine Aktenmappe aus schwarzem Nappaleder vor sich auf den Konferenztisch und schlug sie auf.

Die Sekunden, die sie darin blätterte, nutzte ich, um sie mir genau anzusehen. Ihre langen Haare hatte sie zu einem straffen Dutt hochgesteckt und ein dezentes, frühlingshaftes Make-up aufgetragen. Zusammen mit der bis zum letzten goldenen Knopf geschlossenen Kostümjacke und dem geraden Rücken wirkte sie, als gehöre sie nirgendwo anders hin als auf den Chefsessel in diesem Konferenzraum.

Doch was immer sie auch gestern bezweckt hatte, sie hatte sich verkalkuliert. Ich wusste jetzt etwas über sie, von dem in dieser Bank garantiert niemand eine Ahnung hatte und damit war soeben mein Stundensatz von sechzig Euro, den ich hatte fordern wollen, auf fünfundsiebzig gestiegen. Natürlich würde ich gestern Nacht niemals gegen sie verwenden, so´etwas tut ein Gentleman einfach nicht. Doch das konnte sie nicht genau wissen und damit hatte ich sie in der Hand.

Ich lehnte mich zurück an die Polsterung meines Stuhls und entspannte mich. Das Projekt lief einige Monate, und wenn ich vernünftig mit ihr reden konnte, würden vielleicht einige Nächte herausspringen, in denen es wirklich Spaß machte.

Ela hörte auf mit Blättern, hob den Kopf und blickte mich an. „Herr Renner, unsere Bank hat einen sehr exklusiven Kundenkreis und als Entwickler des neuen Obligoverfahrens würden sie vollständigen Zugriff auf deren Datensätze erhalten. Aus Zeit und Kostengründen sind wir nicht in der Lage, alle Daten, die wir für diverse Tests benötigen, zu anonymisieren."

Den Text kannte ich, so war das schließlich in jeder Bank. Dafür gab es Verschwiegenheitserklärungen und jede Menge Sicherheitsüberprüfungen.

Sie fuhr fort: „Ich habe mich in den letzten Stunden noch einmal etwas intensiver mit ihren Referenzen beschäftigt und auch einige Telefonate geführt. Ich muss sagen, dass ich Sie, im Gegensatz zu meinem Projektleiter, nicht für ausreichend qualifiziert halte, die vor uns liegende Aufgabe unter dem gegebenen Termindruck rechtzeitig fertigzustellen."

Der Nerd und der Vollbart neben ihr machten kullerrunde Augen und mein Mund wurde wüstenstaubtrocken. Was machte Ela da? Sie konnte mich doch nicht vor ihren Angestellten herunterputzen. So etwas tat man nicht in unserem Geschäft und schon gar nicht direkt von vorn im Beisein von irgendwelchen Angestellten. Es war einfach undenkbar. Ich blickte ihr in die Augen und sah da nichts weiter als mitleidloses Grün. Und es war noch nicht zu Ende.

Ela fuhr fort: „Nach ihrer Schufa zu urteilen, scheint es um ihre persönlichen Finanzen ebenfalls nicht zum Besten zu stehen. Das würde unsere Bank, solange Sie sie nicht für einen Kredit in Anspruch nehmen wollen, zwar nichts angehen, doch es macht Sie angreifbar, Herr Renner. Wir legen hier exorbitanten Wert auf die Sicherheit unserer Kundendaten und mit Ihrer nicht vorhandenen Bonität würden Sie ein Sicherheitsrisiko darstellen. Sie wären erpressbar."

Sie klappte ihre Ledermappe zu und sagte: „Ich hätte dieses Risiko zu verantworten und dazu bin ich nicht mehr bereit. Nicht, nachdem ich so viel von Ihnen weiß. Selbstverständlich übernimmt die Bank Ihre Unkosten und auch eventuelle Verdienstausfälle, die Sie durch Ihre vergebliche Anreise hierher hatten."

Die beiden Männer neben ihr starrten mich an, als sei ich ein außerirdisches Monster und ich fand keine Erwiderung. Es würde sich herumsprechen, dass ich hier quasi gefeuert worden war und damit hatte sie mit wenigen Worten soeben meine ganze Existenz zerstört. Ich war erledigt!

Ela erhob sich und sagte zu den beiden: „Sie können schon zum Essen gehen. Ich komme gleich nach."

Als seien sie Soldaten, die einen Befehl bekommen hatten, trabten sie ab, Ela ging um den Tisch herum, schloss die Tür hinter ihnen und blieb auf Armlänge vor mir stehen. Nah genug, dass ich ihr Parfüm riechen konnte. Frühlingswiese, fiel mir blödsinnigerweise wieder ein. So muss eine Wiese im Frühling duften.

Sie setzte sich auf den Tisch, ließ ein Bein baumeln, als säße sie auf einem Stein irgendwo an einem sonnenbeschienen Strand und sagte ruhig: „Ja, ich bin nur fähig, einen Orgasmus zu bekommen, wenn ich mich mit Seide stimuliere. Oder, wenn es ein anderer tut, bei dem ich mich fallen lassen kann."

Ich schluckte, wollte etwas sagen und konnte es doch nicht.

Sie fuhr fort: „Als du mir gesagt hast, in welcher Bank du arbeiten wirst, musste ich eine Entscheidung treffen. Du bist ein attraktiver Mann und ich bin eine Frau, die zu lange keinen Sex mehr hatte. Ich hatte tatsächlich gehofft, dass unter deiner zynischen Schale ein weicher, fühlender Kern steckt. Jetzt ist mir klar, dass er nicht weich, sondern verfault ist. Dein Frauenbild stammt aus dem Mittelalter und deine Vorstellung davon, was ein Mann zu sein, zu tun und zu lassen hat, würde ich in der Steinzeit ansiedeln. Du bist so unsicher, dass du dich ständig beweisen musst und schuftest wie ein Tier, um dir zu zeigen, dass du ach so erfolgreich bist. Doch in Wahrheit rennst du nur vor dir selbst weg."

Sie ließ mit nach unten gezogenen Mundwinkeln ihren Blick von den Füßen bis zum Kopf langsam über mich streichen und sagte, deutlich jedes Wort betonend: „Davor würde ich auch davon laufen wollen."

„Späte Erkenntnis. Warum hast du es dann nicht gleich getan?"

„Weil ich eine Frau bin und geglaubt hatte, dass du ein Mann wärst."

Sie stand auf. „Ich denke, du findest den Weg nach draußen alleine. Ich würde ja sagen, komm wieder, wenn du ein Mann geworden bist, aber dann bin ich alt und grau. Wenn überhaupt. Damit dir die Zeit bis dahin nicht lang wird, habe ich noch ein Abschiedsgeschenk für dich."

Mit spitzen Fingern, als ekele sie sich, ließ sie einen Umschlag auf den Tisch vor mir fallen, stand auf und verließ mit hoch erhobenem Kopf das Konferenzzimmer.

Ich erhob mich nicht einmal, als sie den Raum verließ und griff nach dem Umschlag. Der Scheck würde darin sein. So, wie sie mich eben behandelt hatte, war klar, dass es sie ankotzte, mir auch noch Geld zahlen zu müssen. Ich riss ihn auf.

Es war ein am Computer ausgedruckter Gutschein von einem Erotikkaufhaus im Internet. Für eine aufblasbare Gummipuppe.

Creature

Die Zahl mythischer Wesen auf Bali ist Legion und die Unterschiede zwischen ihnen sind nicht allzu groß. Sie existieren, in der Luft, im Wasser und in der Erde; manchmal wählen sie auch unter den Menschen selbst einen als ihr Gefäß.

Vor jeder Hütte auf dieser Insel wacht ein steinernes Ungeheuer über das Wohlergehen der Bewohner. Zumindest wollen die Balinesen glauben, dass es das tut. Doch sie sind sich nie ganz sicher, ob gerade ein Gott oder ein Dämon ihre Heimstatt bewacht und so verhüllen sie den Unterleib der Figur mit einem schwarz-weißen Sarong. Bringen sie ihre Opfergaben dar, tun sie es in der Hoffnung, der heilige Angebetete möge ihnen verzeihen, falls sie gerade statt seiner einem unerkannten Teufel gehuldigt haben.

In den Städten haben sie für den Unglauben der meisten Europäer nur ihr ewiges Lächeln, hinter dem sie ihre Gedanken verbergen. Doch wer den Mut hat, zu denen hinauszufahren, die noch auf dem Land wohnen und sich zu ihnen unter die Palmen ans allabendliche Feuer zu setzen, wird auch einen anderen Gesichtsausdruck kennenlernen - wenn die Wolken sich vor den Mond schieben, alle Geräusche im nahen Dschungel verstummen und von irgendwoher ein kalter, beißender Wind das Feuer zu heller Glut anfacht, als blase ein Dämon seinen lohenden Atem in die Nacht.

Dann rücken sie ganz eng zusammen, wie sie es schon seit Urzeiten getan haben, und erzählen sich die Legenden ihrer Vorfahren. Doch sie tun es leise und mit gesenktem Blick, denn sie sind sich nie sicher, ob der, mit dem sie gerade reden, nicht das Gefäß eines dämonischen Gottes oder göttlichen Dämonen ist.

Und wehe dem, der ihn erweckt...

*

Hartwig Renner war nie auf Bali gewesen und glaubte nicht an Götter, die ihm wohlgesonnen sein sollten, oder an Dämonen, die ihn eines qualvollen Todes sterben lassen konnten. Er glaubte nicht, dass er überhaupt an etwas glaubte, außer an den unumgänglichen Erfolg steter harter Arbeit und daran, dass es idiotisch sei, sich am Freitagnachmittag aus dem Pott in Dortmund über die stauverstopfte A1 nach Schwerin zu quälen.

Die meisten Lichter waren bereits abgeschaltet, der lange Flur des Control Data Instituts versank im Dämmerlicht der Notbeleuchtung und jede Unregelmäßigkeit, jeder Vorsprung des Mauerwerks manifestierten sich als Muster dunkler Schatten auf dem hellen Steinfußboden. Nichts zeugte mehr von der emsigen Geschäftigkeit, mit der am Tage hier Studenten, Dozenten und Institutsmitarbeiter durch die Gänge eilten.

Hartwig liebte diese Atmosphäre. In Gedanken versunken, fingerte er schon eine geraume Zeit in seiner Hosentasche nach dem Schlüssel, mit dem er das Dozentenzimmer hinter sich abschließen konnte.

Um sich nicht in die für den Freitagnachmittag typische Blechlawine von Dortmund nach Bremen einreihen zu müssen, hatte er sich noch an diesem Nachmittag die Klausuren seiner Klasse vorgenommen. Akribisch hatte er jeden Fehler im Programmcode mit einem roten Filzstift angestrichen, gelungene Lösungen mit Blau kommentiert, schließlich die einzelnen Noten zusammengerechnet und das Resultat hatte ihn seine schmalen Lippen zu einem flüchtigen Lächeln verziehen lassen. Seine Studenten hatten wieder einmal ein Klausurergebnis erzielt, das die Messlatte für die Arbeit der anderen Dozenten hier noch höher schrauben würde. Natürlich auch seine Reputation bei der Institutsleitung und damit war ihm der nächste, gut bezahlte Kurs so gut wie sicher.

Kurz dachte er daran, wie hart er für dieses Ergebnis gearbeitet hatte; daran, dass ihm vier Stunden Schlaf pro Nacht irgendwann die Beine wegziehen würden und dass der Tag kommen würde, an dem er bitter würde dafür bezahlen müssen. Doch das gehörte zum Geschäft, wenn man vorankommen wollte, und er redete sich ein, dass er bereit war, diesen Preis zu bezahlen.

„Es gibt verschiedene Möglichkeiten, sich umzubringen. Deine ist nicht einmal besonders originell."

Obwohl er leise gesprochen hatte, hallte der tiefe Bass Detlev Arsens durch den stillen Flur im Erdgeschoss des Control Data Instituts. Etwas Materielles, Dunkles schwang in ihm mit, das ihn zu mehr machte als bloßem Schall.

Hartwigs Nackenhaare stellten sich auf. Fast wäre er vor Schreck in den Knien eingeknickt, der Türschlüssel rutschte ihm aus der Hand und schlug mit einem übernatürlich lauten Klirren auf die Steinfliesen. Eine Hand schweißnass um die Türklinke gekrampft, suchte er mit den Augen den halbdunklen Gang nach dem Besitzer der Stimme ab.

Detlev Arsen lehnte einige Meter entfernt auf seinen Stock gestützt so in einer Nische, dass er mit der

Wand zu verschmelzen schien, schüttelte wie ein Bär den Kopf langsam von links nach rechts hin und her und setzte grollend fort: „Erst suchst du zwei Minuten in deiner Hosentasche nach dem Schlüssel, obwohl der da nicht so schwer zu finden sein dürfte und dann bekommst du ihn nicht in das Schloss, weil deine Hände so zittern. Beim kleinsten Geräusch zuckst du zusammen, und wenn dich jemand auch nur schief anschaut, fährst du aus der Haut. Was glaubst du eigentlich, wofür das die Symptome sind? Wann hast du das letzte Mal richtig ausgeschlafen?"

Hartwig richtete sich aus seiner geduckten Haltung wieder auf, wischte unauffällig die Hände an seiner Hose ab und mühte sich, das Zittern in ihm aus seiner Stimme herauszuhalten: „Ich wusste schon immer, dass du mit deiner Guildo-Horn-Frisur als Kinderschreck gut zu gebrauchen ist. Aber ich bin kein Kind mehr!"

„Warum hast du dich dann erschrocken?" Detlev stieß sich von der Wand ab und humpelte, seinen Kirschbaumstock als Stütze benutzend, auf Hartwig zu.

Zehn Jahre zuvor hatte er bei einem Autounfall mit einem Geisterfahrer ein Bein verloren, und obwohl die Orthopädie seit dieser Zeit rasende Fortschritte gemacht hatte, beharrte er stur darauf, seine hölzerne Beinprothese zu behalten. Er war ein fünfzigjähriger Kahlkopf mit stechendem Blick, den auch seine Hornbrille nicht milderte, dem nur noch an beiden Seiten des für seinen kleinen Körper viel zu groß scheinenden Kopfes ein paar Haare sprossen, die noch nie mit einer Schere in Berührung gekommen waren. Er hatte Psychologie studiert, unterrichtete Kybernetik, lebte Esoterik und machte niemandem gegenüber einen Hehl daraus, dass er stockschwul war.

Vor zwei Wochen hatte Hartwig sich bei einem Bier von Detlev erklären lassen müssen, dass in jedem Menschen noch immer die Instinkte der Vorfahren wach sind und der Urmensch wie ein teuflischer Dämon nur darauf lauert, hervorbrechen zu können. Hartwig hatte sich mit dem Zeigefinger an die Stirn getippt und sich gefragt, ob er der Institutsleitung nicht einen Tipp geben sollte, um zu verhindern, dass Detlev seinen Studenten statt der wissenschaftlich begründeten Chaostheorie irgendwelchen übersinnlichen Mist beibrachte.

Er fragte sich, wie jemand Logik lehren konnte und zu gleicher Zeit an Übernatürliches glauben. Doch die Studenten mochten Detlev Arsen, obwohl sie ihn wegen seines hinkenden Ganges und dem Stock aus Kirschbaumholz, den er nie aus der Hand legte, hinter seinem Rücken „Kapitän Ahab" nannten.

Hartwig trat einen Schritt zur Seite. Er hatte sich gefangen und antwortete betont langsam und deutlich: „Nur weil wir ab und zu unter Kollegen ein Bier zusammen trinken, in unserem Ausweis in der Rubrik Wohnort ‚Schwerin' steht und wir damit hier die Quotenossis sind, ist das noch lange kein Grund, sich um die Vaterstelle bei mir zu bewerben. Kinder macht man anders, aber das kannst du ja nicht wissen."

Er machte noch einen Schritt zur Seite. Er wollte an Detlev vorbei zu seinem Wagen, doch der hielt ihn am Arm fest, richtete seine hinter den dicken Brillengläsern unnatürlich groß wirkenden Augen auf Hartwig und sagte ungerührt, als hätte er dessen Frechheit nicht bemerkt: „Du bist überarbeitet. Nimm dir mehr Zeit für dich und mach eine Pause. Ich kann dich nächste Woche gerne vertreten. Ich meine es nur gut mit dir."

Hartwig starrte auf die dunklen Haare auf dem Handrücken von Detlev, als könne er allein durch seinen Blick dessen Umklammerung lösen. Es half jedoch nicht und so riss er sich mit einem Ruck los und knurrte: „Daher weht der Wind also. Hast du da nicht die Personalpronomen verwechselt? Oder glaubst du wirklich, dass ich dir das abnehme? Du willst mich vertreten? Sag doch gleich, dass du meine Klasse und den nächsten Kurs haben willst!"

Etwas blitzte in Detlevs Augen auf, er straffte sich, trat ganz dicht an Hartwig heran und erwiderte scharf: „Nur, weil du lauter als die Wölfe heulst, mit denen du jagst, wirst du noch lange nicht einer von ihnen. Uns waren einmal andere Dinge wichtig als Karriere und Geld. Hast du das schon vergessen? Was ist mit deinen Schülern? Sind sie für dich nur Treppenstufen, auf denen du vorankommst?"

Hartwig verkniff seine Lippen und starrte dem Krüppel ins Gesicht, als könnte er ihn allein mit seinem wütenden Blick zum Verstummen bringen und tatsächlich winkte Detlev nach einem Moment des Schweigens ab und trat wieder einen Schritt zurück.

„Ich will dir keine Moralpredigt halten, Hartwig. Vielleicht solltest du ab und an einmal zurückschauen, wer du einmal warst und was dir einmal wichtig war im Leben. Du treibst Raubbau mit deinem Körper und bist nicht mehr du selbst. Du kannst nicht jede Nacht das Material für den nächsten Tag vorbereiten und dann noch zehn Stunden unterrichten. Du bringst dich um damit. Und alles nur, um dir selbst zu beweisen, dass du so gut bist wie die, die hier Informatik studiert haben? Wozu? Wem außer dir ist das wichtig? Bleib wenigstens das Wochenende hier in Dortmund und fahr nicht nach Hause."

Hartwig bekam die Lippen kaum auseinander vor Wut. „Hast du in den Sternen gesehen, dass mich in Schwerin ein Unglück erwartet, oder fehlt dir jemand zum Kuscheln?"

Detlev zuckte zusammen, als hätte Hartwig ihm unversehens ein Glas Wasser ins Gesicht geschüttet. Seine Augen verengten sich zu Schlitzen und mit einer Stimme, die durch den dunklen Flur hallte, als käme sie aus einer Gruft, antwortete er: „Wenn ich wissen wollte, was dir passieren wird, würde ich nicht in den Himmel schauen, sondern in der Hölle nachfragen. Aber das muss ich nicht, ein Blick in deine Augen genügt mir. In dir schreit etwas so laut um Hilfe, dass jeder es hören kann!"

Er stützte sich mit beiden Händen auf seinen Stock, musterte Hartwig von Kopf bis Fuß und hätte Hartwig Augen besessen, die so etwas erkennen konnten, so hätte er das Mitleid im Blick Detlevs bemerkt. Er zischte: „Ich brauche keine Belehrungen von Käpt'n Ahab!"

„Dass gerade du das sagst? Ich weiß, dass mich die Studenten hinter meinem Rücken so nennen. Es trifft mich nicht, denn es bezieht sich nur auf Äußerlichkeiten. Ich frage mich aber, wer von uns beiden ihm wohl mehr ähnelt."

Er hielt Hartwig einen Zettel mit seiner Telefonnummer hin. „Ich bin das Wochenende zu Hause in Schwerin. Wenn du jemanden zum Reden brauchst, ruf mich an. Bevor es zu spät ist."

Hartwig schlug den ausgestreckten Arm zu Seite, drängte sich an Detlev vorbei und ging, immer schneller werdend, den Flur hinunter.

Detlev blickte ihm hinterher, dann rief er: „Hartwig, bitte ..."

Er hielt den Arm mit dem Zettel vor sich, hoffend, Hartwig würde sich eines Besseren besinnen und warten. Schließlich, Hartwig hatte die Tür des Ganges hinter sich zugeknallt, besann er sich und humpelte, so schnell es ihm möglich war, den Gang entlang. Gerade öffnete er die Tür zum Institutsparkplatz, da rauschte Hartwig in seinem alten Ford Scorpio an ihm vorbei.

Lange blickte Detlev dem Wagen hinterher und murmelte schließlich: „Jeder von uns hat seine weißen Wal. Hoffentlich wirst du die Begegnung mit deinem überleben."

Das Echo seiner Stimme hallte durch den leeren Flur und kehrte, immer leiser werdend, als „... leben, ... leben, ... leben" wieder.

*

Hartwig warf keinen Blick zurück zu dem in der Tür stehenden Detlev. Er warf nie einen Blick zurück. Konzentriert lenkte er den Wagen durch Dortmunds Straßen, bis er die A1 erreicht hatte, und trat dann das Gaspedal bis zum Anschlag durch. Der alte Scorpio quälte sich mit Mühe auf seine Spitzengeschwindigkeit von einhundertachtzig Kilometern pro Stunde und Hartwig versank in Gedanken.

Käpt'n Ahab war ein verschrobener Waldschrat, der einhundert Jahre zu spät geboren worden war. Seine Ansichten passten nicht mehr in eine Zeit, in der es nur noch um Effizienz ging. Wie kam er überhaupt dazu, ihm, Hartwig, das Wochenende zu vermiesen?

Er hatte alles im Griff und selbst wenn nicht, gab es für ihn keinen Grund, einem Konkurrenten zu erzählen, dass der mit seiner Vermutung nicht so weit daneben lag. Zumal er ihm nicht vergessen hatte, dass Detlev es gewesen war, der ihn vor vier Wochen überredet hatte, einen Seelenklempner zu besuchen. Deswegen war Hartwig immer noch sauer.

Nachdem er die Praxis verlassen hatte, war er um 200 D-Mark ärmer und eine unnütze Erfahrung reicher gewesen. Die Packung Tabletten, die der Arzt ihm gegeben hatte, hatte er in den Müll wandern lassen, denn sie zu nehmen, hätte bedeutet, zuzugeben, dass der Seelenklempner und Detlev Recht hatten.

Die beiden hatten nicht die mindeste Ahnung, wie das Leben auf der Überholspur aussah, auf der Hartwig dahinraste; mit zu wenig Schlaf und dem verzweifelten Versuch, alles unter Kontrolle zu halten und nichts, aber auch gar nichts außer Acht zu lassen.

Was es bedeutete, sich kopfüber auf jede Herausforderung zu stürzen und ein Leben wie im Cockpit eines Kampfjets zu führen. Crack war gegen diese Adrenalinschübe ein sanftes Beruhigungsmittel.

Hoppla!

Reflexartig trat Hartwig Kupplung und Bremse gleichzeitig voll durch, um nicht auf einen plötzlich ausscherenden LKW aufzufahren.

Es war reine Routine und jeder Fluch, den der Idiot vor ihm im Fahrerhaus des Trucks sowieso nicht hören könnte, wäre nur Kraftverschwendung gewesen. Kraft, von der Hartwig jedes Erg für Wichtigeres brauchte. Er ließ den Wagen fast bis zur hinteren Stoßstange des LKW aufschließen und gab Gas, als er wieder freie Fahrt hatte.

Eine Minute später hatte er den Vorfall, von dem manch anderer als Moment, der ihn fast das Leben gekostet hatte, zu Hause geprahlt hätte, schon wieder vergessen.

Ihn quälte keine „rezidierende, exogene Depression", wie ihm der Quacksalber hatte weismachen wollen, sondern sein Terminkalender und die Tatsache, dass im Institut noch nicht jeder begriffen hatte, dass er der beste Dozent war, der dort unterrichtete. Genau das würde er ändern, er musste dazu nur noch ein bisschen mehr Gas geben.

Wie immer fuhr er die vierhundert Kilometer in einem Rutsch durch. Erholungspausen kosteten nur Zeit und er fand, dass er noch genug schlafen konnte, wenn der Tod an seine Tür klopfte. Doch bis dahin hatte er noch verdammt viel vor in seinem Leben und auch die Sprüche eines Käpt'n Ahab würden daran nichts ändern.

Hinter Bremen wurde es ruhiger und der Verkehr in Richtung Hamburg war nicht mehr der Rede wert. Wer viel in der Nacht auf Deutschlands einsamen Autobahnen unterwegs ist, weiß, wozu das führen kann. Der Geisterfahrer kommt dann nicht immer nur von vorn.

Wenn die Scheinwerfer einen Tunnel aus Licht in die Schwärze der Nacht bohren, aus dem Radio sanftes Gedudel klingt und Kopf und Körper im Einklang mit den Motorvibrationen wie in Trance dahinschweben, nimmt die Einsamkeit hinter dem Lenkrad fast körperliche Formen an. Der Geist sitzt dann nicht in dem entgegenkommenden Auto, sondern auf dem Nebensitz.

Bei Bandenitz setzte Hartwig den Blinker und bog von der A24 ab. Das Licht der Straßenlaternen huschte über den Platz rechts neben ihm. Doch es beleuchtete statt der stummen menschlichen Gestalt, der Hartwig in der letzten halben Stunde sein Leid geklagt hatte von den Problemen des Dozentenlebens, neidischen Kollegen und Ärzten, die Gesunde krank reden, nur einen Müllhaufen aus angebrochenen Kekspackungen und Coladosen.

Es war kurz vor eins, als Hartwig seine Wohnungstür aufschloss. Er duschte schnell, warf noch einen Blick in seinen Terminkalender für den Samstag und ließ sich dann in die Laken fallen. Der Rest der Freitagnacht bestand für ihn aus schlaflosem Herumwälzen in einem Bett, das schon vor vier Wochen hätte einmal wieder frisch bezogen werden müssen und mit Nerven, die wilde Sau in einem Gehirn spielten, das nicht mehr abschalten konnte.

*

Wie jeden Morgen, so riss sich Hartwig auch am Samstag beim ersten Klingelton des Weckers mit aller Gewalt aus dem Bett. Er ignorierte das Hämmern in den Schläfen genauso wie die Schmerzen in seinem Körper, sprang noch einmal unter die Dusche und schrieb bereits wenige Minuten später bei seinem ersten Pott Kaffee und der zweiten Zigarette an seiner Vertragsabrechnung für die Institutsleitung.

Damit fertig, bereitete er den Unterricht für den Montag vor. Es standen nur die Auswertung der Klausur mit seiner Klasse und dann noch vier Stunden Hardware auf dem Lehrplan; Ersteres würde ein Vergnügen werden, Letzteres hatte er bereits unterrichtet und konnte deshalb die Vorbereitung auf ein Minimum reduzieren. Vier Stunden, drei Pötte Kaffee und fünf Zigaretten später war er auch damit fertig.

Es war kurz vor zwei Uhr am Nachmittag und sein Magen knurrte. Er warf noch einen Blick in seinen Terminkalender. Penibel überprüfte er, ob alles erledigt war und was noch anstand. Am Sonntagabend wollte Jessi ihren Dreißigsten in Wismar bei einem Essen mit ihm feiern, und wie er sie kannte, würde es nicht beim Essen bleiben. Das bedeutete, dass er Sonntagnacht direkt von Rostock nach Dortmund düsen musste. Bis dahin blieben ihm einunddreißig Stunden freie Zeit.

Er klappte seinen Terminkalender zu, zündete sich die nächste Zigarette an und überlegte. Das Bett musste frisch bezogen werden, der Staubsauger lechzte wahrscheinlich auch nach Benutzung, er würde einkaufen müssen und dann könnte er auch einmal wieder ein Buch lesen. Oder er könnte sich einfach nur ins Bett legen, an nichts denken, und bis morgen durchschlafen. An nichts denken...

Er blickte auf den Ascherest auf dem Tisch. Er war von der Zigarette abgefallen, gerade eben. Als wäre sie ein Fremdkörper, blickte er voller Erstaunen auf seine Hand. Sie zitterte. Das hatte sie noch nie getan. Fünfunddreißig Jahre lang hatte sie perfekt funktioniert.

Hastig drückte er die Zigarette im Aschenbecher aus, sprang auf und lief ins Schlafzimmer. Dort packte er seinen Reisekoffer und schmiss auch noch ein paar Klamotten in einen Rucksack. Im Vorbeigehen griff er, ohne hinzusehen, nach irgendeiner Schwarte in seinem riesigen Bücherregal und warf sie den Sachen hinterher. Flüchtig schoss ihm der Gedanke durch den Kopf, dass er seit einem Jahr außer Fachbüchern kein einziges neues Buch mehr gekauft hatte, doch sofort vertrieb er ihn wieder.

Er brauchte dringend Erholung und die dreißig Stunden, die er dafür hatte, würde er sich nicht nehmen lassen. Auch nicht von Gedanken, die er nicht denken wollte.

Als flüchte er vor etwas, knallte er die Haustür hinter sich zu, warf die Taschen in den Wagen und machte sich auf den Weg ans Meer. Kein Seelenklempner, kein Krüppel mit Kirschbaumstock, sondern ein Samstagabend an der Ostsee. Siebzig Kilometer bis zur Küste. Einsamkeit, Natur und Meer und irgendein Buch bei Kerzenschein würden ihm den Kopf frei blasen.

*

Börgerende-Rethwisch liegt ziemlich genau in der Mitte zwischen Rostock und Wismar. In dem kleinen Ort an der Ostseeküste gibt es nur wenige Häuser, eine Verbindungsstraße, die am Deich entlang läuft, und einen Campingplatz. Er parkte seinen Wagen auf einem öffentlichen Parkplatz und drehte fünf Minuten später den Bartschlüssel in der Tür der alten Fischerkate, die er von seinem Großvater geerbt hatte.

Der Rost hatte in seiner monatelangen Abwesenheit die Chance genutzt, sich in das Eisen des Schlosses zu fressen und er musste kräftig drücken, bis die Tür mit einem lauten Quietschen nachgab. Der Geruch von Moder, Fäulnis und Fisch schlug ihm entgegen und ein großes Spinnennetz mit einem schwarzen Punkt in der Mitte im Türrahmen versperrte ihm den Weg. Staub rieselte aus der niedrigen Decke auf seinen Anorak und erinnerte ihn daran, die Renovierung der Hütte nicht mehr allzu lange hinauszuschieben.

Er warf seinen Rucksack auf den Tisch, riss mit Mühe die Fenster auf, deren Rahmen sich verzogen hatten, und warf einen Blick hinaus. Am Himmel zogen bleigraue Wolken dahin, die Bäuche bis zum Bersten gefüllt mit Wasser, Vorboten des Herbststurms, für den der Wetterdienst eine Warnung für die ganze Ostseeküste herausgegeben hatte.

Etwas in Hartwig lachte. Er war hier aufgewachsen, mit Wind und Wetter, jeder Sturm war wie ein Bruder für ihn. Er ließ alles stehen und liegen und lief zum Wasser. Die Herbsturlauber waren vor dem herannahenden Sturm geflohen und so gehörte ihm der Strand allein. Niemand kannte ihn hier, keiner sah ihn und plötzlich fiel alles ab von ihm. Der Wind stemmte sich ihm entgegen, aber er lachte ihn aus. Er trabte durch den Sand, sog mit tiefen Atemzügen die salzige Meeresluft ein und tobte mit ausgebreiteten Armen die Dünen hinauf und hinunter. Wie ein übermütiges Kind rannte er in die Wellen, dass das Wasser nach allen Seiten spritzte, und schrie das Leben hinaus in die Böen. Der Endorphinschwall in seinem Blut trieb ihm Tränen in die Augen, sie liefen ihm über das Gesicht und mischten sich mit dem salzigen Wasser der Ostsee.

Eine Stunde danach hängte er, müde vom Lauf gegen den immer mehr zunehmenden Wind und das Gesicht nass von Schweiß, Tränen und der Brandungsgischt, seinen Anorak an einen Haken im Flur der Hütte, erschöpft, aber bis zum Bersten gefüllt mit Glückshormonen.

Eine aus der Not geborene kalte Dusche und zwei Heringe mit Schwarzbrot später ließ er sich in einen mottenzerfressenen Sessel fallen, zündete eine große Kerze an und fischte in seinem Rucksack nach dem

Buch, dass er aus Schwerin mitgebracht hatte. Er hatte endlich einmal wieder Lust, zu lesen und war neugierig darauf, was ihn der Zufall hatte wählen lassen.

Seine Hand fasste etwas Hartes, er zog es heraus, warf einen Blick auf den Einband - und erstarrte. Mit einem Schlag verschwand das überwältigende Glücksgefühl, das ihn bis eben noch überschwemmt hätte, als wäre es nie da gewesen und Hartwig hatte plötzlich das Gefühl, nicht mehr allein zu sein. Er blickte mit verkniffenen Augen ins Halbdunkel, obwohl er wusste, dass niemand außer ihm hier war.

Schließlich schüttelte er den Kopf über sich selbst und die Zufälle, die es gibt. Er schaute wieder auf das Buch in seiner Hand. Es war sehr alt, er hatte es, genau wie diese Hütte, von seinem Großvater geerbt und für einen Moment glaubte Hartwig wieder das meckernde Lachen des Alten zu hören, vor dem er sich als Kind gefürchtet hatte. Die Goldbuchstaben auf dem Einband waren verblichen, doch Hartwig brauchte sie nicht. Er kannte jede Zeile darin auswendig, denn als Kind hatte er es förmlich verschlungen. Und er hatte immer den weißen Wal geliebt und den verrückten Käpt'n Ahab gehasst. Etwas, ganz tief in seiner Seele, hatte immer den gequälten Moby Dick verstehen können.

Wie immer, wenn er das Buch in die Hand genommen hatte, schlug er zuerst den rückseitigen Buchdeckel auf. Sein Großvater hatte in jedes Buch, das er gelesen hatte, etwas hineingekritzelt und hier hatte er geschrieben: „Der Mensch muss atmen, essen, trinken, schlafen und lieben. Nichts sonst. Alles andere ist Pipifax. In einem Schrank voller Geld fehlt uns die Luft zum Atmen, Gold füllt keinen Magen, gestillte Rache labt die dürstende Seele nicht und nur der

Schlaf ist der Ort, an dem wir unseren dunklen Bruder als Freund umarmen."

Der Alte war ein Fischer gewesen, kein Philosoph und er war gestorben, hier in diesem Haus, drei Wochen nach seiner Frau. Er hatte sich hingelegt und war nie wieder aufgestanden. Einfach so.

Das Gebälk über Hartwig ächzte unter dem Druck des zunehmenden Windes draußen, ein Dachsparren knackte - fast hörte es sich an, als böge er sich unter der Last langsamer, schwerer Schritte, und er blickte nach oben.

Doch das Licht der Kerze neben ihm verlor sich irgendwo über ihm und er zuckte nach einigen Sekunden die Schultern. Die Fischerhütte war alt und baufällig und es wäre kein Wunder, wenn einer der nächsten Stürme sie ziemlich arg rupfen würde. In den uralten Balken feierten die Holzwürmer Partys und die Leitungsdrähte des Blitzableiters hielt nur noch der Rost zusammen.

Jahr für Jahr war ins Land gezogen und er hatte die Renovierung weiter und weiter hinausgeschoben. Er hatte keine Zeit dafür gehabt und etwas wie ein Schuldgefühl kroch ihm den Nacken hoch. Als könnte die alte Kate es hören, sagte er plötzlich laut: „Entschuldigung. Ich kümmre mich nächstes Jahr um dich."

Im nächsten Moment schüttelte er den Kopf über sich selbst. Wie konnte er zu altem, wurmstichigen Holz sprechen? Es war von irgendwo ganz tief in ihm gekommen.

Hartwig blickte auf das Buch auf seinen Knien, doch er sah es nicht wirklich. Die Studenten in Dortmund nannten Detlev „Kapitän Ahab". Warum eigentlich? Und warum hatte Kapitän Ahab, nein Detlev, gesagt, dass er, Hartwig, ihm viel mehr ähneln würde?

Welches Monster mochte in dem Mann gewohnt haben, dass es ihn zwingen konnte, sein Leben und das der Besatzung der Jagd nach einem Pottwal zu opfern? Hartwig stellte sich vor, wie Ahab wohl gewesen wäre, wenn er den Wal nicht hätte jagen müssen, wenn er stärker gewesen wäre als das, was in ihm gewütet hatte. Oder war Ahab wie er gewesen? Jemand, der nicht mehr von seinem Lebensweg abspringen konnte, weil er jede Alternative versperrt sah. Jemand, den seine eigenen Geister vorantrieben und der nur stumm schreien konnte, weil der Stolz es ihm verbot, Schwäche zuzugeben?

Die hölzernen Läden vor den undichten Fenstern klapperten in ihren Verriegelungen gegen die Wand. So ähnlich musste es geklungen haben, wenn Kapitän Ahab mit seinem Holzbein über die Decksplanken der Pequod gehinkt war. „Klack, klack, ..., klack, klack ...

Hartwig war unendlich müde, seine Gedanken gerieten auf Abwege und das Hier und Jetzt vermischte sich mit dem, was ihn aus den Zeilen seines Großvaters ansprang. „Eine Depression ist keine schlechte Laune, sondern bei Ihnen eine Hormonstörung, die sie kein Glück fühlen lässt. Je mehr sie gegen die Wände des Tunnels in ihrem Kopf anrennen, umso näher werden sie zusammenrücken", hatte der Arzt gesagt und dabei warnend einen manikürten Zeigefinger gehoben.

Er zeigte auf Detlev Arsen. Der stand auf der Brücke eines alten, hölzernen Walfängers, die Strahlen einer blutroten Sonne spiegelten sich auf seinem Kahlkopf, er stützte sich auf seinen Knotenstock aus

Kirschbaumholz und musterte Hartwig mit stechendem Blick.

„Gib es endlich zu und dann geh zur Seite!", rief er, drohte mit erhobener Faust und hinkte dann auf seinem Holzbein davon. „Klack, klack, …, klack, klack …" An der Reling blieb er stehen, drehte sich um, hob den Arm und schrie: „Feuer!"

Der Kanonendonner ließ die Holzplanken unter Hartwig erbeben, Mündungsfeuer stach mit Dolchen aus Licht nach seinen Augen und zu Tode erschrocken krümmte er sich zusammen.

Das grelle Leuchten einer elektrischen Entladung peitschte ihn zurück in die Wirklichkeit. Eine Sekunde später krachte Donner, dann fuhr wieder ein mörderischer Blitz irgendwo in die Erde. Der Herbststurm tobte mit der Gewalt eines zornigen Gottes über die Küste und Hartwigs Hütte bebte unter der Urgewalt, mit der er das Wasser der Ostsee gegen den Strand schmetterte. Jeder Aufprall pflanzte sich als Vibration bis in die wurmstichigen Dachsparren fort; Staub und altes Schilf rieselten aus dem Gebälk und die hölzernen Fensterläden schlugen bei jeder Böe einen kakophonischen Takt an die Hauswand.

Die Kerze auf dem Sideboard neben ihm schuf eine winzige Insel aus schummriger Helligkeit, doch jeder Luftzug ließ die Flamme flackern und erweckte dunkle Schatten an den Wänden zum Leben; die Finsternis der Mitternacht drückte gegen die undichten Butzenscheiben der Wohnstube und sickerte hinein wie ein böser Geist.

Mit zitternden Händen schlang Hartwig sich eine Decke um die Schultern und verharrte zusammengekrümmt in seiner Insel aus versiegendem Licht, unfähig sich zu rühren und der kalte Schleim der Furcht kroch ihm den Rücken hinauf.

Er dachte an seine Fieberphantasie. Was hatte Kapitän Ahab ihm zugerufen? Warum hatte er zur Seite gehen sollen? War etwas hinter ihm? War etwas hinter ihm her?

Die Kerze flackerte heftig und ihr Licht verlor den Kampf gegen die dräuenden Schatten an den Wänden der Kate. Ein schwarzes Schiff brach daraus hervor und der Sturm jagte es über die Wogen der tobenden See genau auf Hartwigs Sessel zu. Einsam stand Detlev an seinem Bug, die Spitze der Harpune in seiner Hand war genau auf Hartwigs Kopf gerichtet, Wahnsinn leuchtete aus seinen Augen, er schrie, doch der Sturm riss ihm die Worte vom Mund.

Wie eine gigantische Faust traf in diesem Moment eine Orkanbö die Hütte, und erschütterte sie bis in ihr Fundament. Ihre Urgewalt ließ die Wände von Hartwigs Zuflucht erbeben und etwas ganz tief in ihm wusste mit absoluter Gewissheit, was gleich geschehen würde: Ein Blitz, der in das Reetdach fuhr, es in Sekundenschnelle in Brand setzte, eine Sturmfaust, die die Hütte zertrümmerte und ihn unter ihren lichterloh brennenden Überresten begrub.

Er hätte noch fliehen können. Er hätte noch fliehen müssen.

Doch Hartwig schloss die Augen und wurde ganz ruhig. Er wollte nicht mehr. Er würde nach Hause gehen in das gleiche Dunkel, aus dem er auch in diese Welt gekommen war, endlich entronnen dem Malstrom der niemals endenden, von Tag zu Tag wirrer gewordenen Gedanken in seinem Kopf.

Eiseskälte breitete sich in ihm aus, alle Kraft verließ ihn und sein Kopf sank auf die Brust. Was auch immer jetzt aus dem Auge des Orkans auf ihn zuraste, konnte ihn haben. Er wünschte sich nur, dass es schnell gehen möge.

„Man muss haben sterben wollen, um zu wissen, wie schön das Leben ist ..."

Plötzlich, scheinbar aus dem Nichts tauchte dieser Gedanke in Hartwigs Kopf auf und er weckte etwas ganz tief unter den Schichten seines Ich. Jeden Anprall der Sturmböen an die Wände seiner Hütte wiederholte es mit einem kraftvollen Schlag von Hartwigs Herz; aus jedem Blitz, der einschlug, sog es Kraft und es fegte Hartwigs Angst hinweg, als sei sie ein Nichts.

Zornig war es und mit gefletschten Zähnen riss es Hartwig aus seiner Selbstaufgabe. Viele Jahrtausende alt, bäumte es sich auf gegen die tobenden Naturgewalten vor der Hütte und zusammen mit ihm stiegen in Hartwig Erinnerungen auf, die so alt waren wie die Menschheit selbst.

Nicht weit entfernt schlug ein Blitz in den Boden und so machtvoll wie der darauffolgende Donnerschlag hallte ein Befehl in Hartwigs Kopf.

Achtlos ließ er die Decke von seinen Schultern gleiten, erhob sich mit der Geschmeidigkeit eines Tigers aus dem Sessel und schlich zum Fenster. Unbeeindruckt ob der Kraft des Sturms drückten seine Hände spielend leicht die Fensterläden auf und geduckt und sprungbereit schaute er hinaus in das Chaos der Elemente. Die wirbelnde Schwärze flößte ihm keine Angst ein, denn er war in ihr geboren worden. Was auch immer dort lauerte, er war ihm begegnet, immer wieder, seit tausenden Jahren - und er hatte es besiegt. Zusammen mit IHM.

Draußen wurde es urplötzlich still, als hielte der Sturm den Atem an, orgiastische Lustschauer peitschten durch Hartwigs Nervenbahnen, tief wie niemals zuvor in seinem Leben atmete er ein, und seine Brust schien vor Kraft zu bersten.

Dann stieg ES empor, unwiderstehlich, mächtig; mühelos rissen seine behaarten Pranken die Mauern in Hartwig nieder, die er selbst errichtet hatte, sein Leben lang und seinem Befehl hatte Hartwig nichts mehr entgegenzusetzen.

Er jagte zur Haustür, riss sie auf und sprang mit einem Schrei in den Rachen der Finsternis. Zwanzig Schritte schaffte er noch, dann raste gleißend hell ein Blitz vom Himmel und traf mit einem schmetternden Krachen die Hütte. Sekunden später brachen lodernde Flammen aus dem Dach, eine Orkanbö packte die Hütte und riss sie nieder wie ein Kartenhaus.

Die Auflehnung der Neandertalerin

Andrea hatte ihre gespreizten Beine auf das Bett gestemmt und ihren Rücken in einem schier unmöglichen Winkel nach oben gebogen. Den Mund zu einem Schrei aufgerissen, zerrte sie an den Haaren der Frau zwischen ihren Schenkeln und presste sie mit aller Kraft gegen ihren Unterleib.

Mit mahlenden Kiefern und halb zusammengekniffenen Augen, als könnte er so schärfer sehen, schaute Malte Hansen auf das Bild in seinen Händen. Es war das Foto eines Profis, aufgenommen mit einem Teleobjektiv durch das Fenster eines Hamburger Luxushotels. Gestochen scharf hoben sich die schweißglänzenden Körper der beiden Frauen von dem zerknüllten schwarzen Seidenlaken ab.

Jedes Detail davon nahm er in sich auf. Die dunklen Locken der Frau zwischen Andreas Schenkeln mit der roten Strähne darin, die achtlos zu Boden geworfenen Kleidungsstücke und auch die beiden Cocktailgläser mit dem Zuckerrand auf dem Tischchen nicht weit entfernt von dem Doppelbett. Eines davon war umgestürzt. Sie mussten wie die Tiere übereinander hergefallen sein, nicht einmal die Zeit zum Ausziehen hatten sie sich genommen. Andrea hatte den Rock aus weißem Kängeruhleder, den sie zusammen in London gekauft hatten, nur hochgeschoben und der Frau, deren Gesicht von Andreas Schenkeln verdeckt wurde, klebte noch der Stoff eines taubenblauen Kostümrocks auf ihrem ausladenden Hintern.

Andrea hatte den Kopf zur Seite gedreht und blickte direkt in die Kamera, von der sie nichts wissen konnte. Jeder, der ihre in Ekstase aufgerissen Augen sah, würde wissen, dass das Foto exakt in jener Sekunde geschossen worden war, in der ihre Welt nur noch aus wilden Lustschreien und unkontrollierten Muskelkontraktionen in ihrem Unterleib bestanden hatte.

Doch niemand würde es je zu Gesicht bekommen. Er starrte noch einen Moment mit brennenden Augen auf das Foto, bis er sich sicher war, keines der Details seiner Schande darauf jemals zu vergessen, dann riss er es in Fetzen, immer wieder, so lange, bis selbst seine starken Finger aufgaben. Achtlos ließ er die Schnipsel auf den dunkelvioletten Veloursteppichboden der Hotellounge rieseln.

Der unscheinbare Mann in dem Sessel ihm gegenüber mit dem schütteren Blondhaar und einem blassen Gesicht, das man nach dem ersten Blick sofort wieder vergaß, hieß Winfried Scheidler und verdiente sein Geld als freier Mitarbeiter für ein Sicherheitsunternehmen. Er musterte hinter halbgesenkten Wimpern scheinbar gelangweilt die Gäste in der Lobby, doch in Wirklichkeit ließ er sich kein einziges Zucken in dem fast quadratischen Gesicht seines breitschultrigen Gegenübers entgehen.

Vor zehn Jahren hatte er den ersten Auftrag für ihn erledigen müssen und schon damals gehofft, dass es der Letzte gewesen wäre. Malte Hansen besaß mehr als genug Geld und hätte sich damit längst das mehrmals gebrochene und darum schiefe Nasenbein richten und auch die helle Narbe an seinem kantigen Kinn verschwinden lassen können, doch stattdessen trug er diese Zeichen seiner Vergangenheit wie andere eine Siegesmedaille.

Er trug Anzüge, für deren Preis sich normale Leute einen Kleinwagen kauften, ließ seine spatenblattförmigen Fingernägel zweimal die Woche von einer Schwuchtel maniküren, spendete jeden Monat möglichst öffentlichkeitswirksam für das Kinderhilfswerk und ließ seinen Grips von einem persönlichen Mentaltrainer fit halten. Doch unter seiner Schickeriaschale lauerte noch immer das Ego eines in die Jahre gekommenen Elefantenbullen und Leute, die ihm ihn die Quere kamen, walzte er platt.

Daran änderte auch die Tatsache nichts, dass er seine Geschäfte schon lange nicht mehr auf dem Hamburger Kiez als Boss von Schlägern und Geldeintreibern machte, sondern mit einem undurchsichtigen Geflecht dubioser Firmen im Osten Deutschlands, die alle ihren Sitz in einem unscheinbaren Briefkasten in Holland hatten. Er hatte zwar seine Methoden geändert und benutzte jetzt statt Baseballschlägern ein Heer von Anwälten und Politikern, doch das Ergebnis blieb das Gleiche. Nicht einmal seinen Gossenslang hatte er abgelegt, sondern pflegte ihn geradezu und stieß damit jeden vor den Kopf. Und er besaß noch immer das abgegriffene schwarze Notizbuch, in dem nicht nur die Nummer eines gewissen Hamburger Detektivs stand, der es mit der Privatsphäre anderer nicht so genau nahm, sondern auch die von schweren Jungs, gegen die Jack the Ripper ein Waisenknabe war.

Mit einem Papiertaschentuch trocknete Hansen den Schweiß auf seiner Glatze und fragte: „Wer ist die Tussi, die es meiner Frau besorgt?"

„Ist das wichtig?"

Hansen fixierte mit seinem Blick die Augen des Privatdetektivs und die Lufttemperatur in der Lounge schien schlagartig auf arktische Temperaturen zu sinken. „Wer ist die andere Frau?" wiederholte er. Er hatte nicht lauter gesprochen, nur seine Stimme hatte etwas heiserer geklungen als sonst.

Scheidler legte einen gelben Umschlag auf das Tischchen zwischen ihnen. „Sieglinde Sommer, sechsunddreißig, ledig, besitzt eine kleine Modeboutique hier in Schwerin im Schlossparkcenter. Alles andere, der Speicherchip mit den Originalen der Fotos und meine Rechnung sind hier."

Er zog den Reißverschluss seines schwarzen Seidenblousons hoch und stand auf.

Langsam griff Hansen nach dem Umschlag, hielt ihn einen Moment in der Hand und verstaute ihn dann sorgsam in der rechten Innentasche seines grauen Maßanzuges von Kilgour, French & Stanbury aus der Londoner Savile Row. Scheinbar ruhig fragte er: „Ist das alles?"

Für einen Moment war Scheidler versucht, ihm auch noch den Rest zu erzählen. Andrea Hansen hatte für ihre Liebestreffen immer Zimmer in den oberen Etagen des Hotels genommen und penibel darauf geachtet, die Vorhänge zuzuziehen. Doch gestern hatte sie in der ersten Etage gebucht, in deren Zimmer man fast aus den vorbeifahrenden Autos hineinschauen konnte. Mehr noch, sie hatte sogar das Fenster weit geöffnet.

Wenn sich Hansen das Foto ohne seine testosteronverklebten Augen angesehen hätte, wäre ihm aufgefallen, das seine Frau die ganze Zeit genau dorthin geschaut hatte, wo die Kamera gestanden hatte, als wäre sie ein Fotomodell und als hätte sie gewusst, dass sie observiert wurde. Die Art, wie die blonde Schönheit es mit der Sommer getrieben hatte, war mehr eine Zurschaustellung gewesen denn ein Liebesakt. Das Ganze hatte gewirkt, als hätte sie jemandem damit den Stinkefinger zeigen wollen und wenn dieser jemand Malte Hansen war, dann wollte Scheidler mit der Sache nichts zu tun haben. Wenn die oberen Zehntausend ihre Kriege führten, bezahlten immer die kleinen Leute wie er die Zeche und so antwortete er nur: „Ja. Natürlich."

Hansen schnaubte und seine Stimme dröhnte durch die Hotellounge: „Dann sind Sie ein verdammter Idiot! Vor einem Monat habe ich Sie auf die Spur gesetzt, aber Sie wollen mir weißmachen, dass alle bisherigen Treffen der beiden – und es dürften einige gewesen sein – so versteckt waren, dass Sie mir nicht einmal sagen konnten, von wem sich meine Ehenutte knallen lässt. Und auf einmal schmeißen Sie mir Hochglanzfotos von dem gestrigen Treffen auf den Tisch, als hätten sich die beiden in einer meiner Peepshows gewälzt. Entweder, Sie sind ein Pfuscher, der gestern nichts weiter als Glück gehabt hat, oder Sie haben von meinem Geld in den letzten Wochen fröhliches Sangriasaufen auf Malle gemacht."

Scheidler zuckte die Schultern und sagte: „Wenn Sie meinen. So haben Sie schon beim letzten Mal die Rechnung gedrückt. Scheint eine schlechte Angewohnheit bei Ihnen zu sein. Mit dem, was jetzt wahrscheinlich kommt, will ich sowieso nichts mehr zu tun haben. Ihre Frau hat nie im Voraus gebucht, immer nur direkt am Empfang und immer alleine. Wir konnten weder Technik in der Suite installieren noch ihr im Fahrstuhl folgen, ohne aufzufallen. Die Sommer wird immer mit dem Lift direkt aus dem Parkhaus hochgefahren sein und ohne Zugriff auf die Videokameras hatten wir gar keine Chance, herauszufinden, mit wem sich Ihre Frau trifft. Erst als wir dieses Foto hatten, haben wir sie über ihre Autonummer bekommen."

Es gab nichts weiter zu sagen, doch etwas zwang Scheidler, noch eine Frage zu stellen: „Was werden Sie jetzt tun?"

Hansen verzog seine schmalen Lippen zu einem Haifischgrinsen. „Meine Ehefrau geht gerade den Bach runter. Ich kann auch gerne noch einen unfähigen Privatdetektiv hinterherschmeißen. Wolltest du sonst noch etwas fragen – Schnüffler?"

Scheidler presste den Mund zu einem Strich zusammen und dachte, dass er die Frage besser für sich behalten hätte. „Sie dürfen gerne auf mir herumtrampeln, falls Sie sich dann besser fühlen. Das ist in meiner Rechnung schon mit einkalkuliert. Wenn Sie mich nach Dreck schnüffeln lassen, müssen Sie auch damit rechnen, dass ich ihn finde. Wenn Sie die Wahrheit nicht wissen wollen, engagieren Sie das nächste Mal Rudi Ratlos von der Müllabfuhr. Nichts für ungut. Sie haben meine Nummer!"

Er drehte sich um, ging an die Bar sein Bier bezahlen und dachte daran, was Hansen jetzt mit seiner Ehefrau anstellen würde. Doch eigentlich ging es ihn nichts mehr an, er war raus aus der Geschichte und letzten Endes war sie selbst schuld. Wer mit dem Teufel tanzte, musste auch die Musik bezahlen.

Auf dem Weg zum Ausgang blickte er noch einmal in die Lounge. Hansen saß noch immer in seinem Sessel und blätterte in einem abgegriffenen schwarzen Notizbuch.

Scheidler machte, dass er davon kam.

*

Kaum war Scheidler aus der Tür, verstaute Hansen das leere Notizbuch wieder in einer seiner Sakkotaschen. Manche Legenden waren nützlich und er kannte viele Möglichkeiten, Menschen Angst zu machen. Der Schnüffler hatte gesehen, was er hatte sehen sollen, er würde ab jetzt denken, was er, Hansen, gewollt hatte, das er dachte und würde schon aus Angst um seine Knochen den Mund halten. Damit war ein Problem vom Tisch.

Das zweite Problem hieß Andrea und das machte ihn rasend vor Wut. Doch er hätte es aus der Gosse nicht bis dahin geschafft, wo er jetzt war, wenn er sich diesem Gefühl ergeben hätte.

Er war kein Idiot, ewige Liebe war etwas für Prolls und Habenichtse, die keine anderen Ziele im Leben hatten als sich einer am anderen festzuklammern. Das war nicht der Grund gewesen, warum er sie geheiratet hatte, sondern seine erste Frau.

Sie war eine „von" gewesen und doch nichts weiter als ein Hohlkörper. Er hatte auf seinem Weg nach oben davon geträumt, einmal eine von diesen gepflegt aussehenden, gut riechenden und keine Party auslassenden Schicksen der oberen Zehntausend flachzulegen. Seine Bulldozermentalität und das Geld, das er gescheffelt hatte, hatten ihm irgendwann den Zugang zu ihren Kreisen verschafft und so hatte er eine von ihnen geheiratet. Doch der Traum war zum Albtraum geworden, als sich herausgestellt hatte, was für ein Dummbatzen sie gewesen war.

Danach hatte er die ewig kopfschmerzgeplagten, nur auf Publicity geilen und alles besser wissenden, aber in Wirklichkeit zu nichts zu gebrauchenden Weiber der High Society sattgehabt. Nicht einmal richtig ficken konnten sie und so hatte er sich eine junge und frische Schönheit aus dem Osten genehmigt, die sich nicht daran gestört hatte, dass er deftiges Deutsch sprach und einen Apfel nicht mit Messer und Gabel aß. Sie hatte das in ihm gesehen, was er war - ein Mann!

Doch nachdem ihre Mutter in die Kiste gehüpft war, hatte sie sich plötzlich verändert und immer häufiger Kopfschmerzen vorgeschoben, wenn er Bock auf sie gehabt hatte. Da hatte er ihr dann tatsächlich welche verschafft inklusive eines veilchenblauen Auges. Sie hatte ihn voller Hass angesehen, und er hatte ihr auch noch das zweite Auge blau geprügelt - hinterher, nachdem er es ihr richtig besorgt hatte. Seitdem hatten sie sich auseinandergelebt, jeder war seiner Wege gegangen und nur zu diversen Veranstaltungen, bei denen eine gut aussehende Ehefrau wichtig war, um Kontakte zu knüpfen, waren sie noch gemeinsam erschienen.

Seinetwegen hätte sie auf ihrem Tennislehrer bis nach Jerusalem reiten können - er hätte ihr noch eine gute Reise gewünscht. Sie hätte ihrem Golftrainer den Verstand aus dem Leib vögeln können, er hätte kein Aufheben darum gemacht.

Doch mit einer anderen Frau? Das war vollkommen daneben. Wenn herauskam, dass eine Lesbe sich von ihm heiraten lassen hatte, um an sein Vermögen zu kommen, würde man sich totlachen über ihn. In seinen Kreisen wurde nichts so ernst genommen wie der Anschein von Macht und jede Schwäche gnadenlos ausgenutzt. Sie machte ihn zum Gespött der Hunde, die alle nach seinen Hacken bissen und das würde er ihr nicht durchgehen lassen.

Er würde ihr den Geldhahn abdrehen. Das würde ihr viel mehr weh tun als jede Prügel, die er ihr verpassen konnte. Wenn das nicht reichte, um sie zur Vernunft zu bringen, würde er die Modeboutique ihrer Schickse kaufen, und falls die rumzickte dagegen, ein paar Freunde vorbeischicken. Die würden Ordnung schaffen in ihrem Laden und sie würde aufpassen müssen, dass sie nicht einen umfallenden Kleiderständer auf den Kopf bekam. Hier im wilden Osten ging so etwas noch.

Er blickte auf seine Uhr, sprang von seinem Sessel auf und ließ sich ein Taxi rufen. In zwanzig Minuten begann der Termin, um dessentwillen er nach Schwerin gekommen war. Und danach wurde es Zeit für eine neue Erinnerung.

*

Kurz nach eins marschierte er die Mecklenburgstraße hinunter in Richtung Pfaffenteich. Vielleicht lag es an seinem grimmigen Gesichtsausdruck, dass ihm die entgegenkommenden Passanten auswichen, doch wahrscheinlicher war es die innere Kraft, die er mit jedem seiner Schritte ausstrahlte. Jeder Sieg, den er erkämpfte, füllte seine Energierreserven und diese Power war es, mit der er alles niedertrampelte und die die Leute veranlasste, ihm instinktiv aus dem Weg zu gehen.

Gerade eben hatte er sie einem bebrillten Oberamtsrat im Bauamt mitten in seine wichtigtuerische Fresse mit dem lächerlichen Zickenbart am Kinn springen lassen. Der Mann war einer von den Typen, die man zusammen mit einer Buschzulage den Neandertalern hier aufs Auge gedrückt hatte, wo sie nichts mehr kaputtmachen, sich bedeutend fühlen und den dicken Max markieren konnten.

Nur eine Stunde hatte der Kampf gedauert, dessen Ausgang bereits vorher festgestanden hatte, dann waren alle Verträge für den Bau der neuen Villensiedlung unterschrieben gewesen.

Wie immer, wenn Malte Hansen diesem Provinznest Schwerin einen Besuch abstattete, begann er nach getaner Arbeit seine Erinnerungstour im „Friedrichs". Er wählte einen Platz im Freien mit einer schönen Aussicht auf die Häuser aus dem achtzehnten und neunzehnten Jahrhundert rund um den Pfaffenteich und setzte sich so, dass er die anderen Tische auf der Terrasse im Blick behalten konnte, ohne dazu den Kopf drehen zu müssen.

Wie immer bestellte er geschmorte irische Ochsenbäckchen mit Karottenbündchen und Kartoffel-Sellerie-Stampf, die selbst der Sternekoch in seinem Hamburger Lieblingsrestaurant nicht so schmackhaft zubereiten konnte, wie man es hier fertigbrachte und wie immer orderte er eine Flasche Champagner dazu.

Er ließ seinen Blick über die restaurierten Fassaden der alten Fachwerkhäuser am jenseitigen Ufer des Pfaffenteichs schweifen. Bald würde eine weitere Wiederhergestellte hinzukommen, seine in Mörtel gegossene und in Stein geformte Energie und wie bei so vielen anderen Bauten in dieser Stadt würde das bleiben von ihm.

Er hatte es richtig gemacht damals, als er, wie so viele andere, auf den Osten gesetzt hatte. Sie hatten es richtig gemacht damals, als sie denen hier im Osten den Soli verpasst hatten, obwohl die weder die Infrastruktur noch die Technologie gehabt hatten, um etwas aus der Kohle aus dem Westen machen zu können. Die Buschzulagenhansel hatten es ebenfalls richtig gemacht, als sie das Kapital in Form von Aufträgen in den Westen und in die großen Firmen zurückgelenkt hatten, statt nur die maroden Ämter aufzubauen und die Betriebe hier auszuschlachten.

Er hatte sich nie für Politik interessiert, doch als die Grenze gefallen und Kohl etwas von „blühenden Landschaften" im Osten gefaselt hatte, war das eine mehr als deutliche Einladung gewesen. Zumal der Bundeskanzler tunlichst vermieden hatte, zu erzählen, dass diese blühenden Landschaften ihren Preis hatten, den die Neandertaler schön selbst bezahlen sollten. Wie viele tausend Andere war Malte Hansen losgezogen, das Paradies zu erobern und sich dabei vorgekommen wie ein Weißer, der den Indianern Glasperlen verkauft.

Es war ein Heidenspaß gewesen, den Ossis, die zwar nicht dumm, aber gutgläubig und unerfahren wie Neugeborene gewesen waren, den Westschund zu verscherbeln. Sie hatten ihnen alles andrehen können, Versicherungen, die sie nicht gebraucht hatten, schrottreife Autos, übertreuerte Lammfellheizdecken und Politiker, für die sich im Westen wegen ihrer Blödheit kein Schwein mehr interessiert hatte.

Er hatte seine Finger überall hineingesteckt, sich eine goldene Nase verdient und irgendwann war unter seinen Neuerwerbungen auch eine marode Baufirma gewesen. Eigentlich hatte er sie ausschlachten wollen, doch die Leute, die da gearbeitet hatten, waren gutes Material gewesen. Sie waren bescheiden bis anspruchslos, zuverlässig, fleißig und vor allem hatten sie keinen Bock mehr auf Gewerkschaft. Gute Arbeiter, die nicht rumzickten, wenn sie Westgeld in der Lohntüte hatten. Und es waren schöne, vor allem aber unverklemmte Frauen darunter gewesen, die noch lernwillig waren und ihm so manche schöne Erinnerung beschert hatten. Wie Andrea.

Fünfundzwanzig Jahre hatte sie in der muffigen DDR im Stillen geblüht, drei Jahre waren es bis zur Chefsekretärin bei ihm gewesen, drei Monate, um ihm aufzufallen und nur drei Tage, bis sie nach der Hochzeit begriffen hatte, dass Dienstboten viel besser Waschen und Saubermachen konnten als sie und das Tennis und Golf deshalb so viel Spaß machten, weil die fetten Clubbeiträge die Prolls draußen hielten und man hier unter sich war.

Sie hatte sich schnell eingefunden in die Rolle als Frau des Chefs und in vollen Zügen ihre Freiheit und seine Kohle genossen. Bis vor einigen Stunden hatte er noch geglaubt, dass sie es sich auch verdient hatte, genau so wie er sich ihr Mona-Lisa-Lächeln, wenn er nach Hause kam. Doch offenbar hatte das Miststück noch schneller und vor allem mehr gelernt, als er gedacht hatte. Er würde ihr eine vor den Latz ballern, dass sie sich hinterher selbst nicht mehr im Spiegel anschauen mochte und dann konnte sie sich seinetwegen hier im Osten bei ihrer lesbischen Modetussi verkriechen. Wenn es die dann noch gab.

Doch nicht heute. Heute war wieder sein „Schwerin-Tag". Es war kurz vor zwei und langsam füllte sich die Außenterrasse mit Gästen. Eine Frau mit einem beeindruckenden Fahrgestell stand unschlüssig am Eingang zur Terrasse. Sie trug ein taubenblaues Kostüm, das gut genug geschnitten war, um eine Figur, die einmal atemberaubend gewesen sein musste, zur Geltung zu bringen. Ihr schmales Gesicht mit den hohen Jochbögen rahmten auffallend lange schwarze Locken mit einer roten Strähne darin. Sie gab Ihr etwas Wildes, das jedoch von den Grübchen in den

Wangen und der etwas zu kleinen Nase wieder gemildert wurde.

Sie gab sich sichtbar einen Ruck, begann sich zwischen den Tischen hindurchzuschlängeln und die Art, wie sie das tat und wie sie ihre Hüften dabei schwang, sagte ihm, warum sie hier war und dass sie seine heutige Erinnerung werden würde.

Mit beiden Händen hielt sie ihre Handtasche vor den Körper und er wusste, warum sie das tat. Es war eine Schutzgeste, tief aus ihrem Unterbewusstsein, mit dem sie ihre Unsicherheit kaschieren wollte. Wie er auch wusste, was als Nächstes geschehen würde und richtig - sie ließ ihren Blick unter gesenkten Wimpern über die Gesichter der Gäste wandern, an denen sie vorbeiging, ließ ihn eine Zehntelsekunde zu lange auf ihm ruhen, stockte fast unmerklich in ihrem Schritt und nahm dann den freien Tisch neben seinem. Es war keine Überraschung für ihn, dass sie sich dabei so setzte, dass sie ihn beobachten konnte, auch wenn ihr dabei die Nachmittagssonne voll in die Augen brannte.

Frauen wie sie gab es im Osten wie Bernstein am Strand und man musste sich nur nach ihnen bücken, um eine schöne Erinnerung zu haben. Es war der Grund, warum er hier saß, immer, wenn ihn seine Geschäfte nach Schwerin führten - wie auch in jede andere Stadt der Neandertaler. Er sammelte solche Erinnerungen, weil sie ihm zustanden.

Sie weiß es noch nicht, aber sie ist wegen einem Mann wie ihm hier. Deswegen hat sie ihr bestes Kostüm angezogen und ihr teuerstes Parfüm aufgelegt. Ihr Alter wird seinen fetten Arsch gegen siebzehn Uhr aus seinem Chefsessel im Amt, einem Büro oder sonst wo hieven, dann wird er Tennis spielen oder im Fitnesscenter versuchen, seinen schwabbeligen Körper in Form zu bringen, was ihm natürlich nicht gelingen wird. Er tut es nicht mehr für sie - die Zeit, in der ihn interessiert hat, was sie über ihn denkt, ist längst vorbei und so weiß er eigentlich nicht, warum er es überhaupt tut.

Sie wird gegen zwanzig Uhr nach Hause kommen, ihn flüchtig auf die Wange küssen, sagen, dass sie von ihren Freundinnen kommt und das war es. Eine ganz normale Ehe, in der er die Kohle ranschafft, sie sie wieder aus dem Fenster schmeißt und ihm dafür das Gefühl gibt, alles sei in Ordnung.

Doch es war einmal anders gewesen und das ist der Grund, warum sie am frühen Nachmittag in ihrem besten Kostüm hier im „Friedrichs" sitzt. Sie war einmal eine heiße Braut und etwas in ihr kann sich nicht damit abfinden, dass es für immer vorbei sein soll. Sie will Leidenschaft in den Augen eines Mannes sehen, die sie entzündet hat, und bestätigt bekommen, dass sie noch immer schön und begehrenswert genug ist, einen Mann scharf auf sich zu machen. Sie will Hände auf ihrem nackten Körper spüren, starke Hände mit Haaren auf dem Rücken, die sie auch tragen können. Sie will Selbstbestätigung als Frau und dafür ist sie bereit, so gut wie jeden Preis zu bezahlen. Doch sie will einen Mann, der sie auch wert ist und nicht so einen Looser wie ihren Ehekrüppel, einen, bei dem sie sich geborgen fühlen kann, der Stil und Power hat wie ein Malte Hansen.

Sein perfekt gewählter Platz mit dem hüfthohen Zaun im Rücken und neben dem Durchgang für das Personal wird sie bald zwingen, einen zweiten Blick auf ihn zu werfen. Das wird sie über eine mit einer zierlichen Hand halb erhobenen Kaffeetasse hinweg tun, vielleicht auch über den Rand eines Cocktailglases. Sie wird es verstohlen tun, in der Hoffnung, dass er ihn nicht bemerken wird. Doch in Wirklichkeit wird ihr Unterbewusstsein nichts sehnlicher wünschen, als das er genau das tun wird - sie bemerken und ihr zeigen, dass sie wichtig genug für ihn ist.

Was er natürlich nicht machen wird, schließlich ist er kein Idiot. Im Gegenteil, er wird einen Sekundenbruchteil ihre Augen fixieren, seinen Blick über ihren Körper gleiten lassen und dann, als wäre sie eine Kuh von vielen anderen auf seiner Weide, die keinen zweiten Blick wert ist, über den Pfaffenteich schauen.

Bei ihrem Aussehen wird sie eine solche Ablehnung verunsichern. Sie wird rot werden, sich fragen, ob sie nicht mehr attraktiv genug ist für einen Mann wie ihn, über die anderen Tische blicken und dann in ihrer Handtasche herumfummeln.

Doch ihr Unterbewusstsein wird nicht aufgeben und schon wenige Minuten später wird es zusammen mit dem Alkohol ihres Drinks einen Weg gefunden haben. Sie wird ihm einen dritten Blick zuwerfen, direkter diesmal und zuvor wird sie ihre Sitzposition verändert haben. Entweder wird sie die strammen braunen Beine übereinanderschlagen oder sie wird sich ein Stück weit zu ihm drehen. Nicht so, dass es jemandem auffallen würde, aber deutlich genug für ihn, der weiß, auf was er zu achten hat.

Dann wird er aufstehen, an ihren Tisch gehen, an dem sie ihn schon sehnsüchtig erwartet und sie wird dankbar dafür sein, dass er die Initiative ergriffen und das getan hat, wozu ihr der Mut fehlte. Alles Weitere wird sehr schnell und direkt passieren, denn sie ist nicht zum Reden hierhergekommen und mit ein bisschen Glück kann er heute Abend noch nach Hamburg zurückfahren. Nicht, dass es wichtig ist - nur einfacher und er müsste nicht noch eine ganze Nacht in einem fremden Hotelbett verbringen.

„Kann ich noch etwas für Sie tun?"

Die Bedienung riss ihn aus seinen Gedanken und am Rande seines Gesichtsfeldes sah er, wie die Frau am Nebentisch sie beobachtete. Er musterte die Kellnerin von Kopf bis Fuß, länger, als es höflich war. Sie dürfte kaum zwanzig sein und sah auch nicht wirklich hässlich aus, aber für junges Gemüse ohne Klasse hatte er noch nie etwas übrig gehabt. Eigentlich war schon ihre Frage eine Frechheit.

Er zog die Mundwinkel nach unten. „Klar doch. Noch zehn Jahre auf die Weide gehen und grasen, bevor du das nächste Mal einem Mann wie mir so eine Frage stellst", antwortete er überdeutlich und blickte gelangweilt an ihr vorbei.

Die Kellnerin schnappte nach Luft, ihre Wangen röteten sich, dann drehte sie sich um und rannte davon.

Die Frau im blauen Kostüm lächelte, griff mit schlanken Fingern mit knallrot lackierten Fingernägeln nach dem dicken Strohhalm in ihrem Caipirinha und verrührte den Rohrzucker darin. Dann hob sie das Glas zum Mund und warf ihm über dessen Rand hinweg den zweiten Blick zu. Er wollte seine Augen wieder abwenden, da öffnete sie den Mund und leckte langsam mit der Zunge den Zucker vom Rand des Glases, ohne seine Augen dabei aus ihrem Blick zu lassen.

Mit Mühe riss er sich los und drehte hoffentlich deutlich genug für sie seinen Kopf. Sie musste nicht sehen, wie er Luft holte. Was war das gewesen?

Wieder lächelte sie, dann stellte sie, als hätte sie einen plötzlichen Entschluss gefasst, das Glas hart auf dem Marmortisch ab. Sie warf ihm den dritten Blick zu, er spannte die Muskeln, um aufzustehen und an ihren Tisch zu gehen, da griff sie nach ihrer Handtasche, erhob sich und ging die Treppe, die ins Innere des Restaurants führte, hinauf.

Verblüfft starrte er ihr nach. Erst machte sie ihn heiß und dann haute sie ab? Was für eine blöde Kuh! Wütend drehte er seinen Korbstuhl zur Seite, so dass er das Restaurant im Rücken hatte, streckte die Beine, faltete seine Pranken vor dem Bauch und begann bewusst langsam zu atmen, um seine Wut abzukühlen. Wozu hatte er schließlich einen Mentaltrainer?

Nach einigen Minuten sank sein Blutdruck wieder auf normale Werte, er zog einen Zweihunderteuroschein hervor und warf ihn achtlos auf den Tisch. Scharrend schob er den Stuhl zurück und stand auf, da sagte jemand hinter ihm: „Oh, sie wollen schon gehen? Das ist aber schade!"

Er fuhr so ruckartig herum, dass er fast die hinter ihm stehende Frau im taubenblauen Kostüm umgeworfen hätte. Reflexartig griff er nach ihrer Hand, um ihren Sturz zu verhindern und viel leichter, als er erwartet hatte, landete sie mit einem überraschten „Oh!" an seiner Brust.

Er fand, dass sie einen Moment zu lange so stehenblieb, bevor sie sich von ihm löste und sagte: „Sie haben aber Reflexe! Und einen starken Arm."

Und sie hatte Klasse und wusste offenbar genau, wie sie mit einem Mann wie ihm umzugehen hatte. Jede andere Frau hätte sich nur abgestützt, doch sie hatte die Gelegenheit genutzt, um mit den Fingernägeln über seine Brust zu fahren. Er kollerte mit gesenkter Stimme: „Ich habe noch einiges mehr. Malte Hansen, Hansenbau."

Mit einem angedeuteten Nicken hob er seinen umgestürzten Stuhl auf und wies mit der Hand zum Tisch. „Ich habe noch einen Geschäftstermin, aber wenn es wichtig genug ist, kann ich den auch verschieben. Nehmen Sie Platz!"

Er zog ihr den Stuhl zurück, sie folgte ohne Zögern seiner Aufforderung und damit war klar, dass sie nun doch noch zu seiner Erinnerung werden würde!

„Und - bin ich wichtiger als ihr Geschäftstermin?"

Sie lächelte, doch ihre Augen blickten kalt dabei. Also hatte er doch Recht gehabt, sie wusste genau, was sie wollte und damit würde es wirklich schnell und ohne Umwege gehen. Für einen Moment störte ihn, dass sie nicht die Höflichkeit besessen hatte, sich vorzustellen, wie er es getan hatte. Doch sie kam aus dem Osten, was konnte er da schon von ihr erwarten. Sie würde andere Talente haben und er musste, wenn er sie nutzte, dann auch nicht mehr höflich, noch zartfühlend sein. Das vereinfachte Vieles und würde den Spaß, den er mit ihr im Bett haben würde, verdoppeln.

Fast ohne es zu bemerken, leckte er sich über die Lippen und ging mit seiner Antwort den direktesten Weg: „Das sind Sie, falls Sie nicht vorhaben, den Rest des Nachmittages an diesem Tisch zu verbringen."

Ihr Lachen klang irgendwie genauso falsch wie ihre Antwort: „Sie haben aber Dampf drauf. Wo würden Sie denn den Rest des Nachmittags verbringen wollen? Mit mir natürlich, nehme ich an."

„In einer Hotelsuite, wo sonst?"

Ihr Handy klingelte, sie blickte stirnrunzelnd auf das Display, hob das Gerät ans Ohr und sagte: „Ja?"

Das passte ihm gar nicht und er zeigte es ihr deutlich mit seinem Gesichtsausdruck. Sie hob einen Zeigefinger an ihre perlmuttfarben geschminkten Lippen und nickte ihm verschwörerisch zu. Ohne ihn aus den Augen zu lassen, sagte sie ins Telefon: „Natürlich hast du Angst. Das hätte ich auch. Es ist etwas anderes, im Geheimen alle Brücken hinter sich abzubrechen, als ihm dann gegenüberzutreten. Ich verstehe dich. Aber vertrau mir, ich pass schon auf, dass dir nichts passiert. Und jetzt mach!"

Sie trennte die Verbindung, seufzte wieder, ließ das Handy in die Tasche fallen und sagte zu ihm: „Das war meine Freundin. Sie hat ein paar Probleme mit ihrem Mann."

„Ach ja?" Es interessierte ihn nicht die Bohne.

Doch sie schien auf einmal das Mitteilungsbedürfnis gepackt zu haben. „Oh ja. Sie hat vor ein paar Jahren einen kranken Brutalo geheiratet, der sie verprügelt hat und der mit jeder Frau ins Bett geht, die er bekommen kann. Jetzt hält sie es nicht mehr aus mit ihm und will ihn los werden, weiß aber nicht wie. Ich helfe ihr da ein bisschen."

Er schnaubte: „Für so etwas gibt es Anwälte!"

„Nur, wenn sie Geld hat. Das hat aber alles er und außerdem gibt es einen Ehevertrag, der im Falle einer Scheidung dafür sorgt, dass sie keinen Cent bekommt."

„Dann soll sie ihn abknallen. Notwehr oder so etwas." Er wurde langsam wütend.

Sie lächelte mit schmalen Lippen: „Doch nicht so eine einfache Männerlösung. Frauen machen so etwas eleganter. Es muss ihm ja schließlich richtig weh tun, finden Sie nicht auch?"

Ihre Stimme hatte geklungen, als nähme sie das, was ihrer Freundin widerfahren war, sehr persönlich.

Sie sagte ruhig: „Ich sehe schon, das interessiert sie nicht. Sie würden mich viel lieber ohne viel Worte flachlegen, oder?"

„Wozu sind Sie denn sonst hier? Ihr Gefühl weiß das besser als Sie. Es hat Sie an meinen Tisch geführt. Vertrauen Sie ihm!"

Sie schob ihren Stuhl ein wenig zurück und sagte spöttisch: „Sie kennen sich mit Gefühlen und Vertrauen aus? Da hat mir aber jemand etwas anderes erzählt. Da kommt sie gerade."

Sie wies zur Treppe, die zum Restaurant führte, er blickte hinüber und war damit nicht der Einzige. Fast alle Gäste im Sommergarten schauten auf zu der langbeinigen Schönheit, die eben durch die Tür, zehn Stufen über ihnen, ins Freie trat. Sie trug ein schulterfreies Sommerkleid ohne jede Verzierung oder Knöpfe, das wie Seide in der Nachmittagssonne glänzte und so faltenlos um ihre Traumfigur saß, als wäre es ihr auf den Leib geschneidert worden. Sie hatte ihre blonden Haare bis auf zwei geringelte Strähnen, die links und rechts ihres Gesichts herabfielen und ihr etwas Schulmädchenhaftes gaben, zu einem Dutt hochgesteckt und ihr Gesicht hinter einer Sonnenbrille mit großen Gläsern verborgen.

Seine Tischnachbarin sagte: „Wir haben uns schon im Buddelkasten zusammen schmutzig gemacht. Da haben Sie wahrscheinlich schon ihre erste Million verdient. Hier bei uns halten die Freundschaften aus solchen Kästen länger, als die Goldbarren von Leuten wie Ihnen in den Blechkisten in einer Bank."

Malte Hansen war so fasziniert von dem Anblick der Frau in Rot, dass er die Worte neben sich nur am

Rand wahrnahm. Er musste heftig schlucken, denn sogar die Nippel an den Titten der Frau sah er unter dem knallroten Stoff. Das Kleid war einfach perfekt für sie und der Designer musste ein Vermögen dafür verlangt haben. Ihre Hände lagen leicht rechts und links auf dem Geländer der Treppe, die in den Sommergarten hinabführte, nicht so, als müsste sie sich festhalten, sondern eher wie eine Diva, die gerade ihren großen Auftritt beginnt und auf ihr Publikum hinabschaut.

Die Art, wie sie entspannt da oben stand und auf die Leute im Sommergarten herabsah, verriet Malte Hansen mehr als alles andere, was für eine Klasse diese Frau hatte und machte ihn sprachlos vor Verlangen. Gegen diesen Vamp war das Schnuckelchen an seinem Tisch ein Bauerntrampel, wie auch jede andere hier im Sommergarten. Eigentlich jede andere Frau, die er kannte. Bis auf Andrea natürlich, zumindest noch damals, als er sie kennengelernt hatte.

Die Frau im roten Kleid drehte ihren Kopf in seine Richtung, nahm mit einer grazilen Handbewegung die Sonnenbrille ab und im gleichen Moment, in dem das Begreifen bei ihm einschlug, sagte die Dame neben ihm: „Und jetzt genießen Sie den Auftritt ihrer Ehefrau. Es wird der Letzte sein, den Sie je von ihr zu sehen bekommen werden."

*

Andrea war kurz nach Malte Hansen im „Friedrichs" erschienen und hatte sich einen Eckplatz gesucht, nahe genug am Fenster, dass sie alles, was im Sommergarten geschah, beobachten konnte, doch weit genug davon entfernt, um von draußen nicht gesehen zu werden.

Trotz ihrer nackten Schultern und der kühlen Kunstseide auf ihrem Körper war ihr heiß. Ihre Mutter hatte den Stoff vor sechsundzwanzig Jahren in dem einzigen „Exquisit" - Laden in Schwerin für viel Geld gekauft und zu Hause nach einem Schnittmusterbogen aus der „Pramo" daraus dieses Kleid für ihre Tochter genäht.

Andrea trug es heute zum dritten Mal. Das erste Mal hatte sie es auf ihrer Jugendweihe angehabt, beim zweiten Mal hatte sie damit ihren ersten Freund verführt und der heutige Tag war Anlass genug, es ein drittes Mal anzuziehen. Sie hatte die letzten drei Monate gehungert, hatte die Kalorien gezählt, die sie zu sich genommen hatte und mit ihren Fitnesstrainern hart gearbeitet, um wieder in dieses zinnoberrote Kleid zu passen. All das für diesen Moment und auf die Idee dazu hatte sie ihre Freundin Sieglinde gebracht.

Malte Hansen hatte dieses Kleid nie zu Gesicht bekommen, etwas hatte sie immer davon abgehalten, es für ihn anzuziehen und erst seit dem Tod ihrer Mutter vor einem Jahr wusste sie auch, warum.

Siggi rauschte herein und nahm sich nicht einmal die Zeit, sich zu setzen. „Das ist ja wirklich ein Kotzbrocken!", sagte sie lachend.

Andrea zuckte zusammen. Ihr war nicht nach Lachen zu Mute.

Siggi legte ihre Hände auf die Schultern Andreas, beugte ihren Kopf vor und sagte leise: „Auch den letzten Schritt schaffst du noch! Mit dem Foto gestern hast du ihm gezeigt, was für ein Schlappschwanz er ist. Tiefer kann man einen Mann nicht verletzen. Lass mir nur noch fünf Minuten Zeit, damit er sich die Schlinge selbst um den Hals legen und mir sagen kann, dass er mit mir ins Bett will. Dann komm heraus und bring es zu Ende."

Sie drückte kräftig die Schultern von Andrea und ging wieder zum Sommergartenausgang. Nach zwei Schritten verhielt sie, drehte sich um und sagte augenzwinkernd: „Übrigens - irgendwie hat das doch Spaß gemacht gestern, auch wenn es gestellt war. Sollten wir vielleicht mal wiederholen, wenn du ihn los bist."

Andrea fuhr aus ihren Gedanken auf: „Was?!"

Siggi prustete los, warf ihr eine theatralische Kusshand zu und rauschte wieder nach draußen.

Andrea verfiel wieder in ihr Brüten. Es war einfach für sie gewesen, sich in Malte Hansen zu verlieben und dabei die Warnungen ihrer Mutter zu überhören. Die Energie, die er ausstrahlte, hatte sie wie jeden anderen auch, in seinen Bann gezogen und es einfach gemacht, ihm zu folgen. Er steckte alle um sich herum damit an, für ihn gab es nie unlösbare Probleme und er schickte nicht andere ins Feuer, sondern ging immer selbst voran. An seiner Seite konnte einem nichts passieren und sie hatte am Anfang nicht sehen wollen, dass er unter den Füßen derjenigen, die seine Seite verlassen hatten, den Schlund der Hölle aufriss.

Er hatte die Firma, für die sie als Buchhalterin gearbeitet hatte, mühsam aus dem Abgrund gezerrt und mit vollem Einsatz um neue Maschinen und Aufträge gekämpft. Dabei waren sie sich näher gekommen und die gutaussehende, aber schüchterne Buchhalterin aus dem Osten hatte den Avancen des Mannes, der ihre Firma gerettet hatte, nicht viel entgegenzusetzen gehabt.

Sie hatte es auch nicht wirklich gewollt, denn Malte Hansen besaß einen verbeulten Charme, den er geschickt einzusetzen wusste und in der Anfangszeit hatte er sie damit oft genug zum Lachen gebracht. Sie hatte das reiche Leben, das er ihr so plötzlich geöffnet hatte, aus vollen Zügen genossen und sich nicht dafür interessiert, womit er sonst noch sein Geld verdient hatte, solange sie es hatte ausgeben können. Auch das er sie manchmal vor anderen „seine Quotenfrau aus dem Osten" genannt hatte, hatte sie nicht gestört, denn er hatte es immer mit einem Lächeln in seinem derben Gesicht gesagt.

Bis zu dem Tag vor einem halben Jahr, an dem sie die Papiere ihrer verstorbenen Mutter in die Hand bekommen hatte, aus denen hervorgegangen war, dass Malte Hansen sein Geld vor allem mit dem Ausnehmen der kleinen Leute verdiente. Er besaß Drückerkolonnen und veranstaltete Werbeverkaufsreisen, auf die auch ihre Eltern hereingefallen waren und deshalb eine ganze Akte über seine Methoden angelegt hatten. Doch sie waren typische Ossis gewesen, hatten sich geschämt dafür und ihrer Tochter deshalb nichts erzählt davon.

Wie vor den Kopf geschlagen war sie nach Hamburg zurückgefahren, voller Wut auf sich selbst, weil sie sich nie ernsthaft dafür interessiert hatte, wo überall ihr Mann seine Finger im Spiel hatte. Sie war nach Hause gekommen und hatte ihn zur Rede gestellt.

Am Schlimmsten war für sie die Erkenntnis gewesen, dass er nicht einmal verstanden hatte, worüber sie sich so empört hatte. Und als sie dann das erste Mal, seit sie mit ihm verheiratet gewesen war, „Nein" zu ihm gesagt hatte, da hatte er ihr sein wahres Gesicht gezeigt. Vielleicht hatte er mit dem Instinkt eines

Stichlings, der sein Revier verteidigt, herausgehört, dass dieses „Nein" ein Endgültiges gewesen war, oder ihr schwarzes Kleid hatte ihn erregt oder er hatte einfach nur einen schlechten Tag gehabt - er hatte sie verprügelt, versucht, sie zu vergewaltigen und weil das nicht geklappt hatte, sie dann wieder verprügelt.

Andrea fröstelte, legte sich ihre Stola um die Schultern und griff nach ihrem Handy. Fast sofort meldete sich Siggi und Andrea sagte einfach: „Ich habe fürchterliche Angst."

„Natürlich hast du Angst. Das hätte ich auch. Es ist etwas anderes, im Geheimen alle Brücken hinter sich abzubrechen, als ihm dann ein letztes Mal gegenüberzutreten. Ich verstehe dich. Aber vertrau mir, ich pass schon auf, dass dir nichts passiert. Und jetzt mach!"

Andrea wusste, dass sie der Mut verlassen würde, wenn sie noch länger zögerte, schließlich hatten sie alles vorher besprochen. Sie würde das Geld verlieren, aber das war ihr nicht so wichtig, denn es hatte sie nicht glücklich gemacht. Sie war es sich selbst schuldig, ihre Ehe hier und heute zu Ende zu bringen und nicht einfach so davon zu laufen. Außerdem würde ihr Mann sie sowieso aufstöbern, egal, wo sie sich auch verbarg. Nein, es musste hier und heute enden, ein für alle Mal.

Sie ließ die Stola von den Schultern gleiten, schritt zum Ausgang, setzte ihre Sonnenbrille auf, holte tief Luft, und stieß die Tür auf.

Trotz der dunklen Gläser vor ihren Augen blendete sie die Sonne, unsicher griff sie mit beiden Händen nach dem Geländer und blieb für einen Moment stehen. Die Gäste schauten zu ihr hoch, ihr Mann ebenfalls, doch sie war sich sicher, dass er sie nicht erkannt hatte. Er war kurzsichtig, aber viel zu eitel, um in der

Öffentlichkeit eine Brille zu tragen. Wahrscheinlich überlegte er jetzt bereits, wie er sie auf irgendeinem Hotelbett zu einer seiner Erinnerungen machen konnte und es war dieser Gedanke, der sie schließlich ruhig werden ließ und auch das Zittern aus ihren Knien vertrieb.

Sie löste beide Hände ganz bewusst vom Treppengeländer und nahm die Sonnenbrille ab. Ihren erbleichenden Mann keinen Moment aus den Augen lassend, schritt sie die zehn Stufen der Treppe herab, Sieglindes Blicke waren dabei wie ein Rettungsseil für sie und an ihm hangelte Andrea sich entlang bis neben den Stuhl, der Malte Hansen am Tisch gegenüberstand.

In seinem Gesicht erschienen rötliche Flecke und seine Blicke flogen zwischen ihr und Sieglinde hin und her. Schließlich kreuzte er die Arme vor der Brust und zischte: „Klemm deinen Hintern auf den Stuhl und sag mir, was ihr beiden hier abzieht."

Ein breitschultriger Mann, der mit seiner Frau am Nachbartisch saß, stand auf und zog für Andrea den Korbsessel zurück. „Es gibt noch Männer, die Manieren haben!", sagte er dabei und warf einen Blick auf Malte Hansen.

Der beäugte ihn mit schräggelegtem Kopf und sagte kalt: „Hau ab!"

„Wie meinen?"

Malte Hansen holte Luft und sagte so laut, dass jeder an den Nachbartischen es hören musste: „Ich meinte, dass du verschwinden sollst! Wenn du keine Lust mehr auf die fette Kuh an deinem Tisch hast, dann geh in den Puff. Aber lass deine Pfoten von MEINER Frau!"

Alle Gespräche verstummten, der Mann fixierte Malte Hansen mit seinem Blick und die Luft schien zu knistern zwischen ihnen.

Andrea nickte ihm zu und sagte leise: „Dankeschön. Aber ich will mich gar nicht an diesen Tisch setzen."

„Das kann ich verstehen." Der Mann machte eine wegwerfende Bewegung mit der Hand in Richtung Hansen und ging wieder zu seinem Platz.

„Das ist ja interessant", sagte Hansen. „Was wird das hier?"

Andrea holte Luft, dann antwortete sie: „Ich verlasse dich."

Hansen steckte einen Zeigefinger in sein rechtes Ohr, bohrte ein paar Sekunden theatralisch darin herum und antwortete dann: „Das ist jetzt akustisch nicht so richtig bei mir angekommen, aber es hat sich so angehört wie: ‚Ich verlasse dich'?"

Andrea nahm die ineinander verkrampften Hände vom Schoß, legte sie auf die Lehne des Stuhls vor ihr und wiederholte lauter: „Ich verlasse dich!"

Sein Gesicht lief puterrot an und er zischte: „Du bist wahnsinnig. Keine Frau verlässt mich und du schon gar nicht!"

Vor dem, was in seinen Worten mitschwang, zuckte Andrea zusammen. Doch nur einen Moment, dann richtete sie sich zu ihrer vollen Größe auf und antwortete ruhig: „Dann wird das jetzt eine neue Erfahrung für dich sein." Und auf einmal konnte sie ihm gerade ins Gesicht sehen.

Sieglinde stand auf, stellte sich neben ihre Freundin und knuffte sie mit dem Ellenbogen in die Seite. „Na, ist dir nun der Himmel auf den Kopf gefallen?"

„Nein."

„Dann sag es noch einmal! Es hat sich so schön angehört."

Andrea errötete. „Ich kann doch nicht ..."

Sieglinde knuffte sie noch einmal, Andrea holte Luft und schrie so laut, dass es jeder der Gäste im Sommergarten hören musste, mitten in das verblüffte Gesicht mit der schiefen Nase und der Narbe am Mundwinkel: „Ich verlasse dich! Und zwar jetzt!"

Dann hängte sie sich bei ihrer Freundin ein und sagte: „Komm, wir haben hier nichts mehr verloren."

Arm in Arm gingen die beiden Freundinnen zur Treppe, da erhob sich der Mann, der Andrea hatte den Stuhl zurückziehen wollen, und begann zu klatschen. Seine Frau tat es ihm nach, und plötzlich standen alle Gäste im Sommergarten auf und der Beifallssturm, den sie entfachten, trug die beiden Freundinnen wie auf Flügeln die Treppe empor.

Niemand beachtete mehr den in sich zusammengesunkenen, einsamen Mann an dem Tisch mit der zweiten leeren Champagnerflasche, das Stück für neunundneunzig Euro.

Es gibt keine Wölfe in Schwerin

Der Schrei zerfetzte die Nacht über dem Brandenburger Land. Nager klammerten sich in ihren Höhlen voller Angst an ihre Gefährten, Rehe fuhren aus dem Schlaf und selbst den Wölfen sträubten sich die Nackenhaare. Sie wussten, wer diese in einen einzigen Laut gepackte Mischung aus Hass, Wut und schierer Verzweiflung ausgestoßen hatte. Samira hatte zu ihnen gehört, bevor sie das Rudel verlassen und mit dem Einzelgänger Dahak eine neue Familie gegründet hatte.

Das Rudel hob die Schnauzen zum Mond und heulte seine Antwort hinaus in die Nacht. Es sandte der alten Wölfin sein Mitleid, sagte ihr, dass es die Trauer mit ihr teilte.

Viele Kilometer entfernt ringelte sich eine Straße aus einem Wald und hier kauerte Samira auf dem Asphalt. Bis vor ein paar Stunden war sie noch eine stolze Mutter mit zwei fröhlich bellenden Welpen und einem starken Gefährten an ihrer Seite gewesen. Die Schnauze mit der langen Narbe zwischen den Augen nach oben gereckt, heulte sie ihren Schmerz ins Dunkel und wie zähe Tropfen rannen die Laute aus ihrer Kehle, ohne Rhythmus und ohne jeden Sinn. Wäre sie ein Mensch gewesen, so wäre das Leid in einem salzigen Sturzbach aus ihr herausgeströmt. Aber sie war kein Mensch, sie war ein Wolf und Wölfe weinen nicht.

Zwei Dolche aus weißgelbem Licht stachen nach ihren Augen, Samira flüchtete in die Deckung der Bäume und fletschte in ohnmächtiger Wut die Zähne. Kaum war der Wagen vorbei, trottete sie wieder zu ihrem Platz auf der Straße. Wie oft sie das in den vergangenen Stunden getan hatte, wusste sie nicht. Etwas in ihr befahl ihr, hier auszuharren und so setzte sie sich auf die Hinterpfoten wieder neben den feuchten Fleck auf dem Asphalt und blickte auf das Land vor ihr, ohne es wirklich zu sehen. Nur dieser Fleck war von ihren Kindern und ihrem Gefährten geblieben, das süße Weh spitzer Zähnchen an ihren vollen Zitzen war Vergangenheit, genauso wie das Wohlbefinden, mit dem sie sich um die beiden Fellknäuel gerollt und sie vor der beißenden Nachtkälte geschützt hatte. Was hätte sie darum geben, es noch einmal erleben zu dürfen, aber ihr Instinkt sagte ihr, dass sie niemals wieder Kinder aufziehen würde.

Der Himmel graute im Osten und Samira schrie ein letztes Mal den Schmerz um ihre Kinder und ihren Hass auf die Menschen, die ihr das angetan hatten, in die Dämmerung hinaus. Auf die Antwort des Rudels, das sie um Dahaks willen verlassen hatte, hörte sie nicht mehr. Sie wendete sich nach Westen und der Wolfstrott, in den sie für ihre letzte Wanderung fiel, brachte sie fort von diesem Ort, an dem sie glücklich gewesen war.

*

„Gibt es hier Wölfe?" Markus murmelte die Frage mit halbgeschlossenen Augen und Maria, die ihrem Sohn die Geschichte von der weißen Wölfin und ihrem Freund Lobo in Mexiko vorgelesen hatte, dachte über die Frage nach. Sie war versucht, ihm zu erzählen, dass es bis vor einigen Jahren hier in Stern Buchholz tatsächlich welche gegeben hatte. Diese Wölfe hatten Uniformen und Stiefel getragen und jeden Tag auf dem großen Übungsgelände hinter den Häusern den Krieg geprobt. Aber Markus hätte das noch nicht verstanden.

1990 war die Wende gekommen, die Wölfe hatten ihre Uniform ausgezogen, waren nach Westen ins gelobte Land gewandert und hatten die Schafe sich selbst überlassen. Doch eine fette Herde weckt Begehrlichkeiten und so waren neue Raubtiere auf der Bildfläche erschienen. Sie hatten sich nicht sehr von den vorherigen Herren unterschieden – nur das sie statt Stiefeln elegante Schuhe, und statt der Uniformen teure Anzüge getragen hatten. Ihre Macht hatten sie nicht mit Kalaschnikow und Parteibuch, sondern mit Geld und Rücksichtslosigkeit ausgeübt. Für Maria hatte das keinen Unterschied gemacht, denn für sie war das Ergebnis das Gleiche geblieben.

Sie seufzte. „Nein Markus. Es gibt keine Wölfe in Schwerin. In Brandenburg, das ist zweihundert Kilometer weg von hier, leben einige. Aber die kommen nicht bis hierher."

Wie bei allen Kindern wurde auch bei Markus die Beantwortung einer Frage zur Geburtsstunde von zwei neuen. „Aber Mama, du hast mir doch erzählt, das vor kurzem da Wolfskinder überfahren wurden. Was, wenn die Mutter jetzt da wegläuft und hierher kommt?"

Sie schüttelte die kurzgeschnittenen Haare. „Wölfe haben ihr Revier und da laufen sie nicht so einfach weg".

Markus überlegte und nickte dann. Das kannte er von Laika. Die lief auch nie weg. „Mama, wenn Bianca so eine kluge Wölfin war, warum hat sie dann nicht einfach den Strick durchgebissen und sich befreit?"

Maria ärgerte sich. „Wenn du doch in der Schule auch so viel fragen würdest!", hätte sie ihrem Sohn am liebsten an den Kopf geworfen. Aber dann hätte er wieder mit ihr darüber diskutiert, dass Tiere viel interessanter waren als Mathematik und Schreiben. Entsprechend schlecht waren auch seine Schulzeugnisse.

Wenn es nur das gewesen wäre. Es verging keine Woche, in der Markus nicht irgendein Tier mit nach Hause brachte, das er im Wald gefunden hatte. Auch heute hatte er wieder einen Spatz mit einem gebrochenen Flügel angeschleppt. Sie hatte Markus vor die Wahl gestellt. Entweder er brachte das Vieh nach draußen oder sie würde es tun. Die Diskussion mit ihm war kurz gewesen und hatte mit einem toten Vogel, einer zuknallenden Stubentür und einem weinenden Kind geendet. Sie hatte sich nicht mehr anders zu helfen gewusst. Markus wurde immer trotziger, wenn es um seine Tiere ging und die Diskussionen mit dem Neunjährigen gingen über ihre Kräfte.

„Mama!"

Sie schreckte aus ihren Gedanken auf. „Sie liebte Lobo über alles, und als er in seiner Falle erschossen wurde, wollte auch sie nicht mehr leben."

„Das macht die Liebe?" Markus zog die Bettdecke bis über das Kinn, als würde nach dieser Antwort seiner Mutter die Dezemberkälte im ungeheizten Schlafzimmer darunter kriechen. „Mama, dann will ich nie, nie, nie lieben und immer bei dir bleiben."

Ein Lächeln glättete die Müdigkeitsfalten in Marias Gesicht und sie strich Markus über das blonde Haar. Sie wusste, dass die Liebe einen festen Platz in seinem Herzen hatte und wenn es nur die zu den Tieren im nahen Wald und zu seiner Mutter war. Sie zog ihm die Decke zurecht, stand vorsichtig auf, ging zur Schlafzimmertür und schloss sie leise hinter sich.

*

In der Nacht war viel Schnee gefallen und Markus musste sich anstrengen, um die Haustür zu öffnen. Noch immer rieselten Flocken aus den tief hängenden Wolken und bedeckten den Weg und die Sträucher mit glitzerndem Zuckerguss.

Er hatte keinen Blick für die Schönheit der Natur. Ohne eine Sekunde zu zögern, stapfte er an der Hauswand entlang durch den Schnee und hielt dabei nach Laika Ausschau. Er musste nicht lange suchen, denn zwei braune Knopfaugen und eine schwarze Hundeschnauze lugten bereits um die Ecke des Wohnblocks. Er blieb stehen, nahm seinen Ranzen vom Rücken, fischte darin nach seinem Schulbrot und wartete auf seine Freundin.

Seit der Morgendämmerung hatte die alte Schäferhündin auf Markus gewartet. Wie immer witterte sie nach allen Seiten und schlich erst, als sie keine weiteren Menschen in der Nähe roch, tief geduckt zu ihm. Sie musste sich dabei auf ihre Nase verlassen, denn mit ihren Augen sah sie nur verschwommene Umrisse und auch dann nur, wenn sie nahe genug waren. Seit ihrer Flucht aus dem Zwinger, in dem sie jeden Tag geprügelt worden war, lebte sie in den Wäldern hinter den vier Wohnblocks und mied Menschen, wann immer sie einen sah oder roch. Nur für Markus machte sie eine Ausnahme, schließlich war er ja noch kein richtiger Mensch, er schnupperte anders als die Großen, war immer freundlich und spielte mit ihr, wenn sie ihm im Wald begegnete.

Sie erreichte Markus und reckte noch einmal die Nase in den Wind, aber er trug ihr keine bedrohlichen Gerüche zu und so hob sie den Kopf und leckte mit ihrer nassen Zunge über seine Wange.

Markus schüttelte sich, stieß ein lautes „Brrr" aus und fuhr sich lachend mit dem Jackenärmel übers Gesicht. „Guten Morgen Laika. Ich habe dir dein Frühstück mitgebracht."

Er flüsterte, denn seine Mutter durfte nicht wissen, dass er Laika jeden Morgen sein Essen gab.

Sie setzte sich auf die Hinterpfoten, legte den Kopf schräg und ließ die Augen nicht von der rechten Hand des Jungen. Er ging vor ihr in die Knie, hielt ihr sein Butterbrot vor die Nase, und während ihre mächtigen Kiefer mahlten, schlang er seine Arme um sie und vergrub seinen Kopf in ihrem Nackenfell. Dann stand er auf, sagte „Komm!" und stapfte mit der Schäferhündin an seiner Seite unter den Bäumen entlang zur Bushaltestelle an der Bundesstraße 106.

Wie jeden Morgen hatte Maria durch die Gardine vor dem Küchenfenster Markus und die neben ihm herhinkende Hündin mit einer Mischung aus Ärger und Freude beobachtet. Ein ausgewachsener, herrenloser Schäferhund war kein Spielzeug für ein kleines Kind. Doch dann dachte sie an die Worte von Markus gestern Abend und zog mit einem Schulterzucken die Gardine wieder vor das Küchenfenster. Die Hündin liebte ihn und er war glücklich mit ihr. Morgen würde sie für ihn wieder zwei Brote mehr schmieren.

Für Markus verging der Unterrichtstag gar nicht schnell genug. Sehnsüchtig wartete er auf das letzte Klingeln der großen Glocke im Schulflur und kaum hörte er den ersten Ton, spurtete er los, um den nächsten Bus noch zu erreichen. Der Sonnenrand berührte bereits die Wipfel der Fichten im Wald hinter den Häusern von Stern-Buchholz, als ihn der Schulbus endlich an der Haltestelle entließ. Er rannte nach Hause, so schnell ihn seine Füße trugen, warf seinen Schulranzen in den Flur und lief in den Wald.

Laika erwartete ihn meistens unter den ersten Bäumen hinter dem Wohnblock, die ihr gerade noch Deckung boten, aber heute kam sie auch auf seine Rufe nicht. Er zuckte die Schultern und stapfte alleine los. Sie würde ihn bestimmt bald einholen, schließlich waren sie ja Freunde.

Nach einer Weile, in der er, ohne darüber nachzudenken, einer frischen Spur im Schnee gefolgt war, hörte er Stimmen und nun war ihm klar, warum Laika nicht kam. Vor zwei Wochen war in den Wohnblock gegenüber eine neue Familie eingezogen und deren Sohn Dieter war ein Jahr älter als Markus. Dieter und sein Vater wurden jeden Morgen von einem großen schwarzen Auto abgeholt und die Mutter brachte Dieter nachmittags mit ihrem eigenen Auto wieder aus Schwerin zurück.

Schon das waren zwei Gründe für Markus, Dieter nicht zu mögen. Seine Mutter konnte sich kein Auto leisten und Dieters Eltern hatten gleich zwei davon. Noch schlimmer war, dass sie manchmal zwei Freunde von Dieter mitbrachte, die dann zu dritt im Wald auf Abenteuersuche gingen. Er fand das gemein. Der Wald war das Reich von ihm und seiner Laika. Dieter hatte ihm gesagt, dass er ihn verprügeln würde, wenn er ihn einmal allein im Wald erwischen würde. Aber Markus hatte immer Laika bei sich gewusst und Dieter ausgelacht. Jetzt war Laika nicht da und Dieter kam mit seinen Freunden auf ihn zu. Markus dachte mit klopfendem Herzen daran, was nun passieren würde.

Dieter freute sich diebisch. Sein Vater hatte ihm immer wieder beigebracht, wie wichtig es wäre, sein Revier abzustecken und das auch jedem zu zeigen. Vom ersten Tag an hatte er diesen Wald hinter den Häusern zu seinem Reich erklärt. Doch jedes Mal, wenn er mit seinen Freunden hier gespielt hatte, war der blöde Schwächling Markus mit seinem Köter aufgetaucht und hatte ihnen den Spaß verdorben. Das würde sich heute ändern! Er blickte sich suchend um, aber der Hund war nirgends zu sehen. Er grinste seinen beiden Freunden zu und beschleunigte seine Schritte, bis er vor Markus stand. „Hau ab hier. Das ist mein Revier, du kleiner Scheißer!"

Sie waren zu dritt, alle größer als Markus und er dachte beklommen daran, wo Laika sein mochte. Aber sie zeigte sich nicht und so presste er die Lippen zusammen und blieb stockstocksteif stehen.

Dieter trat einen Schritt auf Markus zu und stieß ihn mit beiden Händen vor die Brust. „Hau ab hier, habe ich gesagt. Bist du taub?" Seine beiden Freunde lachten.

Markus taumelte in den Schnee, rappelte sich aber schnell wieder auf. Er war kein Feigling und schrie Dieter wütend an: „Ich bin schon viel länger hier als du!"

Einer der Jungen stachelte Dieter an. „Lässt du dir von so einem Dorftrampel widersprechen? Hau der Kröte doch eine rein oder traust du dich nicht?" Er lachte höhnisch, und Dieter machte noch einen Schritt und schlug Markus mit aller Kraft in die Magengrube.

Wilder Schmerz durchzuckte Markus und er schnappte nach Luft, aber er hatte jeden Tag im Wald verbracht und seine Muskeln waren vom Spielen mit Laika stark geworden. Der Schlag hatte ihn nicht umgeworfen, sondern nur wütend gemacht. Mit einem Wutschrei sprang er auf Dieter zu, aber einer von Dieters Freunden stellte ihm ein Bein, er stolperte, dann traf ihn ein heftiger Stoß in den Rücken und er stürzte bäuchlings zu Boden. Der andere Junge sprang auf ihn, drückte ihn in den Schnee und riss seinen Kopf an den Haaren nach oben.

Dieter kniete sich vor das Gesicht von Markus, ballte mit einem gemeinen Grinsen die rechte Hand zur Faust und schwang wie in Zeitlupe den Arm nach hinten.

Markus fühlte bereits den Schmerz, mit dem die Faust in seinem Gesicht landen würde, da barst das Unterholz zwischen den Bäumen auseinander, Laika flog mit einem bösartigem Knurren durch die Luft und schnappte nach Dieters Arm. Wie eine zuschnappende Stahlfalle schlossen sich ihre Kiefer um seinen Arm, dann riss sie ihn mit einem gewaltigen Ruck von den Füßen. Sie hatte Recht gehabt, die Menschen waren alle böse und wütend grub sie ihre Reißzähne immer tiefer in Dieters Arm.

„Laika!"

Mit einem wilden Knurren fuhr ihr Kopf zu Markus herum, ohne dabei Dieters Arm loszulassen.

Markus kämpfte sich aus dem Schnee und versuchte, die wütende Laika von Dieter herunter zu zerren. Er brauchte alle seine Kraft dazu, denn sie war nicht bereit, ihr Opfer so einfach loszulassen. Schließlich gab sie nach, weil sie Markus nicht verletzen wollte.

Mit einer Gesichtsfarbe, die der des Schnees glich, in den ihn die Pranken der Hündin geschleudert hatten, richtete Dieter sich auf. Blut tropfte von seinem zerbissenen Arm in den Schnee, er presste seine freie Hand auf die Wunde und blickte voller Angst Laika an. Seine Freunde hatten längst das Weite gesucht und er wusste nicht, was er tun sollte. Einfach weglaufen wollte er nicht, das verbot ihm sein Stolz, aber gegen die Hündin konnte er nichts tun, sie war viel stärker als er. „Das wirst du bereuen. Ich lass das Vieh abknallen und du kommst ins Heim!", stöhnte er schließlich mit vor Schmerz und Wut verzerrtem Mund.

Laika knurrte, es kam tief aus ihrer Kehle, erneut spannten sich ihre Muskeln und Markus schrie: „Hau doch endlich ab! Ich kann sie nicht mehr lange halten!"

Er war zu wütend, um über die Worte Dieters nachzudenken. Der sollte endlich aus seinem Wald verschwinden und ihn und Laika in Ruhe lassen.

Dieter warf noch einen wütenden Blick auf die Hündin, dann drehte er sich um und rannte seinen Freunden hinterher.

Markus schlang seine Arme um Laikas Hals. Sie zitterte noch immer vor Wut und er flüsterte ihr mit Tränen in den Augen in die aufgestellten Ohren: „Ich hab' dich lieb." Ihm kam nicht in den Sinn, dass er seiner Mutter nur wenige Stunden zuvor gesagt hatte, nie jemanden lieben zu wollen.

Nach einer Weile richtete er sich wieder auf, steckte seinen Zeigefinger in den Mund und lutschte daran, ohne es zu bemerken. Was sollte er jetzt tun? Laika hatte Dieter gebissen und dessen Vater würde bestimmt zu Mama gehen und sich beschweren. Markus blickte erst Laika an und dann zur Wohnsiedlung, deren Lichter durch die Bäume schimmerten. Seine Mutter war sicher noch nicht zu Hause, sie kam immer erst spät am Abend, wenn sie mit dem Putzen für die reichen Leute fertig war. Und dann war sie müde und hatte meistens schlechte Laune. Außerdem hatte auch noch nicht mit Laika getobt und deswegen war er doch in den Wald gelaufen...

Laika saß neben Markus und schaute zu ihm auf. Sie verstand ihn nicht. Er war doch hier, um mit ihr zu spielen und sie hatte seine Feinde vertrieben. Worauf wartete er denn noch? Sie drehte sich zu ihm und stupste ihn mit ihrer Nase. Markus fiel rücklings in den Schnee und sah sie überrascht an. Sie leckte ihm mit der Zunge über das Gesicht, sprang ein paar Schritte zur Seite, schaute ihn mit schräg gelegtem Kopf und wedelndem Schwanz an und schleudert ihm dann mit ihren Hinterpfoten Schnee ins Gesicht.

Das wollte Markus sich nicht gefallen lassen, er sprang auf, formte mit seinen Händen einen großen Schneeball und warf ihn nach ihr. Blitzschnell wich sie aus, drehte sich, sprang Markus an und drückte ihn wieder in den Schnee. Markus krabbelte unter ihr hervor und stupste sie dabei um. Beide kullerten jetzt durch die weiße Pracht und durch den Wald schallten Laikas fröhliches Gebell und das Lachen des glücklichen Markus.

*

Den ganzen Tag hatte Lothar Seidel seinen Wald nach Fallen abgesucht und war froh, endlich ins Warme zu kommen. Kaninchenfleisch war teuer in der Vorweihnachtszeit und es gab immer noch Leute, die auf diese Weise Geld sparen, oder noch schlimmer, Geld verdienen wollten.

Er klopfte den matschigen Schnee von den Filzstiefeln ab, die noch aus NVA-Beständen stammten, und hängte die nasse Wattekombi an eines der Rehgehörne, die ihm die Garderobenhaken im Flur ersetzten. Er musste seine zwei Meter klein machen, um durch die Wohnstubentür zu kommen, ohne sich den Kopf zu stoßen. Dreiundsechzig Lebensjahre hatten ihm zwar einen langen weißen Bart beschert, aber seinen breiten Rücken nicht beugen können.

Er suchte nach Streichhölzern, um Feuer im Kaminofen zu entzünden, da klingelte das Telefon. Mit zwei Schritten war er an seinem zerkratzten Schreibtisch und brummte „Seidel" in den Hörer.

„Walter, Oberforstrat", bellte am anderen Ende der Leitung eine wütende Stimme. Er sah erstaunt auf das verblichene Zifferblatt der alten Wanduhr – es war abends und nach acht. Er wollte gerade etwas sagen, da fuhr der Oberforstrat schon fort: „Ich bin soeben von sehr hoher Stelle angerufen und darüber informiert worden, dass in Ihrem Revier ein freilaufender Hund ein Kind angefallen hat. Stimmt das?"

Lothar Seidel zog die Stirn kraus. Ihm schwante nichts Gutes. „Ich denke, da muss ein Irrtum vorliegen. Hier …"

Der Oberforstrat fiel ihm ins Wort. „Es liegt ganz sicher kein Irrtum vor, wenn die Eltern einen Krankenwagen nach Stern Buchholz rufen, das Kind angibt, mit zwei Freunden im Wald gespielt zu haben und dabei von einem Hund, den es hier noch nie gesehen hat, gebissen worden zu sein. Übrigens hat auch der Notarzt die tiefe Bisswunde als von einem großen Hund stammend identifiziert!"

Lothar Seidel schwieg. Was hätte er auch sagen sollen? Er war nicht für jeden Hundebesitzer in der

Gegend verantwortlich, der auf sein Tier nicht aufpassen konnte. Das wusste der Leiter der Forstbehörde am anderen Ende der Leitung auch. Warum machte er also so ein Brimborium darum?

Der Oberforstrat unterbrach die Gedanken Lothar Seidels: „Außerdem sind mir Informationen zugegangen, dass es sich dabei um einen herrenlosen Hund handelt, der seit einiger Zeit in Ihrem Revier herumstreunt, ohne dass Sie etwas dagegen unternommen haben. Haben Sie dafür eine Erklärung?"

In Lothar Seidels Hals machte sich ein dicker Kloß breit. Das konnte nur Laika gewesen sein und wenn sie tatsächlich ...

Die Stimme im Telefonhörer wurde gefährlich leise. „Nach meinen Unterlagen und bei Ihrer Vergangenheit als linientreuer Förster unter dem alten Regime hätten wir Sie nach der Wende gar nicht übernehmen dürfen. Wir haben da wohl einen Fehler gemacht. Möglicherweise ist Ihnen nicht klar, dass ein freilaufender, bissiger Hund ganz schlechte Publicity für unsere schönen, friedlichen Wälder ist. Schlechte Publicity verscheucht Investoren und Käufer. Das bedeutet, kein Geld für die Stadt und damit auch nicht für Ihren Arbeitsplatz."

Er brüllte: „Morgen um acht will ich von Ihnen hören, dass das Problem erledigt ist, und zwar endgültig! Schaffen Sie Ordnung in ihrem Revier, sonst beseitige ich selbst den Müll – und Sie gleich mit!"

Lothar Seidel sank auf den klapprigen Stuhl vor seinem Schreibtisch und stützte den Kopf in die Hände. Wann war er das letzte Mal so rund gemacht worden? Es musste Ewigkeiten her sein, noch in seiner Armeezeit und eigentlich hatte er gedacht, dass es so etwas heute nicht mehr gab. In seinem Kopf drehte sich alles. Was sollte er jetzt tun? Welcher Hund hatte wen angefallen? War es tatsächlich Laika gewesen? War Markus etwas passiert?

Wie damals enthielt auch dieser Anschiss ein Höchstmaß an Drohung, aber nur ein Minimum an verwertbarer Information und er erinnerte sich, dass genau das der Zweck eines solchen Gebrülls war.

Er versuchte, seine Gedanken zu ordnen und griff mit zitternden Händen nach Tabak und Pfeife. Seit fast dreißig Jahren wachte er über den Wald zwischen Stern Buchholz, Boldela und Hasenhäge und hatte in dieser Zeit gelernt, die Bäume und Tiere darin mehr zu lieben als die Menschen.

Die neuen Herren hatten ihm beigebracht, dass er nicht mehr über Wald und Flur, sondern über eine ökonomische Größe, die in Hektar und D-Mark gemessen wurde, wachte. Sie diente als billiges Bauland für Unternehmen oder wurde ein profitabler, umzäunter Privatwald – und alles, was darin und darauf war, hatte zu funktionieren, keinen Ärger zu machen und Geld zu erbringen. War es früher die Höhe der Position im Parteiapparat, die in seinem Revier diktierte, war es heute die Dicke des Geldbeutels. Mehr als einmal hatte er erleben müssen, dass ein Gesetz oder eine Bestimmung einer „ökonomischen Notwendigkeit" im Weg gestanden hatte und dann verlor immer das Gesetz. Und damit der Wald, die Tiere und die Menschen, die hier lebten.

Er war verbittert geworden, hatte sich immer mehr von den Menschen zurückgezogen und seine Zeit lieber im Wald verbracht. Dann hatte er eines Tages auf einem seiner Kontrollgänge in der Nähe von Stern Buchholz gesehen, wie der kleinen Markus zwischen den Kiefern mit Laika gespielt hatte, und auch wenn er ihnen nicht nahegekommen war, so hatte er die beiden doch aufmerksam beobachtet. Er mochte den Jungen, der nicht wie die anderen Kinder war und lieber im Wald als mit Computern spielte. Auch hätte er nicht erwartet, dass sich die alte Schäferhündin, die er hätte schon längst erschießen müssen, noch einmal einem Menschen anschließen würde. Der Leidensweg der Hündin war lang gewesen. Eingesperrt, geschlagen, verkrüppelt - und er hatte nichts dagegen tun können. Ihr Besitzer hatte sie einfach zurückgelassen, als er fortgezogen war. Bevor Lothar Seidel sie ins Tierheim, und damit wieder hinter Gitter bringen konnte, war Laika geflohen und er hatte gehofft, sie irgendwann friedlich eingeschlafen im Wald zu finden, damit er sie nicht erschießen musste. Bis dahin wollte er sie noch die Freiheit genießen lassen, von der sie ihr ganzes Leben durch die rostigen Eisenstäbe eines Hundezwingers getrennt gewesen war. Doch dann hatte sie sich dem kleinen Jungen angeschlossen und er hatte es nicht übers Herz gebracht, sie zu töten. Mehr noch, er hatte für die Hündin sogar Futter ausgelegt, damit sie in der kalten Jahreszeit nicht verhungerte.

Und jetzt hatte sie Markus angefallen. Wütend schlug er mit der Faust auf die Tischplatte. Seine Gutmütigkeit war schuld, dass der Hund das Kind schwer verletzt hatte. Er stand auf, ging zum Waffenschrank und nahm das großkalibrige Gewehr heraus. Er hatte einen Hund zu töten, der zur Bestie geworden war.

Missmutig schlurfte er zur Tür und zog die noch immer nasse Kombi über, da klingelte erneut sein Telefon. Ein Anschiss am Tag war genug, fand er, und er hatte keine Lust, sich noch einen abzuholen. Doch dann siegte sein Pflichtgefühl, er ging zurück in die Stube und nahm den Hörer ab.

Am anderen Ende der Leitung sprudelte eine aufgeregte Frauenstimme: „Hier ist Maria Müller. Herr Seidel, Markus ist mal wieder nicht nach Hause gekommen und die Hündin hat den Sohn vom Nachbarn gebissen. Ich mache mir solche Sorgen!"

Er setzte sich so vorsichtig auf den Stuhl, als hätte er Angst, dass der unter seinem Gewicht zusammenbrechen könnte. „Sagen Sie das nochmal …"

Maria schluchzte:: „Markus ist nicht nach …"

Er unterbrach sie: „Nein, das meinte ich nicht. Der Hund hat nicht Markus verletzt?"

„Nein, er hat den Sohn des Nachbarn in den Arm gebissen." Sie weinte hemmungslos. „Wenn er Markus auch angegriffen hat? Vielleicht liegt er jetzt irgendwo im Wald …"

„Nun beruhigen Sie sich mal. Ich werde ihn schon finden, aber Sie müssen mir genau erzählen, was passiert ist!"

„Markus hat wie immer seinen Ranzen nur ins Zimmer geworfen und ist in den Wald gelaufen. Als ich nach Hause gekommen bin, hat mir der neue Nachbar fast die Wohnungstür eingeschlagen und mich angeschrien, dass der räudige Köter von Markus seinen Sohn beim Spielen im Wald fast umgebracht hat."

„War Markus dabei?"

„Nein, sein Sohn sei mit zwei Freunden unterwegs gewesen, als der Hund sie einfach so angriff und Markus hätten sie nirgendwo gesehen." Maria sprach nicht mehr weiter, immer wieder wurde sie von heftigem Schluchzen geschüttelt.

Er riss sich zusammen und legte in die nächsten Sätze seine ganze Überzeugungskraft. „Laika würde Markus nie etwas tun. Sie liebt ihn und würde ihn bis zum Allerletzten verteidigen. Sie würde sogar für ihn sterben, so sind Hunde. Wahrscheinlich steckt der Junge in irgendeiner Schneehöhle und hat mal wieder total die Zeit vergessen!"

„Meinen Sie wirklich?"

Er antwortete ruhig und sicher: „Aber natürlich. Sie kennen ihn doch. Ich werde losgehen, ihn suchen und wieder nach Hause bringen." Mit Gewalt zwang er ein Lächeln in seine Stimme. „Es wäre ja nicht das erste Mal, oder?"

Maria schniefte noch ein paar Mal, aber dann kam ihr „Danke!"

Er legte den Hörer so vorsichtig, als wäre er ein rohes Ei, zurück auf die Gabel. Was hatte das zu bedeuten? Laika hielt sich von Menschen fern und der einzige, dem sie sich näherte, war Markus. Sie würde nie ohne Grund jemanden anfallen, es sei denn, sie hätte die Tollwut. Doch die gab es in seinem Revier nicht. Oder doch? Ein einziger kranker Fuchs genügte und Laika war niemals geimpft worden.

Wieder begannen seine Hände zu zittern, denn wenn er die Hündin schon nicht ins Tierheim gebracht hatte, hätte er sich wenigstens darum kümmern müssen. Wenn Laika infiziert war, würde sie jeden Menschen an sich herankommen lassen und dann über ihn herfallen.

Er sprang auf, rannte zum Flur und riss das Gewehr an sich. Siedendheiß rannen ihm Schauer den Rücken hinab. Markus war da draußen im Wald, alleine. Ein kleiner Junge mit einer großen, tollwütigen Hündin.

*

Für Markus verging die Zeit wie im Flug. Er tobte mit Laika durch den Wald, warf mit Schneebhällen, denen sie immer geschickt auszuweichen wusste, nach ihr und entfernte sich dabei immer weiter von der Wohnsiedlung. Es kümmerte ihn nicht, schließlich war er nicht zum ersten Mal so weit weg und mit seiner Laika konnte ihm sowieso nichts passieren. Er kraxelte zu seinem Lieblingsaussichtsplatz hinauf, einem kleinen Hügel am südlichen Ende einer großen Fläche, auf der früher - so hatte seine Mutter es ihm erzählt - Männer in Uniformen Schießen geübt hatten. Laika stupste ihn mit der Nase in die Kniekehle, er ließ sich in den Pulverschnee sinken und schaute gemeinsam mit ihr in die Zauberwelt unter ihm. Der Mond leuchtete hell, der Wind ließ lustige Schneekobolde über die Ebene tanzen und das alles nur für ihn und seine Freundin.

Laika legte sich neben Markus, zog die Beine unter ihren Körper und hechelte ihren Atem als weißen Dampf in die Nachtluft. Auch sie war müde.

Nach einigen Minuten erstarb der Wind und die Schneegeister sanken in sich zusammen. Laika hörte auf, zu hecheln und kuschelte ihren Kopf in den Schoß von Markus.

„Gefällt es dir auch so hier?", fragte er flüsternd seine Freundin. Er wollte nicht laut sprechen, es war so schön friedlich hier.

Sie hob den Kopf, warf einen Blick in die Runde und schnaufte durch die Nase, als wollte sie sagen: „Ja."

Er schlang die Arme um sie, vergrub den Kopf in ihrem dichten Nackenfell und wäre am liebsten so eingeschlafen. Doch die Gedanken an sein Zuhause ließen ihm keine Ruhe. Wahrscheinlich sollte er lieber zurückgehen, sonst würde seine Mutter wirklich böse werden. Aber es war doch so schön friedlich hier ...

Irgendwo knackte ein Ast. Laika spannte die Muskeln, reckte die Nase in den gerade wieder aufgekommenen Wind und nahm Witterung auf. Markus löste sich von ihr und schaute zum Wald, aber da war nichts. „Das war bestimmt ein Reh", flüsterte er, doch das beruhigte sie nicht. Sie schüttelte seine Arme ab und richtete sich auf.

Da bewegte sich etwas zwischen den Bäumen, Laika stieß ein tiefes Knurren aus, warf noch einen Blick auf Markus, dann sprang sie mit einem Satz den Hügel hinunter und hetzte davon.

Mit dem Gewehr im Arm trat Lothar Seidel unter den Bäumen hervor, blickte Laika hinterher, drehte sich dann um und stieg den Hügel zu Markus hinauf. Markus fröstelte und das kam nicht nur von der Kälte. Er hatte Angst, obwohl er den Förster an seinem langen weißen Bart erkannt hatte. Der war ihm schon immer unheimlich gewesen und er mochte ihn nicht. Jedes Mal, wenn er ihn im Wald gesehen hatte, hatte er einen anderen Weg eingeschlagen, um ihm nicht begegnen zu müssen.

Lothar Seidel blieb vor Markus stehen und brummte: „Guten Abend, Markus. Deine Mutter macht sich Sorgen um dich!" Seine Stimme hatte nicht laut geklungen, aber sie grollte wie das Knurren eines großen Hundes. Markus gab keine Antwort und zitterte am ganzen Körper.

Lothar Seidel zuckte die Schultern, sagte nur: „Komm!", und drehte sich um. Ohne sich umzusehen, stampfte er den Hügel hinunter. Er hatte auf den ersten Blick erkannt, dass Markus am Ende seiner Kräfte und durchgeschwitzt war. Er würde sich garantiert eine Erkältung eingefangen haben. Doch Lothar Seidel war wütend und so baute er Markus keine Brücke. Der musste lernen, dass er nicht einfach davonlaufen konnte, schließlich gab es Pflichten und diese gingen auch an einem Kind nicht vorbei. Seine Mutter hatte es auch ohne seine ständigen Ausflüge weiß Gott schwer genug.

So schritt er stumm vor Markus her und schaute sich nur ab und zu um, ob der ihm auch folgte. Dass er mit seinen großen Stiefeln den tiefen Schnee weiter zur Seite schob, als er musste, sodass Markus es leichter hatte, ihm zu folgen, bemerkte er nicht. Dabei konzentrierte er sich mehr auf den Weg vor ihm als auf Markus, denn er musste den Spuren nachgehen, die das Kind und der Hund hinterlassen hatten.

Er dachte dabei an das Telefongespräch mit Maria. Zwar hatte er Markus gefunden und zum Glück unverletzt, aber deswegen war ihm noch lange nicht klar, was wirklich passiert war. Markus zu fragen, würde wenig Sinn machen. Der Junge mochte ihn nicht und wahrscheinlich würde er gar nicht oder nur ausweichend antworten, wenn er ihn nach der Geschichte mit Laika und Dieter fragte und so verzichtete Lothar Seidel darauf.

Ein Geräusch hinter ihm riss ihn aus seinen Gedanken und er drehte sich um. Markus war in den Schnee gesunken. Mit zwei Schritten war er bei ihm und setzte ihn mit dem Rücken gegen einen Baum. Er überzeugte sich, dass Markus nur müde war und ihm nichts weiter fehlte, dann brummte er „Warte hier!"

Er schaltete seine Taschenlampe ein und folgte den Spuren von Markus und Laika im Schnee. Nach wenigen Minuten fand er den Platz, an dem Markus und Laika mit Dieter und seinen Spießgesellen gekämpft hatten. Aufmerksam sah er sich jeden Eindruck im Schnee an und neben der Stelle, an der Markus niedergestoßen worden war, kniete er sich sogar hin.

Als er sich wieder aufrichtete, stand die gleiche Nachdenklichkeit in seinem Gesicht wie nach dem Telefongespräch mit Maria. Dieter hatte gelogen, er war Markus sehr wohl begegnet, und wie es aussah, hatte Laika eingegriffen, Markus verteidigt und dabei Dieter gebissen. Das war gar nicht gut.

Mit schnellen Schritten eilte er zurück und fand Markus schlafend am Baumstamm zusammengesunken. Er zog ihn aus dem Schnee und trug ihn auf seinen Armen nach Hause.

Es war fast elf Uhr in der Nacht, als er in seinen alten Lada Niwa stieg und mit dem Zündschlüssel den Motor aus dem Tiefschlaf weckte. Auf dem Weg zurück zum Forsthaus in Hasenhäge gingen ihm viele Gedanken durch den Kopf. Markus hatte seiner in Tränen aufgelösten Mutter alles erzählt und es deckte sich im Wesentlichen mit dem, was Lothar Seidel aus den Spuren im Schnee gelesen hatte. Er hatte auch noch gehört, wie Markus im Schlaf nach Laika gerufen hatte, und voller Frust schlug er auf das Lenkrad.

Laika hatte einen Menschen angefallen und niemand würde bei einer alten herumstreunenden Hündin wie ihr genauer nach dem „Warum" fragen. Dieters Lüge würde nie ans Tageslicht kommen.

Er, Lothar Seidel, würde Laika jagen und erschießen müssen. Daran hing seine Arbeit und sie war sein Leben. Er hatte nichts anderes mehr. Markus würde ein paar Tage heulen, aber irgendwann würde er es vergessen haben. Die Welt, in der Markus leben musste, war eine Erwachsenenwelt, in der Kinder jeden Tag weinten. Wen störten da ein paar Tränen mehr oder weniger. Wen störte da, dass wieder ein Traum in dieser Welt starb. Oder das ein Junge, dessen Mutter nur Aushilfsputze war, ungerecht behandelt wurde? Gehört wurde immer nur die Stimme, die zählt.

*

Maria machte Frühstück für Markus und kochte sich dabei einen Kaffee, türkisch und stark. Es war ihr dritter in den letzten Stunden und wie auch die beiden zuvor, half er ihr nicht, eine Lösung für ihre Probleme zu finden. Es war kurz nach acht und sie musste eine Entscheidung treffen. Markus hatte die ganze Nacht tief und fest geschlafen, sie hatte mehrmals nach ihm gesehen und außer leichtem Fieber zeigte er keine Zeichen einer ernsthaften Erkältung. Aber sie kannte ihn gut genug, um zu wissen, was er tun würde, wenn sie am Nachmittag zur Arbeit ging und ihn allein ließ. Sie griff zum Telefon und rief in seiner Schule an.

„Nils-Holgerson-Grundschule, Frau Sawetzki. Was kann ich für Sie tun?" meldete sich eine fröhliche Stimme.

„Maria Müller. Frau Sawetzki, Markus hat ein wenig Fieber und ich würde ihn gern heute zu Hause behalten."

„Natürlich. Markus war in der dritten Klasse, nicht war? ... Hallo, Frau Müller?"

Sie zuckte zusammen, sie war mit ihren Gedanken schon bei dem Anruf gewesen, den sie danach noch machen musste. „Ja, natürlich. Danke."

„Ist bei ihnen alles in Ordnung?"

„Ja sicher, ich bin nur ein wenig müde. Auf Wiederhören." Ohne eine Antwort abzuwarten, legte sie auf. Sie zögerte, dann wählte sie erneut und es war die Nummer eines Mobiltelefons, die sie jetzt anrief.

„Wiesenhoff!" Die Stimme war kalt und hart.

Sie holte tief Luft. Nicht nur die Stimme, der ganze Mann machte ihr Angst. „Herr Wiesenhoff, ich kann heute Abend leider nicht kommen. Mein Markus ist krank."

Scharf antwortete er: „Wie bitte?!"

„Es geht wirklich nicht. Wenn ..."

„Was bildest du dir eigentlich ein? Ich gebe dir die Möglichkeit, Kohle am Sozialamt vorbei zu verdienen und dann lässt du mich hängen? Was soll mein Kunde denken, wenn ich ihm schon wieder eine Neue schicke, um seinen Mist sauber zu machen?"

„Herr Wiesenhoff, ich ..."

„Nichts Herr Wiesenhoff! Entweder du bewegst deinen faulen Hintern heute Abend zum Putzen oder du musst ihn überhaupt nicht mehr bewegen. Ich habe euch arbeitsscheues Pack so satt!"

Sie wurde blass. Es war nicht der Ton gewesen, der ihr Angst gemacht hatte. Sie kannte ihn längst, der Chef ging mit allen seinen Hilfskräften so um und sie hatte es sich gefallen lassen, denn er zahlte immer bar auf die Hand. Nicht viel, aber jeder Cent zählte für sie. Es war zwei Tage vor Weihnachten und sie hatte noch kein Geschenk für Markus. Das Geld von heute und morgen hätte sie dringend gebraucht, ganz im Gegensatz zu den Kopfschmerzen, die sie seit ein paar

Stunden quälten und jetzt richtig schlimm wurden. Sie griff nach dem Tablett und brachte Markus sein Frühstück ins Schlafzimmer.

Während er aß, lief sie zum Kiosk, um Brot und Margarine einzukaufen. Sie kam gerade noch rechtzeitig zurück. Markus zog im Flur seine Winterstiefel an. „Wo willst du denn hin?", fuhr sie ihn an.

„Mama, ich muss nach Laika sehen!"

„Nichts da. Ich habe gesagt, du bleibst im Bett, da gehörst du hin und basta!"

„Mama, aber wenn Laika etwas passiert ist gestern?"

Ihm standen Tränen in den Augen, aber wenn hier jemand ein Recht auf Weinen hatte, dann war sie es. Erst der Rauswurf bei der Arbeit und jetzt musste sie sich auch noch mit dem Bengel herumärgern. Für wen tat sie das eigentlich alles? „Nein! Du bleibst hier, habe ich gesagt!"

Markus stampfte mit dem Fuß auf. „Mama ..."

Zorn kochte in ihr hoch, und ehe sie sich beherrschen konnte, traf ihre Hand Markus im Gesicht. Sie hatte nicht hart zugeschlagen, und es konnte ihm auch nicht wehgetan haben, doch sein Gesicht wurde zu Stein. Er rannte ins Schlafzimmer und knallte die Tür hinter sich zu.

Entsetzen packte sie. Noch nie hatte sie ihn geschlagen. Sie wankte in die Wohnstube und ließ sich auf die Couch fallen. Alles in ihr war wie Eis, sie sah nur noch Wände um sich, die immer näher rückten und sie begann zu weinen.

Stunden später riss das Klingeln des Telefons sie aus ihrer Lethargie. Lothar Seidel wollte wissen, wie es Markus ging. Sie erzählte dem Förster, dass sie Markus wegen seinem Fieber heute nicht in die Schule geschickt hatte. Noch immer waren die Tränen in ihrer Stimme und vielleicht darum stellte Lothar Seidel die gleiche Frage, die ihr auch die Schulsekretärin gestellt hatte. „Frau Müller? Ist sonst bei Ihnen alles in Ordnung?"

War es der Ton, in dem er die Frage gestellt hatte oder einfach nur der Wunsch, sich alles von der Seele reden zu können - auf einmal sprudelte sie alles heraus, was ihr auf dem Herzen lag. Es dunkelte bereits wieder, als sie sich von ihm, irgendwie erleichtert, verabschiedete. Dann ging sie zu Markus ins Schlafzimmer.

Er war wach. „Mama, es tut mir leid. Ich war böse."

„Ist schon gut Markus. Ich verstehe dich." Mit gebeugtem Rücken setzte sie sich auf die Bettkante. Zu klein ist er für sein Alter, dachte sie und schaute in sein schmales Gesicht.

Seine blauen Augen trafen ihre - und dann streckte er die Arme nach ihr aus. „Mama, ich hab' dich lieb!", flüsterte er.

Wieder war Maria den Tränen nah, und bevor sie fließen konnten, sprach sie weiter: „Markus, wegen Laika brauchst du dir keine Sorgen zu machen. Sie war bestimmt genauso müde wie du und hat sicher den ganzen Tag in einer warmen Schneehöhle geschlafen."

„Bist du sicher?"

Sie nickte und hoffte, dass er nicht weiter fragte.

„Kann ich morgen wieder mit ihr spielen?"

„Wenn du wieder gesund bist. Und damit du das wirst, musst du jetzt brav deine Medizin nehmen und schlafen." Noch nie hatte sie ihren Sohn belogen, aber es gab immer ein erstes Mal. Sie hatte Markus auch noch nie zuvor geschlagen.

*

Am nächsten Morgen, es war der dreiundzwanzigste Dezember, bummelte Markus zum Bus. Laika war nicht an der Tür gewesen und ihre liebevolle Begrüßung fehlte ihm. Ein großes, schwarzes Auto fuhr an ihm vorbei, Dieter streckte seinen Kopf aus dem Fenster, zeigte Markus seinen dick verbundenen Arm und brüllte mit einem schadenfrohen Grinsen: „Das Vieh hat geblutet wie ein Schwein und bestimmt noch eine halbe Stunde gejault, als der Förster es abgeknallt hat!"

Der Bus fuhr ab und Markus stand immer noch an der Straße. Etwas brannte in seinen Augen, aber er weinte nicht. Achtlos ließ er den Ranzen von seiner Schulter gleiten, rannte in den Wald und lief und lief und lief.

Er stolperte über Wurzeln, verhaspelte sich im Gestrüpp und fiel immer wieder in den Schnee, doch nichts davon spürte er. Nichts hatte er im Kopf außer dem Bild seiner Laika, wie die Kugel des bösen alten Mannes sie getroffen hatte und wie sie sich wimmernd im Schnee gewälzt hatte, bis er blutrot gewesen war. Und er sah das Gesicht seiner Mutter, die ihn geschlagen und angelogen hatte.

Obwohl ihn die Kräfte verließen, lief er weiter und mit dem Instinkt eines wilden Tieres stolperte er einem Ort entgegen, den nur er kannte. Dort, wo das Ausbildungsgelände im Osten an den Sprengplatz und im Süden an den Wald nach Hasenhäge grenzte, verbargen sich alte Bunker. Hier würde ihn niemand finden.

Der Wind mauserte sich zum Sturm und peitschte ihm nassen Schnee ins Gesicht, aber auch davon ließ sich er nicht aufhalten. Er hatte es nicht mehr weit und verbissen kämpfte er sich voran, bis er fast in den ersten Unterstand fiel.

Nichts schien sich verändert zu haben seit seinem letzten Besuch. Die Birkenäste, die er im Sommer hereingeschleppt hatte, lagen unberührt auf dem Boden und der Sand daneben hatte noch den Abdruck von Laikas Körper bewahrt.

Bei den Gedanken an sie und daran, wie der Förster sie erschossen hatte, flossen die Tränen, die er zuvor nicht hatte weinen können. Mit einer wilden Kopfbewegung schüttelte er sie fort, ließ sich auf das Lager fallen, rollte sich zu einer Kugel zusammen und schloss die Augen.

Draußen erreichte der Sturm Orkanstärke. An einer Stelle riss er den Schnee fort, nur, um ihn woanders wieder zu großen Hügeln aufzutürmen. Weiß bedeckte den Boden wie ein riesiges Leichentuch und den Eingang des Bunkers, in dem Markus Zuflucht gesucht hatte, versperrte eine riesige Schneewehe. Nichts verriet mehr, dass sich hier ein kleiner Junge vor den Menschen versteckte.

*

Gegen elf Uhr des gleichen Tages klingelte das Telefon Maria aus dem Schlaf. Sie hatte am Morgen Markus losgeschickt und sich danach noch einmal hingelegt.

Frau Sawetzki rief aus dem Sekretariat der Nils-Holgerson-Grundschule an: „Frau Müller, ist Ihr Sohn noch krank? Er ist nicht in der Schule."

Maria glaubte, sich verhört zu haben: „Das kann nicht sein. Ich habe ihn heute Morgen zum Bus geschickt!"

„Er ist aber nicht hier." Aus der Antwort der Schulsekretärin klang Beunruhigung.

Maria fiel die Auseinandersetzung mit Markus gestern Abend ein und ihr wurde heiß. „Ist Markus denn mit den anderen im Schulbus angekommen?"

Frau Sawetzki bat sie um einen Moment Geduld und Maria erinnerte sich, wie sehnsüchtig Markus heute Morgen auf seine Laika gewartet hatte und, als sie nicht gekommen war, wie traurig er zum Bus getrottet war.

Frau Sawetzki meldete sich wieder: „Ich habe in der Klasse von Markus herumgefragt. Er ist zwar der Einzige, der in Stern Buchholz einsteigt, aber die anderen Kinder sagen, dass er nicht im Bus gewesen sei, als sie zugestiegen sind. Wissen Sie denn nicht, wo Markus ist, Frau Müller?"

„Wenn er nicht bei Ihnen ist, dann weiß ich es nicht.", antwortete Maria.

„Das ist nicht gut. Dann suchen Sie die Siedlung ab und fragen Sie alle Leute. Ich horche hier auch noch einmal herum. Wenn Sie ihn nicht finden, müssen Sie die Polizei rufen!"

„Aber wenn ..."

„Kein Aber! Suchen Sie Ihren Sohn, Frau Müller. Sofort! Wenn ich in einer halben Stunde nichts von Ihnen höre, rufe ich Sie noch einmal an und dann selbst die Polizei!"

Frau Sawetzki hatte aufgelegt und Maria suchte mit zitternden Händen ihre Sachen zusammen und stürmte zur Tür. Sie rannte durch Stern Buchholz, klingelte an jeder Tür der vier Wohnblocks und fragte jeden, den sie auf der Straße traf, doch niemand hatte Markus gesehen. Schließlich blieb ihr nichts anderes übrig, als die Polizei zu holen.

Es war fast Eins, bis zwei Beamte mit ihrem Dienstwagen eintrafen, sie befragten und selbst noch einmal in der Siedlung auf die Suche gingen. Auch sie fanden keine Spur von Markus und riefen nach Verstärkung. Weitere Autos trafen ein, spuckten Hunde und noch mehr Polizisten aus, die nach Markus suchten. Kurz vor Dunkelwerden flogen zwei Hubschrauber über den Ort und suchten mit Wärmebildkameras seine Umgebung ab, aber Markus blieb verschwunden..

Dann setzte heftiger Schneefall ein, der Wind wurde zum Sturm und der meteorologische Dienst gab eine Wetterwarnung heraus. Die Hundestaffeln und die Hubschrauber brachen die Suche ab und auch die freiwilligen Helfer gaben auf.

*

Als Markus wieder erwachte, wusste er nicht, wie lange er geschlafen hatte. Im Bunker herrschte eine Finsternis, wie er sie noch nie erlebt hatte. Zuhause malte immer eine Straßenlaterne vor seinem Schlafzimmerfenster Kringel aus Licht auf seine Bettdecke, aber hier war es so dunkel, dass er seine Hand nicht vor den Augen sah. Die Birkenäste, auf denen er lag, piekten ihn in den Rücken und ihm war fürchterlich kalt.

Müde quälte er sich auf die Knie und schlang die Arme um sich. Er hatte nicht darüber nachgedacht, was er weiter tun wollte. Laika war tot, der Förster hatte sie erschossen und er hatte niemanden mehr sehen wollen, niemals mehr. Deshalb war er weggelaufen. Aber irgendwie war das falsch und vielleicht sollte er doch wieder nach Hause gehen. Seine Mutter machte sich bestimmt Sorgen und suchte nach ihm. Ob sie seinetwegen weinte? Aber sie hatte ihn geschlagen und angelogen. Er stand auf und tapste ein paar Schritte hin und her. Es war stockfinster um ihn, Hunger und Durst quälten ihn und er fror fürchterlich.

Etwas kratzte an der Wand, er fuhr zusammen, blieb stehen und spitzte erschrocken die Ohren. Tatsächlich, etwas scharrte draußen und es hörte sich an, als ob sich etwas den Weg durch den Schnee in den Bunker graben würde.

Was konnte das sein? Er hatte zusammen mit Laika Ratten im Bunker aufgescheucht, als sie beide das erste Mal hier gewesen waren. Eklige Viecher mit einem nacktem Schwanz, aber Laika hatte sie vertrieben. Kamen sie jetzt zurück, um ihn zu verjagen und um ihren Bunker wieder in Besitz zu nehmen? Er atmete leise und wartete zitternd, ob sich das Geräusch wiederholte – und richtig, da war ein Kratzen und Schaben, als ob sich etwas Großes den Weg zu ihm graben würde. Das konnten keine Ratten sein. Und es wurde lauter!

Wenn seine Mutter nach ihm suchte, hatte sie bestimmt wieder den Förster angerufen und es waren seine Hunde, die da draußen kratzten. Aber dann hätte der doch zuerst laut gerufen und er hätte auch das Bellen der Hunde hören müssen. Markus steckte den Knöchel seines Zeigefingers in den Mund und biss darauf. Also war es nicht der alte Mann, aber was konnte es sonst sein?

So leise, wie er konnte, kroch er bis in die äußerste Ecke des Bunkers, zog die Knie ans Kinn, schlang die Arme darum und versuchte sich so klein zu machen, wie er nur konnte. Wie Hammerschläge dröhnte das Scharren in seinen Ohren, er stellte sich eine riesige Pranke vor und wie sie den Schnee vor dem Bunker wie ein Bagger fortschleuderte und sich Meter um Meter den Weg zu ihm bahnte. Angst packte ihn. Er kniff die Augen zusammen und presste die Hände auf die Ohren

Plötzlich war Ruhe. Das Scharren hatte aufgehört, er hielt den Atem an, nahm die Hände von seinen Ohren und lauschte, aber es blieb still. Erleichtert atmete er aus - da flog der Schnee, der den Eingang blockiert hatte, nach innen und ein großer Schatten sprang hinterher.

Er schrie auf und der Schatten ruckte herum, machte einen Schritt tiefer in den Bunker und knurrte. Markus zitterte so sehr, dass seine Zähne aufeinanderschlugen. Das Tier duckte sich, wendete seinen Kopf hin und her, schnüffelte, und schlich dann Schritt für Schritt näher. Vor Markus blieb es stehen, riss es seinen Rachen auf und blies ihm seinen stinkenden Atem ins Gesicht. Er nässte sich ein vor Entsetzen und dann wurde es dunkel um ihn.

Markus kam wieder zu sich und drängte sich enger an das, was seinen Rücken so schön wärmte. Er hatte geträumt, dass ein riesiges Tier in seinen Bunker gekommen war, um ihn zu fressen. Ohne die Augen zu öffnen, lächelte er. Seine Mutter machte sich sicher große Sorgen um ihn und würde sich bestimmt freuen, wenn er wieder da war. Aber vorher wollte er noch ein wenig schlafen. Er schmiegte sich dichter an das kuschelige Fell hinter ihm.

Kuscheliges Fell?

Mit einem Schrei wollte er aufspringen, aber blitzschnell packte etwas seine Schulter, hielt ihn am Boden fest und in seinem Rücken hörte er das gleiche Knurren, das ihm in seinem Traum solche Angst gemacht hatte. Er hätte fast wieder geschrien. Es war kein Traum gewesen! Ein riesiges Tier, vielleicht sogar ein Wolf, hatte sich zu ihm gegraben und lag jetzt hinter ihm.

Aber warum hatte es ihn nicht angegriffen und getötet? Er begann wieder zu zittern. Wie als Antwort knurrte das Tier erneut, aber es hörte sich anders an als vorhin, nicht bedrohlich, eher beruhigend und fast so, wie er es von seiner Laika kannte.

Markus überlief es siedendheiß, denn plötzlich begriff er. Dieter hatte ihn angelogen, der Förster hatte Laika gar nicht erschossen! Nur sie hätte ihn hier finden können, denn sie liebte ihn und er hatte sie im Dunkeln nur nicht erkannt. Und sie konnte doch nicht reden, sie hatte nur ihr Knurren und er hatte es nicht verstanden!

Er begann zu weinen, drehte sich um und presste sein Gesicht fest in das Fell des Tieres, das seine Pfote um ihn gelegt hatte, ganz so wie eine Mutter, die ihr Kind beschützen will.

*

Erschöpft von der Suche nach Markus war Lothar Seidel gegen Mitternacht nach Hause gekommen. Es hatte keinen Sinn, bei Nacht weiter zu suchen. Der Sturm hatte jede Spur getilgt und jede Fährte, der die

Hunde hätten nachspüren können, verweht. Er wollte ein paar Stunden schlafen und die Suche am Morgen fortzusetzen. Doch zuviel ging ihm im Kopf herum, der Schlaf wollte nicht kommen und er dachte immerzu an Markus und Laika.

Er hatte sich von den Menschen, die seinen Wald zerstörten, zurückgezogen, aber die beiden hatten einen Weg in sein verbittertes Herz gefunden. Er dachte an den Blick, der ihn gestern aus den braunen Augen Laikas getroffen hatte in dem Moment, als das Netz auf sie herabgefallen war. Sie hätte ausweichen können, dafür war sie immer noch schnell genug gewesen, auch mit ihrem kranken Hinterlauf. Aber sie hatte sich nicht gewehrt und ihn angeschaut, als hätte sie gewusst, dass ihre Zeit um war.

Er schlief ein und in seinem Traum jagte ein Rudel Wölfe durch den Wald, mit diesem gleichmäßigen, alles verschlingenden Trab, der sie bis zu hundert Kilometer am Tag zurücklegen lässt. Markus kämpfte sich weinend durch den Schnee, fiel hin, und als er sich wieder aufrichtete, öffnete sich vor seinem Gesicht ein Wolfsrachen …

Mit einem Stöhnen richtete er sich auf. Der Traum hatte ihn geweckt. Er schalt sich einen Narren. Es gab keine Wölfe in Schwerin und würde es auch nie geben. Wenn sie auf Wanderschaft gingen, zog es sie nach Osten über die polnische Grenze und nicht nach Westen. Er schüttelte den Kopf, rieb sich die Schlafreste aus den Augen und warf einen Blick auf die Wanduhr. Sie zeigte kurz vor fünf und mühsam quälte er sich wieder in seine nassen Sachen.

Das Thermometer an der Außenwand zeigte minus acht Grad und er wusste, dass er nicht mehr viel Zeit hatte. Kinder waren widerstandsfähiger, als die meisten Erwachsenen glaubten und Markus, der viel draußen war, sowieso. Aber es gab eine Grenze für das, was sein kleiner Körper leisten konnte. Wenn Markus schlau gewesen war, hatte er in einem der alten Bunker Unterschlupf gesucht, dort wurde es nicht so kalt wie unter freiem Himmel. Aber auch da biss der Frost irgendwann zu. Wenn er den Jungen noch finden wollte, bevor er erfror, musste er sich beeilen.

Er rief den Einsatzstab der Polizei an, um ihnen zu sagen, dass er jetzt seine Suche fortsetzte, stimmte mit ihnen das Suchgebiet ab, pfiff seine Hunde zu sich und machte sich auf den Weg in den Wald.

*

Drei Stunden später wartete er neben der Tür des Rettungswagens gemeinsam mit Maria auf die Diagnose des Notarztes. Kurz, nachdem die Sonne aufgegangen war, hatten seine Hunde angeschlagen und waren losgehetzt. Nur wenig später hatte er Markus im alten Stabsbunker gefunden, tief und fest schlafend, mit einem Lächeln im Gesicht. Markus war auch nicht aufgewacht, als er ihn aufgehoben und zu seinem Lada getragen hatte. Erst das Martinshorn des Rettungswagens, den er über Funk gerufen hatte und der ihnen auf der B106 bei Hasenhäge entgegen gekommen war, hatte den Jungen aus seinem Erschöpfungsschlaf gerissen.

Ein Arzt stieg aus dem Sankra, schloss leise die Tür hinter sich und trat zu ihnen. „Frau Müller, ihrem Sohn geht es körperlich so weit gut. Er hat eine leichte Unterkühlung und ein paar heftige Abschürfungen an den Händen und im Gesicht. Nichts Bedrohliches, worum wir uns ernsthaft Sorgen machen müssten. In

ein paar Tagen kann er wieder auf dem Damm sein."
Er schüttelte den Kopf, als könne er es nicht fassen.

Maria schaute den Arzt an. Er war noch jung, höchstens dreißig und sah sehr männlich aus. Doch in seinen Augen las sie eine abwesende Müdigkeit, ihrer eigenen nicht unähnlich, als hätte er zu viel gearbeitet und beschäftigte sich in Gedanken mit einem schweren Problem. Vielleicht hat er die ganze Nacht Dienst gehabt und ist genauso erschöpft wie ich, dachte sie und räusperte sich. „Das ist alles?"

Der Arzt nickte. „Wie ich schon sagte – zumindest körperlich geht es Ihrem Sohn viel besser, als wir erwarten durften."

Sie besaß ein Ohr für Untertöne. „Warum betonen Sie so seinen Körper? Ist etwas mit seinem Kopf?"

„Um Gotteswillen nein! So habe ich das nicht gemeint. Er hat keine Kopfverletzungen. Ich sollte mich wohl klarer ausdrücken. Es waren minus acht Grad heute Nacht, Ihr Sohn ist den ganzen Tag durch den Schnee gelaufen, es war Sturm und seine Sachen waren nass. In diesem Zustand hätte er die Nacht im Freien niemals überleben können. Zumindest müsste er viel stärker unterkühlt und auch dehydriert sein. Nichts davon kann ich feststellen. Es ist wie ein Wunder, dass er noch lebt."

„Dann ist doch alles gut, oder?"

„Frau Müller, wir wissen, dass die Geschichte mit dem Hund, die Ihr Sohn erzählt hat, nicht stimmen kann, denn Herr Seidel hat gesagt, dass er ihn erschossen hat." Er blickte kurz den alten Förster an. „Markus hat schlimme Tage hinter sich, die durchaus ein psychisches Trauma auslösen können. Was er uns erzählt hat, könnten Halluzinationen sein, wie sie nach großen körperlichen Anstrengungen auftreten können.

Doch Ihr Sohn hat nicht einmal Fieber und es geht ihm viel besser, als es ihm nach Lage der Umstände gehen sollte." Der Arzt machte eine Pause und holte Luft, als müsste er Kraft für den nächsten Satz sammeln. „Ich halte es für das Beste, wenn wir ihn mit ins Krankenhaus nehmen und dort genauer untersuchen, um herauszufinden, was wirklich passiert ist."

„Was wollen Sie genauer untersuchen?"

Der Arzt zuckte mit den Schultern. „Ich denke, Ihr Sohn wäre für ein paar Tage in Schwerin in der Kinderpsychiatrie am besten auf ..."

Weiter kam er nicht, wie eine Furie fauchte Maria ihn an: „Sie bringen meinen Sohn nicht in die Klapper! Wissen Sie, was es heißt, in so einem Hundertseelennest zu leben, wo jeder jeden kennt? Wollen Sie, dass alle Kinder mit Fingern auf ihn zeigen und ihm hinterher rufen: ‚Der war in der Klapsmühle'?"

Lothar Seidel legte ihr die Hand auf den Arm und sie verstummte mitten im Satz. Erstaunt sah sie ihn an. Er beachtete sie jedoch nicht, sondern blickte dem Arzt in die Augen. „Sie stehen doch unter ärztlicher Schweigepflicht, oder?"

Der Arzt nickte und Lothar Seidel fuhr fort: „Es kann durchaus sein, dass Markus die Wahrheit gesagt hat. Ich habe Laika nur eingefangen und in einen Zwinger gesperrt, der oben offen ist. Erschießen konnte ich sie nicht. Ich habe nichts anderes mehr als meinen Wald und man hat mir gedroht, mich zu entlassen und ihn mir wegzunehmen, wenn ich die Hündin nicht töte. Deshalb habe ich die Forstbehörde angelogen. Es kann durchaus sein, dass die Hündin aus dem Zwinger entkommen ist. Ich habe schon viel erlebt mit Tieren und Sie können mir glauben – Hunde sind zu Unglaublichem in der Lage, wenn es um die geht, die sie lieben. "

Der Arzt schüttelte verwirrt den Kopf. Eigentlich ging ihn das alles nichts an. Er hatte getan, was er tun musste und alles andere war nicht seine Entscheidung. Er konnte nur die Tür öffnen, aber wenn Frau Müller nicht hindurchgehen wollte, war das ihre Sache. „Es ist Ihr Sohn und damit ihre Entscheidung. Also sollen wir ihn nach Hause fahren?"

Maria nickte nur und stieg ohne weitere Worte zu Markus in den Krankenwagen. Der Arzt öffnete den Mund, als wollte er noch etwas sagen, aber dann schien er einzusehen, dass es keinen Sinn hatte, und folgte Maria.

Lothar Seidel schaute nachdenklich und ein wenig sorgenvoll den Autos hinterher. Er hatte Laika gestern Abend Futter hingestellt, sie hatte in ihrer Hütte gelegen, sich nicht gerührt und seitdem hatte er nicht mehr nach ihr gesehen. Der Zwinger war zwar oben offen, aber die Gitterstäbe waren über zwei Meter hoch. Sie hätte niemals da hinausklettern können. Und Springen schon gar nicht mit ihrem kranken Hinterlauf. Oder doch? Hatte er nicht selbst soeben gesagt, dass Hunde wunderbare Wesen sind, die Unglaubliches für den Menschen vollbringen können, den sie lieben?

Verwirrt schüttelte er den Kopf. Nein, es war unmöglich! Aber wer war dann heute Nacht bei Markus gewesen, wenn nicht Laika? Er hatte sich am Bunker nicht nach Spuren umgesehen, zu froh war er gewesen, Markus noch am Leben gefunden zu haben. Ein Verdacht keimte in ihm, so abwegig, dass er sich einen Narren schalt. Und wenn doch? Gottes Wege sind unergründlich und wunderbar.

Er blickte auf seine Uhr, sie zeigte kurz nach elf Uhr vormittags und eigentlich hätte er heute, am vierundzwanzigsten Dezember, einiges zu tun gehabt. Doch keine Macht der Welt hätte ihn jetzt noch davon abhalten können, alle Spuren im Bunker genauestens zu untersuchen. Wenn er richtig lag mit seiner Vermutung, waren sie alle hier Zeuge eines Wunders geworden.

*

„Mama! Was hast du? Ist alles in Ordnung?" Markus schaute seine Mutter von der Seite an. Warum weinte sie? Wegen der blöden Familie von Dieter? Nicht zum ersten Mal dachte er daran, was passiert wäre, wenn er seine Laika nicht im letzten Moment aufgehalten hätte. Dann wäre es wenigstens irgendwie gerecht gewesen. Aber in seinem Herz war kein Platz für Bosheit und so streichelte er seiner Mutter nur unbeholfen über ihr Haar, um sie zu trösten.

Es klingelte und er sprang wütend von der Couch, bevor Maria sich aufrichten konnte. Heute war Weihnachten und sie sollten seine Mutter endlich in Ruhe lassen! Er rannte zur Tür, riss sie mit einem Ruck auf – und erstarrte zur Salzsäule. Eine schwarze Hundenase stupste ihn in den Bauch, große Pfoten legten sich auf seine Schultern und eine feuchte rosa Zunge fuhr ihm ein ums andere Mal über das Gesicht.

„LAIKA!"

Im Hauseingang beobachtete Lothar Seidel, der alte, ungebeugte Mann mit dem langen weißen Bart, die Szene und seine Augen unter den buschigen Brauen strahlten wie die des Kindes und der Hündin.

*

Am nächsten Morgen saß Lothar Seidel an seinem zerkratzten Schreibtisch und schaute auf das Telefon. Das tat er schon eine ganze Weile. Er hatte noch ein Gespräch zu führen, es würde kurz werden und nicht erfreulich – zumindest nicht für den Oberforstrat, den er jetzt anrufen wollte. Er zögerte den Moment noch hinaus und dachte an gestern.

Er hatte den Heiligabend mit Markus, Maria und Laika verbracht und es war ein wunderschöner Abend gewesen. Irgendwann hatte Markus sich auf seine Knie gesetzt und ihm die Arme um den Hals gelegt. Lothar Seidel lächelte, als er daran dachte, wie nah er da an Tränen gewesen war. Aber die hatte er ein paar Stunden vorher vergossen. Es war vor dem Bunker gewesen, in dem Markus Zuflucht vor dem Sturm gefunden hatte. Er hatte sich alle Spuren darum herum und auch innen angesehen und immer wieder in stillem Unglauben den Kopf geschüttelt. Schließlich hatte zum Himmel geblickt, dann voller Demut den Kopf gesenkt und stumm geweint.

Danach war er nach Hause gefahren, hatte Laika, die das Futter seit zwei Tagen nicht angerührt hatte, aus dem Zwinger geholt und war zu Markus und Maria gefahren. Er machte sich keine Sorgen mehr um seinen Arbeitsplatz, denn wenn ihn nicht alles täuschte, würde der Herr Oberforstrat in den nächsten Wochen und Monaten jeden Mann und jede Frau brauchen, die er bekommen konnte. Und einiges würde sich hier ändern. Zum Guten. Mit einer entschlossenen Bewegung griff er zum Telefon und wählte.

Es dauerte einen Moment, bis sich Herr Walter meldete. „Es sollte schon wichtig sein, wenn Sie mich am ersten Weihnachtstag anrufen!" Keine Anrede, keine Höflichkeit, Herr Walther schien schlecht gelaunt zu sein.

Lothar Seidel lächelte still in sich hinein und gab seiner Stimme einen dienstbeflissenen Ton. „Es tut mir wirklich leid, Herr Oberforstrat, Sie heute stören zu müssen, aber ich dachte mir, wo Ihnen doch die Sicherheit der Wälder so wichtig ist ..."

Weiter kam er nicht, am anderen Ende der Leitung bellte der Oberforstrat: „Ist schon wieder etwas passiert?!"

„Nein, oder doch, ich weiß nicht genau ..." Lothar Seidel verkniff sich nur mit Mühe ein Lachen.

Der Oberforstrat brüllte: „Reden Sie, was ist los bei Ihnen?"

„Ich dachte, Sie würden wissen wollen, dass die Wälder hier wahrscheinlich gesperrt werden müssen, und informieren Sie doch bitte die Kollegen in Brandenburg, dass die vermisste Wölfin, deren Welpen überfahren wurden, hier in meinem Revier aufgetaucht ist, ja?"

„Aber, aber ..." Ganz vorsichtig legte Lothar Seidel den Hörer auf die Gabel, mitten in das Gestammel hinein. Er blickte auf seine Handfläche und fühlte, wie flauschig das silbrig-grauen Haarbüschels war, das darin lag. Markus hatte es wahrscheinlich dem Tier ausgerissen, dass ihm in der Nacht mit seiner Wärme das Leben gerettet hatte. Es war von einer Länge und Weichheit, wie sie kein von Menschen gezüchteter Schäferhund mehr hatte. Nur ein Wesen auf dieser Welt hatte solches Bauchfell: eine Wölfin, die Junge großzog oder sie an Kindesstatt beschützte.

Nachbemerkung: Als ich diese Geschichte vor zwei Jahr schrieb, lebten die Wölfe in Deutschland, zweihundert Kilometer entfernt von Schwerin, im Land Brandenburg. Vor einigen Monaten ging eine Meldung durch die Presse - Wölfe waren in Lübteen gesichtet worden. Dieser Ort liegt dreißig Kilometer entfernt von Schwerin - westlich...

Salute Gaucho

Links und vorn gähnte ihnen die Schwärze eines Abgrunds entgegen, rechts drohte eine steile Felswand, sie zu erdrücken, und der Weg zurück war ihnen versperrt. Auch nur die kleinste Bewegung würde sie in den Tod stürzen. Gaucho verdrehte die Augen, wieherte seine Angst in die Nacht, dass es von den Felswänden widerhallte, dann riss er die Vorderläufe in die Luft...

Der Schrei ließ Hartwig Renner aus dem Schlaf fahren. Es dauerte Sekunden, bis er begriff, dass er selbst es gewesen war, der geschrien hatte. Zitternd richtete er sich auf, schob die viel zu warme Decke beiseite und quälte sich aus dem Bett. Er schlurfte ins Badezimmer, stieß sich unterwegs einen Zeh am Türrahmen, fluchte leise und trocknete sich dann wieder einmal den Angstschweiß von der Innenseite seiner Oberschenkel. Immer nur die Oberschenkel, nirgendwo anders.

Für einen Moment dachte er daran, sich wieder hinzulegen, aber der Schlaf würde ihn fliehen, wie immer in solchen Nächten. So tapste er, ohne Licht zu machen, in die Küche, goss sich einen dreistöckigen Bourbon ein, setzte sich auf den Balkon und atmete tief ein und aus.

Ein lauer Wind wehte vom Schweriner See herüber. Er brachte den Geruch von Wasser und Tang mit und, ganz leise, die Motorengeräusche der wenigen Autos, die in dieser Sommernacht noch auf der Crivitzer Chaussee unterwegs waren. Wie eine zärtliche

Hand strich er über Hartwigs Haut, sickerte in seine Seele und verdrängte sanft die Angst daraus.

Schwerin ist schön. Selbst in einem Plattenbau auf dem Dreesch. Unmittelbar hinter Hartwigs Balkon begann der Wald und in ihm war, wie auch jetzt, niemals Stille. Ein Kauz schrie, das Blattwerk der Bäume rauschte und manchmal trällerte sogar zu Sonnenaufgang eine Nachtigall ihr Lied vor Hartwigs Schlafzimmerfenster.

Obwohl sich der Mond noch hinter den Bäumen verbarg, wusste er, dass er im letzten Viertel stand. Wie Diamanten auf einem schwarzen Samttuch glitzerten die Sterne am Himmel, irgendwo zwischen ihnen war auch der Pferdekopfnebel, und wenn es ein Paradies für Pferde gab, dann waren zwei von den funkelnden Perlen darin die blitzenden Augen eines tapferen Grauschimmels mit einem großen Herzen. Hartwig hatte dieses Blitzen damals für Schalk gehalten und fast zu spät verstanden, dass es doch nichts anderes als Liebe gewesen war.

Wieder rollte die Panik von damals über ihn hinweg. Sein Atem raste, der Schweiß brach ihm erneut aus und wie auf einem Schwarzweißfoto sah er wieder die Felsen des Mijas vor sich. Der Mond hatte im letzten Viertel gestanden und in seinem kalten Licht hatte er begriffen, dass Gaucho sterben musste, damit er, Hartwig, weiterleben konnte.

Er holte tief Luft, hob das Glas zum Himmel, sagte laut in die Stille der Nacht: „Salute Gaucho!", und fast augenblicklich verschwand das Zittern seiner Hände. Gaucho hatte ihn verstanden. Wie damals ...

Weder der Herausforderung noch der Verführung hatte Hartwig widerstehen können - ein Internetprojekt hatte ihn gerufen. Eine Finca in Fuengirola unter

Andalusiens brennender Sonne zu Füßen des Mijas, nur fünf Autominuten entfernt vom Mittelmeer und Alfred und seine Frau, hatten auf ihn gewartet.

Sie besaßen zwei Pferde, eine sanfte weiße Araberstute und einen kleinen grauen, widerspenstigen Cartujano namens Gaucho, der immer den Schalk im Nacken hatte. Wenn er Lust darauf hatte, konnte ihn eine weiße Plastetüte auf dem Weg so sehr erschrecken, dass er auf die Hinterbeine stieg und seinen überraschten Reiter in hohem Bogen in die Luft katapultierte. Allerdings verriet er sich hinterher immer selbst, wenn er sich seinen Hals nach dem im Staub gelandeten Reiter verrenkte und wieherte, als hätte er einen richtig guten Witz gemacht.

Hartwig fand es weniger lustig, sich fast den Arm zu brechen beim Sturz und dafür von dem blöden Gaul auch noch ausgelacht zu werden. Damals fiel ihm nicht auf, dass Gaucho solche Anfälle nur bekam, wenn der Weg weich war, auf dem sie unterwegs waren. Trabten sie durch die gepflasterten Straßen Fuengirolas oder über die steinigen Gebirgspfade des Mijas, wurde Gaucho das trittsicherste Pferd der Welt und war durch nichts aus der Ruhe zu bringen.

Damals verstand Hartwig das nicht und hielt sich nach seinem zweiten unrühmlichen Abgang lieber an die sanftäugige Stute. Ohnehin war er kein besonders guter Reiter. Er hatte es nie gelernt und hielt sich mehr schlecht als recht auf dem Rücken der Tiere.

Dann kam der Abend, an dem er sich mit Alfred überwarf. Das Projekt lief nicht gut, die Verkäufe brachen ein und nicht nur der Haussegen, sondern auch ihre Freundschaft hing an einem seidenen Faden.

Mitten in dem heftigen Disput zwischen ihm und Alfred sprang Hartwig auf und rannte aus dem Haus.

Er wollte nur noch weg, nichts mehr sehen, nichts mehr hören und so führte ihn seine Wut zu den Ställen. Ausgerechnet Gaucho, den er seit Wochen nicht mehr geritten hatte, warf er den Sattel und das Zaumzeug über und ritt mit ihm in die Abenddämmerung, hinein in die Berge.

Zu Anfang fiel ihm nicht auf, dass Gaucho viel ruhiger dahinschritt, als er es bisher mit ihm erlebt hatte. Zu sehr wütete der Zorn in ihm und seine Gedanken waren noch bei dem Disput mit Alfred. Meistens hatte Gaucho schon Sperenzchen gemacht, wenn Hartwig ihm die Decke übergelegt hatte. Nicht so diesmal. Im Gegenteil, ruhig hatte er sich satteln lassen und trabte sittsam unter Hartwig dahin. Nur manchmal drehte er halb seinen Kopf und sah Hartwig mit dem linken Auge an, so, als wollte er sich vergewissern, dass alles mit seinem Reiter in Ordnung war.

Nichts war in Ordnung, ganz im Gegenteil. Nicht das Projekt zwang Hartwig in die Knie, sondern das Heimweh und das wollte er sich nicht eingestehen. Andalusien ist ein traumhaft schönes Land und er wäre gerne für alle Zeiten hier geblieben. Aber etwas in ihm rief ihn immer mehr zurück in die Heimat und das zerriss ihn innerlich.

Pferde sind keine Menschen, die so etwas fühlen und daraus Schlussfolgerungen ableiten könnten. Wie also hätte ein Pferd darauf reagieren können?

Mittlerweile war es dunkel geworden. Die Sterne leuchteten kristallklar am Nachthimmel, der Mond stand in seinem letzten Viertel und spendete genug Helligkeit, dass man bei seinem Licht noch hätte ein Buch lesen können.

Hartwig lenkte Gaucho in eine Gegend, in der er noch nie geritten war. Hauptsache, sie war weit genug weg von irgendwelchen Menschen und so erreichten sie irgendwann einen schmalen Bergpfad. Nach einigen hundert Metern verengte sich der Pfad, links begann eine Schlucht und rechts reckte sich eine Felswand in die Höhe. Gaucho wurde unruhig, blieb nach wenigen Schritten stehen und drehte seinen Kopf, als wollte er seinen Reiter fragen, ob er sich sicher war.

Hartwig wachte für einen Moment aus seiner Lethargie auf und sprach mit dem Pferd, als sei es ein Mensch: „Was ist? Hast du Angst vor einem Bergpfad, du blöder Gaul?"

Gaucho schnaubte und Hartwig stieß ihm wütend die Fersen in die Flanken. Spürbar widerwillig setzte Gaucho sich in Bewegung und trabte den gewundenen Weg hinauf.

Als hätte ein Riese mit einer gewaltigen Axt eine Kerbe in den Fels geschlagen, wand sich der Pfad an der Flanke des Berges entlang. Links, nur einen halben Meter neben ihnen, ging es über einhundert Meter fast senkrecht in die Tiefe und rechts von ihnen rückte eine Felswand bei jedem Schritt immer näher. Manchmal streifte Hartwigs Stiefel bereits das Gestein, doch er war viel zu sehr mit sich selbst beschäftigt, als dass er Angst gehabt hätte.

Der Pfad machte eine Biegung. Eine Felsnase versperrte ihm den Blick nach vorn und Gaucho blieb stehen. Hartwig schaute über die Schulter zurück und überlegte. In den letzten fünf Minuten war der Weg immer schmaler geworden und Gaucho jetzt zu wenden, hätte einem ungeübten Reiter wie ihm Probleme bereitet. Zwar wusste er nicht, was ihn hinter dem Knick erwartete, doch schließlich hatten Menschen den Pfad in den Fels gehauen und irgendwann mussten sie wieder auf eine Straße treffen. Es konnte gar nicht anders sein. Wieder trat er Gaucho in die Seite und zwang ihn langsam und vorsichtig um die Biegung.

Die Falle war perfekt. Hinter dem Knick ritten sie auf einem Weg, der so schmal wurde, dass selbst ein Mensch Schwierigkeiten gehabt hätte, hier sicher zu gehen, und Hartwig musste sich blind auf die Trittsicherheit seines Pferdes verlassen. Er ließ sich vorsichtig nach vorne sinken, legte beide Arme um den Hals Gauchos und hoffte, dass der wusste, was er tat.

Sie schafften noch zwanzig Meter, dann endete der Pfad wie abgeschnitten vor einem Abgrund. Vor ihnen und links ging es senkrecht in die Tiefe und rechts erhob sich mehr als dreißig Meter hoch eine mit dürrem Gesträuch bewachsene, schräge Felswand, die Hartwig selbst auf allen Vieren nur schwer hätte erklimmen können. Der Pfad, auf dem sie standen, war so schmal, dass er nicht einmal hätte absteigen können, ohne Gefahr zu laufen, in die Tiefe zu stürzen.

Es dauerte eine geraume Weile, bis er begriff, dass sie so gut wie tot waren.

Ein Pferd kann mit einem geübten Reiter rückwärts gehen, doch nicht auf einem nur fünfzig Zentimeter breiten Felsgrat um eine scharfe Biegung herum. Und ein geübter Reiter war Hartwig schon gar nicht. Sicher gab es etwas in ihm, über das er nie nachgedacht hatte und dass ihn dazu brachte, dass Tier unter sich wie ihn selbst zu fühlen und sich ihm anzupassen, als sei er ein Teil von ihm. Hartwig wusste nicht, dass es eine Gabe ist, um die ihn viele Reiter beneiden würden. Er wusste gar nichts damals.

Vielleicht hätte er auf Gauchos Rücken steigen und von da den Versuch wagen können, die rechte Felswand hinaufzuklimmen. Doch er hatte nur diesen einen unsicheren Versuch, und wenn er misslang, würde er in die Tiefe stürzen und Gaucho mitreißen. Gelang er, würde er Gaucho zurücklassen. Irgendwann würden dessen Beine vor Erschöpfung einknicken und er würde sich zu Tode stürzen. Niemand konnte das Pferd hier herausholen, selbst nicht mit einem Hubschrauber. Gaucho würde nervös werden, anfangen zu tänzeln, wenn so ein schwarzes Ungeheuer über ihm auftauchte, und würde in die Tiefe stürzen, bevor sie ihm irgendwelche Seile oder Netze umgelegt hätten.

Nein, es gab nur zwei Varianten: Von Gauchos Rücken und dann über die schräge Felswand oder sich hinter ihm herunterrutschen lassen und dann auf dem Pfad zurückzugehen. Doch beide Möglichkeiten standen nur Hartwig offen und waren auch für ihn lebensgefährlich.

Minutenlang saß er regungslos auf Gauchos Rücken und konnte sich zu keiner Entscheidung durchringen.

Gaucho drehte seinen Kopf zur Seite, schnaubte leise und riss Hartwig aus seiner Lethargie. Mit dem linken Auge blickte er ihn an und in diesem Sekundenbruchteil geschah etwas zwischen Mensch und Tier. Hartwig konnte sich später niemals erklären, warum er auf einmal gewusst hatte, was Gaucho vorhatte.

Dessen Auge begann zu funkeln und schien riesig zu werden. Er wieherte wie die Schlachtrösser der römischen Reiterei, wenn sie die Linien des Feindes durchbrochen und alles niedergetrampelt hatten, was sich ihren Reitern in den Weg gestellt hatte. Sein Kampfschrei ließ die Felswände erzittern, und noch ehe das Echo zurückkehrte, schlug er nach hinten aus.

Hartwig fiel nach vorn und musste sich an Gauchos Hals festklammern, wollte er nicht in die Tiefe stürzen. Im nächsten Moment bäumte Gaucho sich vorne auf, machte eine wilde Vierteldrehung nach rechts und beide schwebten für einen Moment nur auf Gauchos Hinterbeinen über dem bodenlosen Abgrund. Und genau in dem Moment, als die Schwerkraft sie hinabreißen wollte, sprang Gaucho mit einem Panthersatz in die schräge Felswand.

Mit den Hufen krallte er sich in das Geröll der Steigung, mit wilden Muskelkontraktionen gewann er Meter um Meter, sogar mit den Zähnen biss er nach den dürren Sträuchern und nutzte ihren Halt, um sich und den Menschen auf seinem Rücken hinaufzuziehen.

Noch heute kann Hartwig an den Innenseiten seiner Schenkel die Kontraktionen von Gauchos mächtigen Muskeln unter sich spüren und die ungeheure Kraft, mit der sich das Pferd den Berg hinaufkämpfte.

Für einen winzigen Moment sah er dabei wieder eines seiner Augen, und in ihm brannte nicht die irre Wut eines um sein Leben kämpfenden Tieres, sondern etwas ganz anderes. Es war der Augenblick, in dem Hartwig verstand, dass ihm nichts geschehen konnte. Weil dieses Pferd es nicht zulassen würde.

Es war nichts weiter als ein Gefühl. Fünfzehn Jahre, in denen er so manches Mal aus dem Schlaf geschreckt war, wenn der Mond im letzten Viertel gestanden hatte, mussten ins Land ziehen und er musste ein drittes Mal heiraten, um diesem Gefühl einen Namen geben zu können: Geborgenheit.

Die letzten Meter kämpfte Gaucho sich auf Knien den Felshang hinauf. Er blutete aus vielen Schürfwunden und seine Beine und der Bauch sahen übel aus. Hartwig fiel entkräftet von seinem Rücken und schloss die Augen.

Doch nicht lange. Gaucho erholte sich schnell wieder, senkte seinen Kopf, und schnaubte Hartwig seinen heißen Atem ins Gesicht. Hartwig schlug die Augen wieder auf. Direkt vor ihm bleckte Gaucho sein Gebiss und in seinen Augen blitzte bereits wieder der Schalk. Dann warf er seinen Kopf in den Nacken, schüttelte seine graue Mähne und wieherte in die Nacht. Noch heute wäre Hartwig bereit zu schwören, dass es ein Lachen gewesen war.

Hartwig hob wieder das Glas zum Himmel. „Salute Gaucho, wo immer du auch jetzt bist!"

Der Code Gottes

"Am Anfang schuf Gott Himmel und Erde." So beginnt die „Genesis", die Schöpfungsgeschichte von der Entstehung der Welt und der Menschen, die der Herr selbst Moses erzählte auf dem Berg Sinai und tiefe Ehrfurcht erlebt, wer mit offenen Augen und unvoreingenommenen Gedanken auf der Erde wandelt; Ehrfurcht vor diesem Wunder.

Doch Gott hatte Moses nicht die ganze Wahrheit erzählt, davon war Benedict Mayer überzeugt. Oder Moses war ein wenig einfältig gewesen und hatte deshalb nicht alles mitbekommen, was der Herr gesagt hatte. Die Schöpfung war göttlich, daran gab es keinen Zweifel. Doch womit hatte der Herr sie ausgeführt? Er musste etwas besessen oder sich geschaffen haben - die Schöpfung vor der Schöpfung gewissermaßen - mit dem er hatte dieses Werk angehen können. Ein Werkzeug, so voller göttlicher Inspiration, dass es noch heute und bis in die Ewigkeit alles beseelte mit dieser Flamme der Göttlichkeit.

Für Benedict Mayer existierte nicht der geringste Zweifel, welchen Werkzeugs sich der Herr bedient hatte. Es konnte nur die Mathematik gewesen sein. Nicht alles in der Welt war Mathematik, aber ohne Mathematik war alles nichts. Sie durchdrang alles, und wenn irgendetwas existierte, dass sich nicht als Formel darstellen ließ, dann nur deshalb, weil Gott sie den Menschen noch nicht enthüllt hatte.

Benedict Mayer wäre gerne dabei gewesen in jener schicksalhaften Nacht auf dem Berg Sinai, als Gott dem Moses erschienen war und er war sich sicher, dass er Gott nicht so billig mit seiner Geschichte davonkommen lassen hätte. Weil er ihm eine ganz bestimmte Frage gestellt hätte und er hätte wirklich gerne gewusst, wie der Herr sich dann aus der Nummer herausgewunden hätte. Er hätte gefragt: „Wie hast du die perfekte Kugel gemacht?"

Eine Kugel ist ein geometrischer Körper, dessen Oberfläche an allen Punkten gleich weit von seinem Mittelpunkt entfernt ist. Er war Mathematiker und die Göttlichkeit der Schöpfung manifestierte sich für ihn in der Vorstellung eines Balls mit goldglänzender Oberfläche, dessen Form genau dieser Definition entsprach. Genau, nicht nur ungefähr.

Die Mathematik ist eine exakte Naturwissenschaft, sie hat mit „könnte", „sollte" und „vielleicht" nichts am Hut und ein Gleichheitszeichen bedeutet exakt das: gleich, identisch; nicht etwa ähnlich oder ungefähr. Um eine Kugel exakt berechnen zu können, ist die Kenntnis der Zahl „Pi" unabdingbar, doch Gott hatte sie unendlich hinter dem Komma gemacht und an diesem „unendlich" bissen sich die Menschen die Zähne aus.

Vor mehr als dreißig Jahren hatte Benedict Mayer eine kleine Abhandlung über die göttliche Zahl geschrieben. Seiner Überzeugung nach war sie nicht nur die Grundlage zur Berechnung der perfekten Kugel, sondern ihre unendlich vielen Nachkommastellen nichts anderes als eine verschlüsselte Bibliothek des göttlichen Wissens. Sein Traktat hatte ihn dem Spott seiner Fachkollegen ausgesetzt, aber auch einen italienischen Magistertitel und kurz darauf den Besuch einer mit amerikanischem Akzent sprechenden Dame in Begleitung zweier Herren in dunklen Mänteln gebracht.

Er hatte zwanzigjährige Modelle gesehen, die lange nicht so schön gewesen waren wie diese doppelt so alte Dame in dem hellgrauen Tweedkostüm mit den wunderbar geschwungenen Lippen. Sie hatte sich als Meredith Brooks vorgestellt, die beiden Männer links und rechts von ihr waren stumm geblieben. Mit Polareis in ihrem Blick hatte sie gefragt: „Lieben Sie Ihr Land und die Freiheit, die sie genießen, Mr. Mayer?"

Dem Angebot, das sie ihm dann unterbreitet hatte, hatte er nicht widerstehen können und in den folgenden Jahren seinen Intellekt mit dem seiner Kollegen auf der russischen Seite gemessen. Wie kalt der Krieg da draußen auch immer gewesen sein mochte, er hatte es immer schön warm gehabt und einen wunderbaren Blick auf den Funkturm aus seinem schicken kleinen Westberliner Büro.

Freitags, manchmal auch schon donnerstags, war er zurück nach München geflogen, samstags hatte er den Rasen vor seinem Häuschen gemäht und Sonntagvormittag nach dem Kirchengang mit dem schmunzelnden Pastor Thomas diskutiert, ob Gott ein mathematisches Genie war.

Am Montag war er dann wieder nach Westberlin geflogen und hatte an dem ersten Funkspruch, den man ihm zum Dechiffrieren auf seinen Tisch gelegt hatte, erkannt, mit welchem Team der Russen er und seine Kollegen es in dieser Woche zu tun bekommen würden. Er war nichts weiter gewesen als ein kleines Rädchen in einer gigantischen Kriegsmaschinerie. So winzig, dass sein Name nicht einmal auf den Listen auftauchte, die das Ministerium für Staatssicherheit der DDR über die Mitarbeiter der CIA in Westberlin führte.

Doch die Abende hatten ihm gehört und er hatte sie an den neuen großen IBM-Maschinen verbracht, die unter seinem Büro ihre Arbeit verrichteten und mit unglaublicher Geschwindigkeit rechneten. Auf jede Sekunde Rechenzeit hatte er gelauert, die ihm die Bediener zugestanden hatten. Dreißig Jahre lang hatte er in langen Nächten an den Großrechnern im Keller der CIA-Zentrale in Westberlin gesucht, besessen von der Idee, den Code Gottes in der Zahl Pi zu entschlüsseln.

Denn statt darüber nachzudenken, warum der Herr diese göttliche Zahl geschaffen hatte, onanierten die Menschen eine Tausender Stelle nach der anderen; vor einem Jahr hatte Yoshino Kanada die einhundertmillionste Stelle hinter dem Komma geknackt und sie alle begriffen nicht, was sie da taten. Weil Pi eben nicht nur einfach nur eine unendliche Zahl und der Schlüssel zur perfekten Kugel war.

Das war zu simpel, doch Gott war nicht einfach. Er war vorausschauend, er war weise und er war ein Lehrer. Er hatte sich offenbart, doch nicht in der Bibel, sondern in der Zahl Pi. Sie war das Buch des Lebens, in ihr hatte Gott all sein Wissen von der Schöpfung des Universums versteckt. Jede Nachkommastelle stand für Buchstaben, für Zeichen, für Wellenlängen vielleicht oder für was auch immer, und wenn es gelang, sie zu übersetzen, so wären die Menschen endlich im Besitz der Bibliothek des Universums und der wahren Geschichte der Schöpfung, der Gegenwart und selbst der Zukunft.

Benedict Mayer lächelte. Das tat er bei jeder sich bietenden Gelegenheit und er hatte auch allen Grund dazu, schließlich ging es ihm gut. Er war ein kleiner Mann mit einem Wohlstandsbäuchlein, gezwirbeltem

Schnauzbart, Bluthochdruck und einer Glatze, die er am liebsten unter einem schmucken grünen Tirolerhut verbarg. Er genoss seine Pension, die er sich auch redlich verdient hatte, und flanierte schon eine geraume Weile mit dem Fotoapparat durch die Prachtstraße Ostberlins „Unter den Linden". Er erfreute sich des strahlenden Sonnenscheins an diesem letzten Oktobersonntag des Jahres 1988. Seiner kränkelnden Frau hatte er versprochen, so viele Fotos wie nur irgend möglich von seinem Tagesausflug mitzubringen und er hatte nicht vor, sie zu enttäuschen.

*

Nirgendwo war es einfacher, andere ungestört zu beobachten und selbst nicht aufzufallen als in einer möglichst großen Ansammlung von Menschen. Wenn du unerkannt bleiben willst, wenn du in Gefahr bist oder dich unsichtbar machen musst - geh da hin, wo viele Menschen auf engem Raum sind. Robert Oldenburg erinnerte sich nur zu gut an dieses Prinzip seiner Ausbildung. Nicht nur einmal hatte es ihm das Leben gerettet und genau darum hatte er dieses Kaffee am Spreeufer gegenüber dem Berliner Dom für ihr Treffen gewählt.

Die Sonntagsspaziergänger und die Tagesbesucher nicht nur aus Westberlin drängelten sich auf den Fußgängerwegen der Liebknechtbrücke. Die Fotoapparate schussbereit, als seien es die Läufe von Waffen, zielten sie auf alles, was ein brauchbares Motiv für die Kinder und Enkel abgeben konnte. Sie wimmelten dabei durcheinander wie Ameisen und wahrscheinlich dachte niemand von ihnen an eine Gefahr, aber Robert wusste nur zu gut, dass Raubameisen überall auf vom

Wege Abgekommene lauerten. Und dass sie immer aus dem Westen kamen.

Er drehte seinen gelben Korbstuhl ein wenig mehr zur Seite, damit ihm die Nachmittagssonne nicht direkt ins Gesicht brannte. Ohne auffällig seinen Kopf dabei zu drehen, musterte er durch die dunklen Gläser seiner Brille unauffällig die Gäste an den anderen Tischen.

Doch niemand schien von ihm mehr als nötig Notiz zu nehmen und das er mit seinen breiten Schultern, der grauen Kurzhaarfrisur und seinem wie gemeißelt wirkenden Gesicht mit den harten Kanten des Öfteren vor allem von Frauen mit Blicken gestreift wurde, war er gewohnt. Seine kerzengerade Haltung, auch wenn er saß, verriet noch immer den ehemaligen Militär und sein kantiges Gesicht mit der Kirk Douglas Grube in der Kinnspitze verlieh ihm trotz der Falten darin einen verbeulten Charme, der auf manche Frauen sehr anziehend wirkte. Er war nie eitel genug gewesen, daraus Kapital zu schlagen; um die Anzahl der Frauen zu zählen, mit denen er in seinem Leben geschlafen hatte, hätten die Finger seiner Hände genügt. Es hatte wichtigere Dinge in seinem Leben gegeben.

Auf schlanken, wunderbar braunen Beinen und mit schwingenden Hüften schlängelte sich die junge Bedienung zwischen den Tischen hindurch und fragte ihn nach seinen Wünschen. Er bestellte einen Kaffee mit extra Zucker und lächelte ihr mit um eine Winzigkeit nach oben gezogenen Mundwinkeln zu. Sie hatte wirklich schöne Beine.

Ein Hauch von Kamille wehte Robert in die Nase. Eine Sekunde später schlangen sich zwei Arme von hinten um seinen Hals und weiche Lippen flüsterten an seinem Ohr: „Du schaust also anderen Frauen auf den Hintern, wenn ich nicht da bin. Findest du das in Ordnung?"

Er hatte Kerstins Schritte längst gehört. Niemand kam von hinten an ihn heran, ohne dass er es bemerkte und eine Frau in High Heels schon gar nicht. Sein Lächeln erreichte auch den zweiten Mundwinkel und regungslos genoss er mit geschlossenen Augen die Berührung ihrer Hände. „Die Beine, meine Liebe; die Beine. Und warum nicht? Sie sind doch schön. Fast so schön wie deine!"

„Schmeichler!" Lachend küsste sie ihn auf die Wange. Für einen Moment war er versucht, aufzuspringen und sie in die Arme zu nehmen. Rechtzeitig genug erinnerte er sich, dass sie das nicht mochte in der Öffentlichkeit.

Sie nahm ihm gegenüber Platz, öffnete ihren leichten Mantel und zupfte das Sommerkleid mit den karmesinroten Kamelien darunter über den schmalen Knien zurecht. „Wie war deine Fahrt?"

Ihre Stimme klang nicht so frisch, wie er sie in Erinnerung hatte. Müdigkeit schwang darin, Angespanntheit und noch etwas anderes. Vielleicht war es die Nachmittagshitze. „Wie immer. Von Schwerin nach Berlin ist ja nun keine Weltreise, der Wartburg tut seinen Dienst und am Sonntag ist die Autobahn leer. Bei diesen Sommertemperaturen fahren die Leute eher von Berlin an die Ostsee als andersherum."

„Die, die es sich leisten können und ein Auto haben."

Sie bestellte einen Schoppen Erlauer Stierblut und er zog die Stirn kraus. Nachdenklich schaute er ihr in das schmale, halb hinter einer Sonnenbrille mit sehr dunklen Gläsern verborgene Gesicht. „Magst du nicht lieber Kaffee oder Wasser trinken?"

„Stört es dich, dass ich Rotwein trinke?"
Er zuckte die Schultern. „Nein, natürlich nicht."
„Warum fragst du dann?"
„Bei dieser Hitze wirst du von dem schweren Rotwein Kopfschmerzen bekommen."
„Ich dachte immer, ich wäre die Ärztin. Hast du in den 14 Tagen, die wir uns nicht gesehen haben, Medizin studiert?"
„Warum bist du so gereizt?"
Sie antwortete nicht. Mit verkniffenen Lippen sah sie an ihm vorbei und schwieg, bis die Kellnerin mit den schönen Beinen den Rotwein brachte. So hastig, als sei sie am Verdursten, griff Kerstin nach dem Glas, besann sich aber unter seinem Blick und trank betont genussvoll die blutrote Flüssigkeit.

Unauffällig musterte er sie. Rabenschwarze Locken umrahmten ihr schmales Gesicht. Doch dort, wo sie aus der Kopfhaut wuchsen, zeigte sich Grau, und die Fältchen um ihren Mund, die sie bei ihrem letzten Treffen noch geschickt weggeschminkt hatte, gaben ihrem Gesichtsausdruck etwas Herbes. Sie trug keinen Schmuck, nicht einmal eine Armbanduhr und etwas sagte ihm, dass das alles Anzeichen waren - aber wofür?

Der Sonnenschirm über ihrem Tisch spendete ausreichend Schatten, trotzdem nahm sie die Sonnenbrille mit den übergroßen Gläsern nicht ab. Es war der gleiche Grund, aus dem sie sich in einer anonymen Menschenmenge trafen. Stundenhotels gab es nur im Westen, ein richtiges Hotel oder eine Pension kamen nicht in Frage, denn dazu hätte jeder von ihnen seinen Personalausweis vorzeigen und sich registrieren lassen müssen. Er wusste besser als die meisten anderen Menschen in der DDR, wo solche Nachweise aufbewahrt wurden und wer sie bei Bedarf benutzte. Für Knutschen in dunklen Ecken waren sie zu alt und so blieb ihnen nur die Öffentlichkeit oder das Auto, wie immer.

Er hasste diese Heimlichtuerei. Außer Ehebruch hatten sie kein Verbrechen begangen und der war nicht strafbar, zumindest nicht vor dem Gesetz. Sie waren nur ein Mann und eine Frau, die sich liebten und dass Kerstin nicht mit ihm, sondern mit Generalleutnant Wiesen verheiratet war, machte alles so kompliziert. Aus diesem Grund nahm sie nie die Sonnenbrille in der Öffentlichkeit ab, wenn sie mit ihm zusammen war.

Langsam ließ sie das Rotweinglas sinken und umklammerte es mit den Händen, als müsste sie sich daran festhalten. „Also, warum hast du gefragt?"

Er hätte gerne ihre Augen gesehen, hätte gerne gewusst, ob noch immer dieses Funkeln in ihnen blitzte, wenn sie ihn anschaute. „Ich mache mir Sorgen um dich."

Sie nahm die Sonnenbrille ab und er sog scharf die Luft ein. Die Fröhlichkeit und der Schalk, die ihm immer daraus entgegengeleuchtet hatten, waren dem gewichen, das er gespürt hatte in dem Moment, in dem Sie an seinen Tisch gekommen war und für das er keinen Namen hatte.

Er griff nach ihrer Hand. „Warum verlässt du ihn nicht und kommst endlich zu mir nach Schwerin?"

„Das haben wir schon x-mal durchgekaut. Warum fängst du wieder davon an?"

„Weil du irgendwann einmal eine Entscheidung treffen musst!"

Sie hob den Kopf und schaute ihn an. „Ich habe hier zu viele Verpflichtungen. Und mein Mann würde es nicht verstehen. Es würde seiner Karriere schaden und das kann ich ihm nicht antun."

„Ich wollte nicht die Presseerklärung für das „Neue Deutschland".

„Willst du damit sagen, dass ich dich anlüge?"

Für eine Sekunde blendete ihn eine Sonnenspiegelung. Es konnte eine Autoscheibe gewesen sein oder ein Fenster, das geöffnet wurde. Er wartete einen Moment, dann drehte er ein wenig seinen Kopf. Nicht so weit, dass er direkt in die Richtung blickte, denn das hätte einem Beobachter verraten, dass er entdeckt worden war. Dann hob er scheinbar entspannt die Kaffeetasse zum Mund und fixierte für einen Moment aus den Augenwinkeln den vielleicht zwanzig Meter entfernt stehenden Mann mit dem Tirolerhut. Er lehnte am Geländer, das das Spreeufer und den Anlegesteg von dem Bereich des Kaffees trennte und fotografierte mit einer Kamera mit einem auffallend großen Objektiv zur Museumsinsel hinüber. Vielleicht war es nur ein Tourist oder ein Fotograf, der hier nach Motiven für eine Postkartenserie suchte. Möglich, dass er sich gedreht hatte und die Linse des Teleobjektivs die Sonnenstrahlen in dem Sekundenbruchteil gespiegelt hatte, als sie auf Robert gerichtet gewesen war. Vielleicht.

Er legte Kerstin die Hand auf den Unterarm und senkte die Stimme. „Wann hast du zum letzten Mal in einen Spiegel geschaut? Du siehst müde aus, vernachlässigst dein Äußeres, hast aufgehört, deine Haare zu färben, lässt dich gehen, und falls du denkst, dass ich das Zittern deiner Hände nicht gesehen habe, hast du dich getäuscht. Ich sehe alles. Du gehst an deiner Ehe kaputt!"

„Bist du sicher, dass es an meiner Ehe liegt?"

„Natürlich bin ich das! Warum tust du dir das immer wieder an? Warum tust du mir das an?"

Sie zischte: „Was tue ich dir denn an? Du gondelst gemütlich von Schwerin nach Berlin, machst dir ein schönes Wochenende mit mir, und wenn du nach Hause kommst, ist da niemand, den du anlügen musst. Ich habe eine Verpflichtung gegenüber meinen Patienten und noch immer gegenüber meinem Mann. Eine Verantwortung. Kennst du das Wort überhaupt? Du verstehst nichts, gar nichts!"

Ihre Augen füllten sich mit Tränen. Sie senkte den Kopf und wühlte in ihrer Handtasche herum.

„Erzähl mir nichts über Verantwortung! Ich habe mehr davon auf meinen Schultern, als du dir vorstellen kannst. Was könnte denn noch schlimmer werden? Ihr teilt doch nur noch euer Haus und nicht das Bett - zumindest behauptest du das. Wie lange willst du dich noch quälen? Für seine Karriere braucht dich dein Mann nicht mehr, die kann niemand von uns mehr aufhalten und es ist das Einzige, was ihn interessiert. Du bist nur eine hübsche Staffage für ihn."

„Du scheinst meinen Mann ja sehr gut zu kennen."

„Ja."

Auf Kerstins Stirn erschien eine Falte. „Woher? Du bist ihm doch nie begegnet."

Er winkte ab. „Ich war in der Armee."

Für einen Moment fixierte sie sein Gesicht mit ihren Augen und er fürchtete schon, sie würde da nachhaken. Er wollte sie nicht anlügen müssen.

Doch sie sagte nur: „Dann weißt du sicher auch, wie rachsüchtig er sein kann. Er würde damit leben können, dass ich einen Geliebten habe. Vielleicht ahnt er das sogar. Aber wenn ich ihn deinetwegen verlasse, stelle ich ihn vor allen Leuten bloß; ich mache ihn zum Hahnrei. Es ist mir egal, ob ich in einem Berliner oder in einem Schweriner Krankenhaus arbeite, aber ich habe Angst davor, was dann mit dir passieren wird. Ich will nicht jedes Mal zusammenzucken müssen, wenn es klingelt, weil da zwei Männer vor unserer Tür stehen könnten, um dich mitzunehmen!"

Die Antwort hatte sachlich klingen sollen, aber ihre Hände, die sich so fest um den Stiel des Weinglases krampften, dass die Adern auf den Handrücken hervortraten, erzählten ihm etwas anderes. Sie hatten so oft darüber gesprochen, dass er sich sehr gut selbst schützen konnte, doch da er immer geschickt umging, weshalb, endete die Diskussion jedes Mal hier. Er zwang sich zur Ruhe. „Du wirst dir wehtun, wenn du das Weinglas noch heftiger drückst."

Sie senkte den Blick auf ihre Hände. „Dir entgeht auch nichts."

„Nein, mir entgeht nichts. Ich sehe alles, außer vielleicht mein Leben mit dir."

Ein Ausflugsdampfer tutete auf der Spree und legte an. Die Menschen gingen von Bord und winkten. Sie hatten den Sonntag und den Blick auf die Sehenswürdigkeiten der Museumsinsel genossen; strömten jetzt den Steg hinauf und stauten sich an dem schmalen Durchgang vor dem Kaffee. Wie auch alle anderen Besucher zuvor musterte Robert sie aus den Augenwinkeln. Natürlich war es mehr als unwahrscheinlich, dass jemand von ihrem Treffen hier wusste, doch er würde niemals den Fehler begehen und Generalleutnant Wiesen unterschätzen. Ein Foto genügte.

Er räusperte sich. „Ich verstehe, dass Schwerin ein Provinznest gegen die Weltstadt Berlin ist und du bei mir sicher vieles vermissen würdest."

Kerstin fasste nach seiner Hand auf dem Tisch. „Bitte, Robert. Du weißt, dass das nicht der Grund ist. Ich liebe dich und darum ist es mir egal, dass Schwerin nur ein Theater hat und dass ich dort keine Freunde habe."

„Warum glaubst du mir dann nicht, dass uns nichts passieren kann? Willst du dein ganzes Leben in Angst neben deinem General verbringen?"

„Er ist nicht mein General! Ich rede hier von Gefühlen wie verletztem Stolz, von betrogen werden, von Gesichtsverlust und von allem, was aus einem Mann einen Berserker macht. Stell dir vor, jemand würde ihm ein Foto von uns auf den Schreibtisch legen - keine vierundzwanzig Stunden später würdest du abgeholt werden. Und das ist die Antwort auf deine Frage - wenn es sein muss, würde ich bei ihm bleiben. Ich kann keine Uniformen mehr sehen und selbst bei meiner Arbeit im Lazarett packt mich der Brechreiz, wenn ich jeden Tag die Folgen dessen, was beim Militär passiert, auf dem OP-Tisch sehe. Ohne Uniformen, egal ob in Ost oder West, wäre die Welt eine bessere. Ich will nicht jeden Tag Angst um dich haben müssen. Hast du auch einmal an deinen Sohn gedacht?"

Natürlich hatte er das. „Sven ist alt genug, auf sich selbst aufzupassen und die fast anderthalb Jahre, in denen er seinen Grundwehrdienst leistet, haben ihn endgültig erwachsen werden lassen. Außerdem leben wir nicht mehr im Mittelalter, sondern im Sozialismus. Niemand von uns bestraft die Sünden der Eltern bis in die dritte Generation."

„Bist du dir da ganz sicher? Ich erinnere mich an eine Freundin, die nicht Medizin studieren durfte, weil ihre Eltern Akademiker waren und damit nicht aus der Arbeiterklasse kamen.

„Das ist doch etwas ganz anderes. Jeder Staat, egal ob in Ost oder West, schützt seine Machtstruktur und wir tun das auch. Aber niemand kann unseren Apparat für persönliche Rachefeldzüge benutzen. Jetzt hör auf, dir solche Schauermärchen einzureden!"

Vorgebeugt, mit einem Mund, der plötzlich gerade wie ein Strich war, fragte sie so leise, dass er es fast überhört hätte: „Wen meinst du mit ‚uns'?"

„Was?"

Sie verengte die Augen zu Schlitzen und ein Eishauch schien plötzlich zu ihm herüberzuwehen. Jedes Wort betonend, wiederholte sie: „Ich will wissen, warum du von der Regierung und dem, was sie tut, als ‚uns' sprichst."

Er öffnete den Mund, doch sie hob die Hand. „Du hast mir gesagt, dass du an einem Schreibtisch arbeitest. Du hast mir jedoch nie gesagt an welchem und anrufen darf ich dich da schon gar nicht. Du sagst, dass du uns vor der Rache eines der mächtigsten Militärs hier schützen kannst? Ist das deine männliche Selbstüberschätzung, Beruhigung für eine dumme Pute wie mich oder kannst du es wirklich? Wenn ja - wieso? Wir haben uns in Bad Saarow das erste Mal getroffen, das ist ein Militärlazarett. Wieso bist du da behandelt worden, wenn du ein Zivilist bist? Deine Akte war so geheim, dass ich nicht in deine Vorgeschichte hineinblicken konnte und ich habe eine GVS - Einstufung! Vielleicht erinnerst du dich ja noch, dass ich deine behandelnde Ärztin war. Aber ich bin auch eine Frau, die von dem Mann, den sie liebt, ein paar Antworten haben will. Doch wo immer ich auch hinschaue, sehe ich nur Fragezeichen und weiße Flecken. Ich bin kein Backfisch mehr, der über den Schmetterlingen im Bauch die Realität vergisst!"

„Kerstin ..."

„Ich muss zur Toilette!"

Mit einer ruckartigen Bewegung setzte sie ihre Sonnenbrille auf, sprang aus dem Korbsessel und rannte dabei fast die Kellnerin um. Ihre Schultern zuckten, als würde sie von einem Hustenanfall geschüttelt. Robert winkte der Kellnerin. Wie es aussah, würde Kerstin wohl ein wenig länger auf der Toilette brauchen.

*

Eine löwenfarbene Promenadenmischung auf krummen, für den tonnenförmigen Körper viel zu kurzen Beinen dackelte an Benedict Mayer vorbei. Eine Leinenlänge später folgte seine Besitzerin. Ihr offener Sommermantel gestattete Benedict Mayer den Blick auf ein engsitzendes Kleid in der gleichen safranen Farbe ihres Vierbeiners und einer Figur, die der des Köters nicht unähnlich war.

Mit pittoresker Grandezza lüftete Benedict Mayer seinen Tirolerhut vor den beiden. Vor Erstaunen wölbte die Dame unter ihrem weißen Strohhut die strichdünnen Augenbrauen, bis sie den Bögen einer gotischen Kathedrale glichen, und stockte. Ihre Reaktion quittierte er mit seinem freundlichsten Lächeln, nickte ihr zu und setzte seinen Weg fort.

Er wich einem Baustellenschild auf dem Gehsteig aus, nicht dem Ersten, seitdem er seinen Spaziergang begonnen hatte. Honecker ließ bauen, was das Zeug hielt, weil Ostberlin nach seinem Willen eine internationale Metropole werden sollte; Zeugnis der Leistungsfähigkeit des Sozialismus vor aller Welt. Und sie kamen zügig voran hier, obwohl sie mit Maschinen und gutem Werkzeug nicht gerade reichlich gesegnet waren. „In Scheiße wird Scheiße" hatte der Großvater von Benedict Mayer seinen Enkel gelehrt, der hatte es in seinem Leben bestätigt gefunden und genau deshalb war Benedict Mayer sich gewiss, dass Gott Moses nicht die ganze Wahrheit erzählt hatte.

Eben spazierte ein junges Pärchen an ihm vorbei. Das kunstseidene Kleid der jungen Frau leuchtete hell im Licht der Augustsonne und ihre schönen, wohlgerundeten Brüste zogen seinen Blick auf sich. Sie hielten sich an den Händen, warfen sich verliebte Blicke zu und er hob vor der Schönheit des Mädchens wieder seinen Hut. Verblüfft schauten beide ihn an, dann lachten sie, nickten ihm zu und setzten ihren Spaziergang fort.

Er flanierte weiter über die Liebknechtbrücke und steuerte ein kleines Kaffee an. Hier wollte er sich ein ruhiges Plätzchen suchen und konnte auch noch ein paar wunderbare Fotos über die Spree hinweg von der herrlichen Kuppel des Berliner Doms machen. Für sein Denken war das wie ein Stichwort und es sprang wieder in die Spur seiner Besessenheit.

Wohin er auch blickte, überall leuchtete der göttliche Funken; in der Kuppel des Berliner Doms; in der Wölbung der Augenbrauen der Dame mit dem hundefarbenen Kleid; in der Form der Brüste des jungen Mädchens eben; ja sogar in den Radkappen der vorbeirollenden Trabis, Wartburgs und Ladas. Sie alle besaßen Kurven, Kreissegmente, Kugelelemente oder zumindest die derzeit technisch machbare Annäherung an dieselben. Aber weil Gott den Menschen den Schlüssel dazu vorenthielt, würden sie niemals in der Lage sein, einen perfekten Kreis und weniger noch, eine absolut perfekte Kugel zu formen. Weil ihnen immer die letzte Stelle der Zahl „Pi" nach dem Komma fehlen würde.

Benedict Mayer war besessen von der Idee, ihr Geheimnis zu lüften und mehr als einmal hatte er sich in schlaflosen Nächten gewünscht, den Herrn danach fragen zu können.

Er suchte sich ein schönes Plätzchen zwischen der Terrasse des Kaffees und dem Geländer am Spreeufer, von dem aus er einen freien Blick auf die Museumsinsel hatte. Ihm kam nicht in den Sinn, dass ausgerechnet heute der Tag sein könnte, an dem Gott ihm seinen sehnlichsten Wunsch erfüllen würde.

*

Robert dachte zurück an den Moment, als sich diese Frau mit dem herzförmigen Gesicht und den sanften braunen Augen, die ihn eben voller Zorn angefunkelt hatten, das erste Mal über ihn gebeugt hatte.

Mit einer bösen Toxoplasmose, die er zu lange ignoriert hatte, war er in Bad Saarow eingeliefert worden. Als wäre es nur Sekunden zuvor geschehen, fühlte er noch immer den sanften Druck ihrer Finger, mit dem sie einen der geschwollenen Lymphknoten an seinem Hals abgetastet hatte. Eine Locke war ihr dabei ins Gesicht gerutscht und das scheue Lächeln, mit dem sie die widerspenstige Haarsträhne eingefangen und auf die Schulter geworfen hatte, würde er nie vergessen.

Das war vor einem Jahr gewesen. Seitdem fuhr er, wann immer er es einrichten konnte, nach Berlin, in der Hoffnung, sie für ein paar Stunden zu treffen und ihr nahe sein zu können. Manchmal verstand er sich selbst nicht, schließlich war er vierundvierzig Jahre,

Kerstin nicht seine erste Liebe und aus dem Verliebtheitsfeuer der Jugend sollte er längst heraus sein. Doch diese schmalgliedrige Frau hatte etwas an sich, dass ihn alles um sich herum vergessen ließ.

Er fragte sich, ob es nicht besser gewesen wäre, ihr alles zu erzählen. Irgendwann musste er ihr sowieso sagen, warum zumindest auf dieser Seite der Mauer niemand Männer schicken konnte, die ihn abholen. Das Ministerium für Staatssicherheit schützte das Land gegen seine zahlreichen Feinde, genau wie der Mann von Kerstin es tat, nur das der dabei eine Uniform trug. Die Offiziere des MfS mussten viele Dinge tun, die das Licht der Öffentlichkeit scheuten, aber sie waren notwendig, um diesen jungen Staat zu schützen. Und sie würden sich tatsächlich niemals für persönliche Fehden missbrauchen lassen. Er musste es wissen, denn schließlich war er einer von ihnen.

Sie kehrte zurück. Ruhig setzte sie sich an den Tisch, nahm ihre Sonnenbrille ab und verstaute sie in ihrer Handtasche. Offenbar hatte sie ihre Fassung wiedergewonnen, so sehr, dass er aus ihrem Gesicht nicht schlau wurde. Es war, als hätte sie plötzlich eine Maske aufgelegt, die jede Emotion vor ihm verbarg.

Leise sagte er: „Es ist gut, dass du da bist."

„Findest du?"

„Ja! Ich will dich weder verletzen noch anlügen."

Er schwenkte den Arm mit einer umfassenden Geste: „Ich bin hier in der Nähe aufgewachsen, hier zur Schule gegangen und hatte alle meine Freunde hier. Meine Eltern gehörten zu den führenden Kernphysikern in der DDR. Ich war siebzehn, da erhielten sie eine Einladung zu einem Kongress nach Belgrad. Sie nahmen mich mit. Zwei Tage später waren wir im Westen."

Nichts rührte sich in ihrem Gesicht und er setzte hinzu: „Sie sind den Dollars gefolgt, wie zu viele andere hier auch. Vor sieben Jahren bin ich wieder hierher, nach Hause, gekommen."

„Magst du den Westen nicht?"

Er schaute an ihr vorbei: „Mögen? Meine Eltern wurden gezielt abgeworben, im Rahmen eines Programms, das bis heute gegen uns angewendet wird. Man sucht sich führende Köpfe, bietet ihnen viel Geld oder erpresst sie und schleust sie dann nach drüben. Unsere Schul- und Hochschulausbildung ist eine der Besten in der ganzen Welt, aber sie kostet Unsummen. Du solltest das am Besten wissen. Es ist, als würden wir unser Geld direkt Bayer oder Mercedes in den Rachen schmeißen, wenn einer von unseren Wissenschaftlern rübergeht. Doch der Schaden ist noch viel größer. Unsere Intelligenz, die wir so dringend benötigen, wird ausgeblutet. Also wird sie bewacht. Das spricht sich herum, dadurch wird für die klugen Leute die Motivation noch größer, in den Westen zu gehen, weil sie angeblich hier keine Luft zum Atmen haben."

Seine Stimme wurde leise: „Sie nahmen mir damals alles, woran ich geglaubt habe, den Glauben an meine Eltern eingeschlossen. Und meine erste Liebe. Für Dollars!"

Er schaute ihr direkt ins Gesicht. „Ob ich den Westen mag, willst du wissen? Ich habe einmal die Uniform eines Majors der Bundeswehr getragen und im NATO-Hauptquartier gearbeitet und ich kenne seine Fratze genau. Sie morden, vergewaltigen, lügen, betrügen und zerstören mit Bomben und Raketen unsere Welt. Und wofür? Im Namen ihrer Freiheit, die sie bei jedem zweiten Satz im Munde führen? Nein, für Dollars! Und wo sie mit ihren Waffen nichts ausrichten, da vergiften sie unser Leben damit. Ich hasse sie wie nichts sonst auf der Welt!"

Er lehnte sich zurück. Was er ihr erzählen durfte, hatte er eben gesagt, und wenn sie eins und eins zusammenzählte, wusste sie jetzt in etwa, wer er war und konnte sich ausrechnen, was er tat.

Eine Falte furchte ihre Stirn, als dächte sie intensiv nach und für einen Moment blitze etwas in ihren Augen auf. Dann, ihm schien es eine schweigende Ewigkeit gewesen zu sein, sagte sie leise: „Bitte entschuldige. Vielleicht arbeite ich zu viel. Manchmal scheint mir, dass die ganze Atmosphäre um uns voller Gift ist und es nach und nach in unsere Köpfe sickert. Wir haben so wenig Zeit für uns und dann streiten wir uns auch noch."

Sie griff nach seiner Hand. „Ich erinner mich noch an den ersten Kaffee, den wir gemeinsam in der Nachtkantine getrunken haben. Und wie scheußlich er geschmeckt hat. Ganz im Gegensatz zu deinen Lippen."

Er erinnerte sich sehr wohl an diese Szene. Eigentlich hatte er sich nur von dieser faszinierenden Frau verabschieden wollen, aber irgendwie war sie in seinem Arm gelandet - und dann war es zu spät gewesen. Keiner hatte es gewollt oder darauf hin gearbeitet. Sie fühlten sich nur unglaublich wohl in der Nähe des anderen und daran hatte sich in den folgenden Monaten nichts geändert. Aus „Wohlfühlen" war brennende Sehnsucht geworden und bei ihm der Wunsch, Kerstin jeden Tag um sich zu haben, koste es, was es wolle.

Vielleicht hatte sie tatsächlich recht. Wenn es um sie ging, war er bereit, jede Verantwortung über den Haufen zu werfen. „Kerstin, ich liebe dich. Was soll ich denn tun? Ich kann mir nicht vorstellen, ohne dich zu leben - verstehst du das?"

Er schaute ihr fest in die Augen, und als sie nur nickte, seufzte er. „Und was machen wir nun?"

„Falls du unsere Lebensplanung meinst - nichts. Außerdem muss ich das, was du mir eben gesagt hast und auch das, was du nicht gesagt hast, in Ruhe überdenken. Im Moment lassen wir alles so, wie es ist."

Er senkte den Kopf, blickte kurz auf seine Sandalen und dann wieder in Kerstins Gesicht. „Das kann ich verstehen. Aber ich meinte eigentlich den Rest des Nachmittags. Wann musst du wieder zu Hause sein?"

Sie lachte leise. „Ich habe in einer Stunde einen Termin."

„Ich weiß nicht, was du daran so lustig findest. Ich hatte gehofft, wir hätten etwas mehr Zeit füreinander."

„Naja, weißt du, mein Mann kommt erst morgen früh zurück nach Hause und ich dachte, du könntest mich zu dem Termin fahren?"

„Was hat das eine mit dem anderen zu tun?"

Plötzlich kicherte sie wie ein kleines Mädchen. „Um genau zu sein, geht es bei dem Termin darum, dass meine Freundin für drei Tage verreist und ich auf ihre Wohnung aufpassen soll. Ich dachte mir, du würdest dir vielleicht ganz gerne mal eine Berliner Altbauwohnung von innen anschauen wollen, so für ein paar Stunden, ganz ungestört mit mir ..."

Es dauerte einen Moment, bis er verstand, was sie ihm da sagte, dann verschwand die Enttäuschung wie weggefegt aus seinem Gesicht.

Sie drängelten sich zwischen den voll besetzten Tischen hindurch und wären dabei fast gegen den Mann mit dem Tirolerhut gelaufen, der den Ausgang der Terrasse blockierte.

Robert fragte: „Lassen Sie uns vorbei?"

Der ältere Herr nahm ruhig die Spiegelreflexkamera mit dem Achthunderter Carl-Zeiss-Teleobjektiv herunter und die Augen halb zugekniffen, als blendete ihn die Sonne, fixierte er Roberts Gesicht. Sein Blick blieb einen Moment an dessen Narbe hängen, dann lächelte er freundlich und machte einen Schritt zur Seite. Mit breitem bayrischen Akzent sagte er: „Söbstvaständli, tuad ma lad, dass i sie aufghoitn hob."

Robert registrierte genau diesen Blick. Auf der Liebknechtbrücke blickte er sich noch einmal um. Der Mann hatte sich in den Schatten eines Baumes gestellt, fotografierte die Museumsinsel und jeder, der ihn sah, würde das Bild eines Fotografen aus dem Westen im Kopf haben.

Nur Robert nicht, denn er hatte die kalten Augen des Mannes gesehen. Er ging in Gedanken die Szene noch einmal durch. Sie waren auf ihn zugegangen und erst da hatte er die Kamera an die Augen gehoben. Er hatte sie kommen sehen und hätte von allein aus dem Weg gehen können. Er war auch nicht einfach so zur Seite gegangen, sondern hatte bewusst darauf gewartet, dass Robert ihn ansprach und ihm dann scharf in die Augen gesehen, vor allem aber auf die Narbe. Erst dann hatte er einen Schritt zur Seite gemacht. Der Mann hatte diese Begegnung gewollt!

Robert konnte nicht verhindern, dass seine Muskeln sich anspannten und Kerstin blickte zu ihm hoch. „Was ist?"

„Nichts."

Seine Instinkte ließen ihn ihre Hand loslassen und stattdessen den Arm schützend um sie legen. Sorgsam achtete er darauf, mit seiner Hand nicht ihre Haut zu berühren. Sie hätte den kalten Schweiß auf seiner Handfläche gefühlt.

Er musste sich anstrengen, nicht schneller zu gehen. Er wusste ein Teleobjektiv auf seinen Rücken gerichtet und seine Erfahrungen aus dem Westen sagten ihm, dass als Nächstes ein Gewehrlauf kommen würde.

*

Benedict Mayer schnaufte und das Blut rauschte in seinen Ohren. Hastig griff er nach der Packung in seiner Jackentasche und nahm eine Tablette. Sein Blutdruck war nicht der beste und Aufregung war Gift für ihn. Aber wie hätte er auch ahnen sollen, dass er ausgerechnet hier in diesem kleinen Kaffee an einem so schönen Oktobersonntag dem geflohenen Bundeswehrmajor Manfred Retjen begegnen würden?

Mit tiefen, langsamen Atemzügen versuchte Benedict Mayer, sich zu beruhigen. Er erinnerte sich noch sehr gut an den politischen Erdrutsch, den es vor sieben Jahren beim BND und auch bei der CIA gegeben hatte. Überall, bis hin zum Bundestag waren Köpfe gerollt. Und das, weil ein gewisser Major Manfred Retjen nach seinem Türkeiurlaub, den er zusammen mit seinem Sohn angetreten hatte, an einem Montagmorgen nicht zu einer Dienstbesprechung im NATO-Hauptquartier in Brüssel erschienen war.

Das hätte man ihm vielleicht nachgesehen, nicht jedoch, dass noch im Laufe des gleichen Tages in Ostberlin sechs Männer und eine Frau von der Stasi verhaftet worden waren und damit das komplette Netz der CIA in Ostberlin praktisch aufgehört hatte, zu existieren.

Zwei Tage später hatte man ihn in Edirne, einem kleinen Ort an der türkisch-bulgarischen Grenze, lokalisiert. Drei Männer hatte man auf ihn angesetzt, zwei von ihnen waren spurlos verschwunden, den Dritten hatte man in der Kanalisation der Stadt entdeckt. Jemand hatte ihm, wahrscheinlich mit nur einem einzigen Schlag mit großer Brutalität, die linksseitigen Rippen so zertrümmert, dass die dahinterliegende Milz zerfetzt und das Zwerchfell auch noch perforiert worden war. Der Agent war innerlich verblutet, bevor man ihn gefunden hatte.

Man hatte den Fall durch die weltweite Presse gejagt, Retjen war auf dem gesamten Erdball gesucht worden, zumindest in dem Teil, der nicht hinter dem Eisernen Vorhang lag; auf jedem Polizeirevier hatte sein Foto gehangen, doch er war verschwunden geblieben, ebenso wie sein Sohn. Und jetzt tauchte er hier wieder auf, in aller Öffentlichkeit und mit einer Frau an seiner Seite. Offenbar hatte der Mann nichts von seiner Kaltschnäuzigkeit und dann wahrscheinlich auch nichts von seiner Gefährlichkeit verloren.

Benedict Mayer schnaufte und überlegte, was er tun sollte. Er war kein Profi, der einem durchtrainierten ehemaligen Elitesoldaten durch Berlin folgen konnte, ohne das der ihn bemerkte und vielleicht sogar ausschaltete. Er war ein Pensionär mit Bauch und Bluthochdruck, besaß ein kleines Häuschen und wollte nichts weiter, als seinen Ruhestand genießen und den Code Gottes entschlüsseln. Er konnte drüben die Fotos zeigen, doch dann würden sie ihn wieder mit hineinziehen. Lange genug war er ein Rädchen im Getriebe des Kalten Krieges gewesen, um zu wissen, wie schnell der einen fressen konnte und das er Glück gehabt hatte, dass eben das nicht geschehen war. Sollte er damit wieder anfangen?

Die Entscheidung fiel ihm nicht schwer. Er öffnete die Rückwand der Kamera und ließ den Film mit den Bildern der beiden unauffällig ins Wasser der Spree fallen. Dann legte er einen Neuen ein. Der Kalte Krieg fand heute ohne ihn statt.

*

Robert tastete in seiner Jackentasche, dann blieb er stehen und sagte: „Ich muss noch einmal zurück. Meine Zigaretten liegen noch auf dem Tisch."

Kerstin setzte wieder ihre Sonnenbrille auf. „Ich warte hier. Beeil dich."

Er gab ihr seinen Autoschlüssel. „Brauchst du nicht. Der Wartburg steht dort vorn in der Oberwallstraße, du kennst ihn ja. Mach es dir bequem, du fährst doch gerne."

„Robert?"

„Ja?"

„Ist etwas?"

Lachend winkte er ab. „Nein, wieso? Cabinet gibt es in Schwerin nur unter dem Ladentisch und sie war noch halbvoll. Ich bin gleich wieder da. Vergiss nicht, dir die Spiegel einzustellen."

Einen Moment blickte sie ihn noch an, dann ging sie und Robert atmete auf. Für das, was er jetzt tun musste, konnte er Kerstin nicht gebrauchen.

Es gab drei Möglichkeiten. Der Mann mit dem Tirolerhut konnte nichts weiter als ein Tourist sein, dem widersprachen jedoch alle seine Instinkte. Dann konnte er von Wiesen geschickt worden sein, immerhin war es möglich, dass er einen Verdacht gegen seine Frau hegte. Doch der General hatte andere Möglichkeiten, als einen auffälligen Bayer dafür einzusetzen. Damit blieb nur noch die dritte Möglichkeit - sie waren ihm nach so langer Zeit doch noch auf die Spur gekommen. Mischa hatte ihn gewarnt, und plötzlich waren seine Worte wieder in Roberts Kopf: „Viele Menschen treffen richtige Entscheidungen. Einige auch zum richtigen Zeitpunkt. Aber nur wenige setzen sie auch bis zum Letzten mit allen Konsequenzen um. Das sind die von uns, die noch leben." Ich hätte auf ihn hören und in Moskau bleiben sollen, da war ich sicher, dachte Robert.

Ein Anruf hätte genügt, und die Genossen würden den Mann an der Grenze abfangen, doch dann würden sie auch die Fotos von ihm und Kerstin sehen. Robert machte sich nichts vor - mit der Macht kam auch die Versuchung, sie zu missbrauchen und die Gier nach mehr Macht. Das hatte der Westen nicht für sich gepachtet, die Menschen hier im Osten waren keine Heiligen und auch in der DDR wurde man nicht General ohne ein weitgespanntes Netzwerk von Kontakten. Die Gefahr würde bestehen, dass die Fotos von ihm und Kerstin auf dem Tisch von Wiesen landeten und das musste er unter allen Umständen verhindern. Kerstin sollte sich aus Liebe für ihn entscheiden, nicht unter dem Druck von Umständen.

Außerdem würden jede Menge Komplikationen auf ihn zukommen, denn im Westen wurde er als Mörder gesucht und tauchte er jetzt hier wieder auf, würde man das mit Sicherheit propagandistisch ausschlachten und gegen seine Heimat verwenden. Dass er nur sich und seinen Sohn verteidigt hatte und ihm gar nichts anderes übriggeblieben war, als die drei Agenten umzubringen, die ihnen den Weg in die Freiheit versperrt hatten, würde dann niemanden mehr interessieren.

Nein! Es durfte alles nicht wieder von vorne beginnen.

Der Mann stand noch immer an der gleichen Stelle. Robert nickte ihm freundlich zu, als wären sie alte Bekannte, sagte im Vorbeigehen: „Tja, was man nicht im Kopf hat ...", und schlenderte zu ihrem Tisch von vorhin.

Zwei ältere Damen hatten ihn mit Beschlag belegt, er grüßte sie freundlich und fragte sie, ob sie seine Zigaretten gefunden hatten. Sie verneinten und er blickte sich suchend um. Wieder legte ein Ausflugsdampfer an, gleich würden sich seine Passagiere auf den Steg ergießen. Aus den Augenwinkeln registrierte er, dass ihn der Mann mit dem Tirolerhut beobachtete.

Die Kellnerin mit den hübschen Beinen rauschte vorbei und auch sie fragte er nach seinen Zigaretten, doch auch sie verneinte. Schließlich zuckte er scheinbar enttäuscht die Schultern und drehte sich zum Ausgang der Terrasse.

Der wurde gerade durch die vom Schiff strömenden Passagiere blockiert. Er drängelte sich in den Strom hinein und ließ sich zu dem Mann mit dem Tirolerhut treiben. Der hatte beide Arme mit der teuren Kamera nach oben gereckt, um sie vor dem Menschenansturm zu schützen und schaute erstaunt auf den plötzlich vor ihm auftauchenden Robert. Der verbarg all seine Wut darüber, dass man ihn nicht in Ruhe ließ, hinter einem Lächeln.

Dann schlug er zu.

Mit der Gewalt eines Vorschlaghammers und nahezu mathematischer Präzision, wie sie nur jahrelanges hartes Training verleiht, traf seine geballte Faust den linken Rippenbogen von Benedict Mayer. Der Mann mit dem Wohlstandsbäuchlein, dem Tirolerhut und dem immer freundlichen Lächeln konnte nicht einmal mehr schreien.

Das Herz der Sterne

„Komm", sagte Malgorzata, nahm seine Hand und zog ihn in ihr Schlafzimmer. Ihr Kuss raubte ihm den Atem, und wie sie langsam Knopf für Knopf ihr langes, rotes Kleid öffnete, bis es seidenraschelnd an ihrem schlanken Körper herabglitt, noch einen Moment auf einem vorgestellten Knie verharrte und dann zu Boden fiel, raubte ihm den Verstand. Atemlos riss Christian sich Hemd, Hose und Unterwäsche vom Körper; blieb mit einem Fuß im Slip hängen, musste sich ihren Schubs gefallen lassen und landete schließlich mit fünfzig Kilogramm lachender Weiblichkeit in seinen Arm auf dem Bett.

Sie ließ ihm keine Zeit zum Atemholen; ergoss sich in sein Universum mit ihrem nackten Körper, der nach Moschus und ein wenig Zitrone duftete und Augen, die so grün waren, wie er es niemals zuvor bei einer anderen Frau gesehen hatte. Winzig klein sah er in ihnen sein eigenes Spiegelbild und dann für eine lange Zeit gar nichts mehr.

Eine Reise um die Sonne und viele Lustschreie später ließ sie den Kopf auf seine Brust sinken. Sie kuschelte sich an ihn, aus ihrem stoßweisen Atmen wurde ein Hauch, der ihm sanft über die Wange strich und dessen Duft von kandierten Mandeln das Bild des Weihnachtsmarktes in der Mecklenburgstraße in seinen Kopf zauberte. Malgorzatas Haar kitzelte seine Wange und er drehte den Kopf ein wenig zur Seite. Die ersten Sterne blinkten durch das große Schlafzimmerfenster herein und der Himmel hatte die Farbe von dunkelblauem Samt.

„Schläfst du?" Sie flüsterte.

„Nein." Er flüsterte ebenfalls, obwohl es eigentlich keinen Grund dafür gab. Doch jedes laute Wort hätte die Atmosphäre zerstört, und das, was zwischen ihnen war. Es füllte fast greifbar das Schlafzimmer mit einem Nebel aus Gefühlen und Gerüchen, der Moschusduft ihrer Haut war darunter, ebenso wie die Gewissheit, dass Malgorzata nie mehr fortgehen würde.

Er lächelte. Die Hormone waren in seinem Blut unterwegs und ließen ihn Dinge sehen und fühlen, nur weil er sie sich wünschte. Niemand kann in die Zukunft schauen, nicht einmal, wenn er wissen möchte, ob seine heutigen Wünsche morgen noch immer da sind.

„Du lächelst. Das ist schön", sagte sie.

Er wandte seinen Kopf noch mehr zur Seite und genoss den Ausblick durch das bis zum Fußboden reichende Fenster auf den Ziegelsee unter ihnen. Das Wasser reflektierte den Lichterschein der nächtlichen Schweriner Innenstadt und malte lustige Kringel aus Licht und Schatten an die Wände des Schlafzimmers. „Du wohnst schön hier."

Er rollte sich wieder herum, stützte den Kopf auf und blickte sie voller Erstaunen über ihre Schönheit an. Der Schweiß ließ ihre Haut im Mondlicht glänzen, als wäre sie aus Silber und ihr rotes Haar ringelte sich in verführerischen Locken über die schmalen Schultern.

Unter seinem Blick räkelte sie sich lasziv und ein wenig provokant, wie es nur eine Frau kann, die sich ihrer Schönheit bewusst ist. Dann richtete sie sich auf, öffnete im Sitzen ihren Strumpfhalter, streifte die

Strümpfe von ihren Beinen und kuschelte sich wieder an ihn.

„Du bist eine der wenigen Frauen, die ich kenne, die keine Strümpfe brauchen", murmelte er.

Sie lachte leise. „Dankeschön. Der Hormonerguss macht dich wohl mutig? Aber keine Frau der Welt braucht heute noch Strümpfe. Männer brauchen sie. Ich wollte dir eine Freude machen."

„Ich habe doch nie ..."

Ihre duftende Hand auf seinem Mund stoppte ihn. „Du redest nicht viel. Das macht es leicht, dir genau zuzuhören. In manchen deiner Ansichten bist du ein Dinosaurier. Aber ich mag das an dir. Und noch einiges mehr. Zum Beispiel, dass du nicht so viel fragst, obwohl du allen Grund dafür hättest." Ihr leises Lachen füllte das Schlafzimmer.

Natürlich hatte er den, sogar jede Menge. Zum Beispiel, warum sie ihn nicht hatte das machen lassen, was ein Mann mit einer Frau in einer solchen Situation gewöhnlich tut, sondern selbst nicht nur das Heft des Handelns, sondern auch etwas Anderes in die Hand genommen hatte. Doch es gibt eine Zeit für Fragen, und dieser Moment war es ganz gewiss nicht.

Langsam und mit Bedacht antwortete er: „Was ich über dich weiß, ist nicht viel. Das Meiste davon stammt von anderen und von dem, was ich in den letzten Stunden von dir gehört habe. In meinem Leben war immer viel Platz für Zweckdienlichkeit, für Logik und für exakt kalkulierte Pläne, doch nur wenig Zeit für Gefühle. Ich denke, dass es ein Fehler war. Ich will ihn mit dir nicht wiederholen."

„Fein gesagt. Wir werden sehen."

Sie richtete sich ein wenig auf und küsste ihn lange mit geöffneten Augen. Seltsamerweise fühlte er ihren

Blick viel intensiver als ihren Kuss. Den Kuss spürte er auf seinen Lippen, ihren Blick jedoch tief unter der Haut, da, wo selbst er sich nicht hinzuschauen wagte.

Ein Lichtschein huschte durch das Zimmer, vielleicht die Spiegelung eines Autoscheinwerfers auf der anderen Seite des Sees, und etwas zwischen ihren nackten Brüsten reflektierte das Licht.

Sie sagte: „Das ist ein Sternenherz."

„Ich habe doch nichts gefragt." Das Testosteron tobte noch immer durch seine Adern und es machte seine Stimme rau.

„Doch hast du. Ich kann dich hören, auch wenn du nichts sagst. Schon vergessen?"

„Also gibt es doch die sprechende Stille?"

Statt einer Antwort gab sie ihm wieder einen langen Kuss. „Zwischen uns? Vielleicht!"

Er streckte den Arm aus, doch sie schlug ihm spielerisch auf die Finger und lachte leise. „Erst musst du ihre Geschichte hören, du neugieriger Teddybär."

„Warum?"

„Weil ich es so will."

Das war keine Antwort auf seine Frage und die Schärfe in diesen fünf Worten überraschte ihn. Doch Malgorzata kuschelte sich sofort wieder in seinen Arm, schloss die Augen und mit jedem ihrer Worte entfernte sich die Welt vor dem Schlafzimmerfenster immer weiter von ihm.

„Es ist wirklich wichtig, dass du verstehst. Ich stamme aus dem Volk der Yupik, das vor langer Zeit am Kap Deschnjow siedelte und bei dem diese Geschichte schon seit Urzeiten von den Eltern an ihre Kinder weitergegeben wird. Es sind Verwandte der Eskimos und sie kennen viele wunderbare Legenden. In der vom Sternenherz spielt sogar einer meiner Vorfahren eine Rolle. Er hieß Tikaani, war ein junger Jäger, und als er eines Tages auszog, um Wild zu erbeuten, traf er in den verschneiten Wäldern ein wunderschönes junges Mädchen mit roten Haaren und grünen Augen, das sich verirrt hatte. Obwohl es bitter kalt war, trug sie nur ein dünnes Kleid aus Robbenfell und lief barfuß durch den Schnee. Sein Herz entbrannte in tiefer Liebe zu ihr und er nahm sie mit sich. Ihr Name war Ahala, und als er in der Nacht mit ihr in sein Dorf zurückkehrte, erleuchtete ein mächtiges Feuer den Himmel über ihnen, wie es auch die ältesten Dorfbewohner noch nie gesehen hatten."

„Es wird ein Polarlicht gewesen sein. Vielleicht nach einem besonders heftigen Sonnensturm", brummte Christian.

Malgorzata verschloss ihm den Mund mit einem Kuss. „Psst! Es ist doch eine Legende und da heißen Sonnenstürme immer Himmelsfeuer. Es ist hart dort in der Kälte der Polarregion und die Yupik lebten nur von dem, was die Natur ihnen gab. Mein Urururgroßvater Tikaani liebte meine Urururgroßmutter Ahala über alles, und jedes Mal, wenn er zum Fischen aufs Meer hinausfuhr, dachte er nur an die Heimkehr zu seiner geliebten Frau. Dann kam ein böser Winter, in dem unser Volk großen Hunger litt. Die Natur war knauserig gewesen mit ihren Gaben und darunter hatten nicht nur meine Vorfahren zu leiden, sondern auch die wilden Tiere.

In der Nacht, in der Ahala meine Urgroßmutter Mauja zur Welt brachte, brannte wieder der Himmel über Kap Deschnjow mit der gleichen Heftigkeit wie an dem Tag, als Tikaani Ahala im Wald gefunden hatte. Die Ältesten traten zusammen und beratschlagten. Am nächsten Morgen verboten sie allen, auf das

Meer zum Fischfang hinaus zu fahren. Sie sagten, ein Stern sei vom Himmel auf die Erde gefallen, hätte böse Geister ausgespien und diese würden den Verstand der Menschen und der Tiere verwirren.

Wie alle anderen Bewohner des Dorfes auch hatten meine Ururgroßeltern schon vor der Geburt Maujas hungern müssen und das Verbot traf sie hart. Zwei Tage später war Ahala, die schon bei der Geburt ihrer Tochter nur knapp dem Tode entronnen war, so geschwächt, dass sie keine Milch mehr für Mauja hatte. Tikaani war verzweifelt und beschloss, auf Fischfang zu gehen, obwohl er wusste, dass er dafür aus dem Dorf verjagt werden konnte. Er küsste seine Frau zum Abschied und ging über das Eis auf das Meer hinaus, um an einer freien Stelle Fische zu fangen. Viele Stunden musste er laufen, bis er einen geeigneten Platz fand und es wurde später Abend, bis er mit seinem Fang heimkehrte.

Doch Ahala war tot. Eine hungrige Bärin war in das Dorf eingedrungen und hatte Ahala getötet, als sie ihre Notdurft verrichtete.

Tikaani wollte ohne seine Frau nicht leben, und da er seine Tochter Mauja bei seinem Volk in Sicherheit wusste, wanderte er wieder auf das gefrorene Meer hinaus. Stunde um Stunde, bis ihn seine Füße nicht mehr tragen wollten. In einer windgeschützten Höhle, die aufragende Eisschollen gebildet hatten, ließ er sich schließlich niedersinken, um zu sterben.

Die Kälte hatte sich bereits zuvor in seinen Körper gefressen, und so dauerte es nicht lange, bis das Fieber und die Erschöpfung ihm die Augen schlossen. In seinem Delirium hörte er, wie Ahala, nach ihm rief; so deutlich, als stünde sie neben ihm. Dann ließen Schritte den Schnee knirschen, nicht die kräftigen Tritte von

Stiefeln, sondern so, als liefe ein Mensch barfuß durch den Schnee und Tikaani erinnerte sich an den Moment, als er Ahala das erste Mal gesehen hatte. Barfuß war sie gewesen, hatte nur ein dünnes Robbenfell getragen und trotzdem hatte die Kälte ihr nichts anhaben können. Er begann zu weinen.

Da fühlte er, wie ihn nackte Arme umschlangen, ein warmer Körper sich an ihn drängte und eine Stimme, die er kannte, fragte: „Warum bist du hier?"

„Ich kann ohne meine Frau nicht leben", antwortete er in seinem Fiebertraum.

Ahala widersprach in seinem Kopf: „Dein Leben gehört nicht dir. Es gehört unserer Tochter, und wenn du es wegwirfst, habe ich den falschen Mann geliebt."

„Aber ohne dich ist die Welt so dunkel", sagte er.

„Dann mache ich sie dir wieder hell", lächelte Ahala und hängte ihm eine Kette um den Hals. „Es ist ein Sternenherz. Es wird dir dein Leben erhellen, und wenn du dereinst für immer gehen musst, dann wird sie unsere Tochter tragen und nach ihr ihre Tochter. Sie alle werden den Menschen wiedersehen, der sie am meisten lieben, wann immer sie auch von ihm getrennt werden. Genau, wie auch du mich wiedersehen wirst."

Tikaani fühlte ihre innige, letzte Umarmung, dann ging sie wieder hinaus ins silberne Mondlicht. Barfuß, nur mit ihrem dünnen Robbenfellkleid bekleidet, hinein in die tödliche Kälte. Er schlief ein, und als er am nächsten Morgen aus seinem Fiebertraum erwachte, ging er nach Hause und wurde seiner Tochter ein guter Vater."

Christian brummte: „Er hätte entweder erfroren oder total entkräftet sein müssen."

Malgorzata legte ihm ihre duftende Hand auf den Mund. „Psst. Es ist doch nur eine Legende, du unromantischer Bär. Und sie ist noch nicht zu Ende."

Sie lachte leise, doch mit einem seltsamen Unterton, dann fuhr sie fort: „Tikaani wurde ein guter Vater und irgendwann Ältester. Aber einmal in jedem Jahr, an dem gleichen Tag, an dem Ahala gestorben war, wanderte er allein übers Eis aufs Meer hinaus, und wenn er am nächsten Morgen zurückkehrte, strahlten seine Augen vor Glück. Als er dann so alt und gebrechlich geworden war, dass ihn seine Beine nicht mehr tragen konnten, wollte er das Sternenherz seiner Tochter Mauja schenken, aber die Kette besaß keinen Verschluss. Nichts und niemand konnte sie von seinem Hals lösen und es war, als sei sie mit ihm verwachsen. Erst als er starb, öffnete sich das Sternenherz von selbst und Mauja konnte es anlegen. Und nach ihr meine Großmutter und von meiner Mutter habe schließlich ich sie bekommen."

Malgorzata schwieg und auch Christian sagte lange nichts. Schließlich brummte er: „Komische Legende. Irgendwie gibt es doch bei sowas immer eine Lehre, die man daraus ziehen kann."

„Vielleicht erkennst du sie nur nicht?"

„Hm, vielleicht. Lass mich raten. Damals ist irgendwo ein Raumschiff mit Aliens gelandet, daher der Feuersturm am Himmel. Dann ist es wieder abgeflogen und hat Ahala als Beobachterin dagelassen. Und als der Bär sie gefressen hat, hat sie sich einfach wieder reproduziert und ihre Beobachterverbindung zu den Menschen über die Kette an Tikaanis Hals wieder hergestellt."

Er lachte leise. „Ich liebe dich, wenn du solche verrückten Geschichten erzählst."

Nach einem Moment drehte er sich zur Seite, Malgorzata rutschte von seiner Schulter und er blickte ihr aus nächster Nähe fest in die Augen. „Ich liebe dich", wiederholte er und jeder Scherz war aus seiner Stimme verschwunden.

„Ja", antwortete sie. Mehr nicht und in ihren grünen Augen las er eine Frage, die er nicht verstand. Doch er musste erst sich selbst verstehen. Wieso hatte er das eben gesagt?

Er fragte: „Kann ich sie mir jetzt anschauen?"

„Natürlich, wenn du sie öffnen kannst?"

„Warum ziehst du sie nicht über deinen Kopf?"

„Das geht doch nicht, du Dummerchen. Dafür ist sie zu eng. Öffne sie."

Grummelnd drehte er sich zur Seite und tastete nach dem Lichtschalter. Malgorzata hatte sich ein wenig aufgerichtet und er betrachte die Kette aufmerksam. Ein kleiner, vielleicht daumennagelgroßer, elfenbeinfarbener Stein bildete den Anhänger und in ihm pulsierte ein dunkelrotes Licht.

Je länger er hinschaute, umso beruhigender wirkte es. Ihm war, als passte sein Herzschlag sich der Frequenz des Leuchtens an und eine seltsame Leichtigkeit erfasste ihn. Er besah sich die Kette. Sie bestand aus filigranen Gliedern, sah alt aus und doch gleichzeitig, als wäre sie gestern erst gekauft worden.

„Sieht aus wie Silber, aber ich habe noch nie Glieder mit so einer ungewöhnlichen Form gesehen." Er suchte an Malgorzatas zartem Hals nach einem Verschluss in der Kette, aber er fand ihn nicht. Glied für Glied bildete eine makellose Reihe ohne jedwede Unterbrechung und auch am Sternenherz selbst gab es keine Erhebung oder Einbuchtung, die ein Öffnen zugelassen hatte. Stirnrunzelnd blickte er Malgorzata an. „Wo ist der Trick?"

Sie stand auf, warf sich achtlos ihr Kleid über und drehte sich an der Schlafzimmertür noch einmal um. Der Mond beleuchtete ihren alabasterweißen Körper, wie dunkelrotglühende Lava ringelten sich die Locken auf ihrer Schulter und in ihren grünen Augen irrlichterte immer noch die Frage, die er nicht einmal benennen konnte. Nur eines wusste er - sie war die schönste Frau, der er jemals begegnet war.

Malgorzata sagte ruhig: „Es ist kein Trick."

Und er verstand.

Schutzengel: Out of the Dark

Alte Biker sind entweder harte Hunde oder tot. Es gibt nichts dazwischen. Hartwig hatte in den letzten fünfzig Jahren immer rechtzeitig genug seinen Kopf eingezogen, wenn der Sensenmann nach Beute Ausschau gehalten hatte. Drei Unfälle hatte er überlebt, seine Maschinen nicht.

In Gedanken saß er bereits wieder auf dem Tier seiner Träume. Seine Super Blackbird, war schwarz wie das Herz eines Kredithais, sauschnell und das Leben wurde erst schön, wenn ihm der Schwarze Mann bei einem Ritt auf dem Bike seinen eisigen Atem in den Nacken blies. Nichts Vergleichbares existierte in der Welt, außer vielleicht die Nächte, in denen Maja ihn fliegen ließ und sein Universum bis zum Rand mit Lust und dem Duft ihrer schweißüberströmten Samthaut füllte.

Sie stellte einen Halbliterpott mit Kaffee vor ihn auf den Küchentisch. Verführerisch stieg ihm der Geruch der schwarzen Brühe in die Nase. Mit einer Hand langte er nach dem Pott und hob ihn an. Einen Sekundenbruchteil später griff er auch mit der zweiten Hand zu.

Maja verzog die Lippen. „So eine Kaffeetasse kann ganz schön schwer sein für einen Zweizentnermann wie dich, was?"

Die Uhr an der Küchenwand zeigte halb elf. Um diese Zeit war noch nicht viel in ihm wach. Er schlürfte den Kaffee in sich hinein und blickte Maja über den Rand der Edelstahltasse an. Halbvoll stellte er sie so vorsichtig, als wäre sie höchstzerbrechlich, wieder auf den Küchentisch, warf ihr einen bedauernden Blick zu und schob sie mit einer endgültigen Bewegung zur Seite. „Ich muss los!"

Majas Augen wurden schmal. „Denkst du, ich sehe nicht, dass du beide Hände brauchst, um die Kaffeetasse zu halten, weil du so müde bist? Und dann willst du noch mit der Maschine fahren? Wir haben Winter!"

„Du brauchst das Auto heute."

„Ich kann auch zu Hause bleiben!"

„Nein!"

Alle Antworten dazu hatte er ihr bereits gegeben und nicht nur einmal. Sie konnten sich keine zwei Autos und die Super Blackbird leisten, von irgendetwas mussten sie auch noch leben und lieber hätte er sich den Arm abgehackt, als auf die Maschine zu verzichten. Aber Maja sollte auch nichts aufgeben müssen und ihre Freiheit haben.

Er griff nach seinem Integralhelm, drehte sich zur Tür und ging, wortlos und ohne Abschiedskuss. Zusammen mit dem ersten Aufheulen des Motors kam der Adrenalinschwall und er spülte alle Sorgen, die Müdigkeit und selbst die Erinnerung an die schönsten braunen Augen dieser Erde aus seinem Kopf, als würde nichts davon existieren.

Lange saß Maja noch am Küchentisch. „Fahr nicht so schnell!" hatte sie ihm hinterhergerufen, doch er hatte es nicht mehr gehört. Schließlich riss sie sich zusammen, wischte sich die Nässe aus den Augenwinkeln, und begann, die Küche aufzuräumen.

Dreizehn Stunden später kam für Hartwig die Angst. Die große Digitaluhr über dem Eingang hatte schon vor einer ganzen Weile auf den neuen Tag umgeschaltet und zeigte das Datum des zehnten Januar 2016. Die Mädels hatten Feierabend gemacht, er hatte penibel überprüft, ob alle Türen abgeschlossen waren und dann die Einnahmen des Tages gezählt.

Mehr als dreihundert Gäste hatten ihren Spaß gehabt und ihm dabei jedes Quäntchen Kraft aus den Knochen gesaugt, wie auch schon in den Tagen und Wochen davor. Die Arbeitsbelastung im Bowlingcenter war saisonabhängig. Im Sommer herrschte oft gähnende Leere in der großen Halle, im Winter brannte die Hütte, der Dauerlärm war kaum auszuhalten und das Personal schob Stunden ohne Ende.

Niemals hätte er zugegeben, dass sein Körper längst über die Grenze hinaus war, an der Schmerz noch irgendeine Bedeutung hatte. Er funktionierte nur noch, mehr nicht. Doch er war ein harter Hund, ein Biker, er fürchtete weder Tod noch Teufel und niemals hätte Hartwig jemandem erzählt, dass es die Ruhe nach dem stundenlangen Lärm in der riesigen Halle war, die ihn innerlich zittern ließ. Denn diese Stille war trügerisch. Das Baumaterial glich Temperaturunterschiede aus und erzeugte dabei Töne, die ihm eine Gänsehaut über den Rücken jagten.

Er überprüfte noch einmal die Eingangstür, zögerte unmerklich, löschte dann das Licht im Bowlingcenter bis auf die Lampen über den mittleren Bahnen und tat etwas, was er nie zuvor um diese Zeit gemacht hatte: er drehte die Anlage voll auf.

Die plötzliche Wucht der Gitarrenriffs von AC/DC überdeckte jedes andere Geräusch. Er rollte die Ölmaschine an die Bahnen und dachte an die Gäste von heute. Für Einige war er nichts weiter gewesen als ein Hanswurst und gesprungen, wenn sie mit dem Finger geschnippt hatten. Stundenlang würde die Erinnerung an die Demütigung in ihm weiterbohren und dafür sorgen, dass er nicht gleich nach dem Ende der Spätschicht ins Bett gehen konnte. Selbst dann würde ihn die Wut noch eine Weile wach halten. Wie immer. Scheißnächte, trotz Maja.

Die ersten Takte von „Fools" begleiteten ihn in den Maschinenraum. Grimmig verzog er die Lippen. Acht Minuten und sechsundzwanzig Sekunden - vielleicht schaffte er es heute, alle Lappen an den Maschinen zu wechseln und die Pins zu zählen, bis Deep Purple mit ihren „Narren" durch waren. Die vierzehn übermannsgroßen Zicken aus Stahl und Plastik hier hinten wollten gepflegt werden. Wenn Maja mit ihm abhob, hinterließ sie nur ein paar Kratzer auf seinem Rücken, die Tussis hier im Maschinenraum hingegen waren brutal. Sie kratzten, bissen und spuckten, wenn er ihnen nicht gab, was sie wollten. Da verstanden sie keinen Spaß.

Maja schon. Sie liebte es, mit ihm auf dem Bike unterwegs zu sein. Selten genug, dass sie die Zeit dafür fanden. Manchmal, wenn sie an einer Ampelkreuzung warten mussten, lüftete sie ihr Helmvisier und blies ihm ihren warmen Atem in den Nacken. Genau in den Spalt zwischen Helmrand und Jackenkragen. Dann lachte sie, wie nur sie es konnte...

Ian Gillan verstummte für das, was aus „Fools" Musik aus einer anderen, einer dunkleren Welt machte; diesen einen immer wiederholten Akkord des Synthesizers. Immer wieder, immer lauter.

Der letzte Lappen verfing sich in einem Treibriemen, Hartwig fluchte flüsternd: „Halt still, du blöde Kuh!", doch die Maschine tanzte weiter auf ihrem Fundament im Takt der Musik. Oder schien es ihm nur so?

Tarja Turunens göttliche Stimme flutete die Halle und er rannte fast in die Umkleide, den Kopf voller wirrer Gedanken. Die Jungs von „Nightwish" waren dämlich gewesen, wie hatten sie diese Frau nur gehen lassen können? Morgen musste er wieder auf Knien die schwarzen Streifen auf dem Anlauf beseitigen. Ein Kinderball fehlte, wahrscheinlich lag er unter einer Bahn. Hose, Stiefel - wo war der Nierengurt? Maja hatte ihn gestern geflickt und auch noch eine wärmende Watteschicht eingearbeitet, ohne dass er es ihr gesagt hatte.

Eilig griff er nach der Jacke und löschte das Licht im Personalraum. Am Counter zögerte er einen Moment. Dann hielt er die Luft an und schaltete die Anlage und das letzte Licht aus.

Die riesige Halle versank in Dunkelheit und Stille. Doch nur für einen Moment, dann knackte etwas in der Decke und Füße tappten schmatzend durch das Öl auf den Bahnen. Nackte Füße.

Hartwig begann zu zittern. Jemand war hier, er wusste es.

Ein warmer Hauch traf ihn den Nacken. Er zuckte zusammen, stieß sich den Ellenbogen an einem Schrank und ließ den Helm zu Boden poltern. Mit hämmerndem Herz klaubte er ihn hastig vom Boden, rieb sich den schmerzenden Arm und hetzte zur Tür.

Er knallte sie von außen zu, lehnte sich mit seinem ganzen Gewicht dagegen und tastete mit zitternden Händen nach dem Schlüssel in seiner Jackentasche; jeden Moment darauf gefasst, dass eine gigantische Kraft die Stahltür aus dem Rahmen reißen und ihn unter sich begraben würde.

Doch nichts geschah und nach einigen, ihm endlos erscheinenden Sekunden stieg er die Treppe hinab. Er ließ sich auf die letzte Stufe sinken, atmete tief die eisige Nachtluft ein, versuchte, sich zu beruhigen und fragte sich dann, was die Luft bewegt haben mochte in der leeren Halle. Die Belüftung hatte er vorhin ausgeschaltet und hier, unter dem nächtlichen Sternenhimmel, war ihm sein Angstanfall selbst peinlich.

Es waren nur seine überreizten Nerven, der verdammte Stress und die Müdigkeit gewesen, die ihn hatten glauben lassen, jemand würde hinter ihm stehen und ihm in den Nacken atmen. Nichts davon war real. Vielleicht hatte Maja doch Recht und er tanzte gerade auf einer Linie, die er besser nicht übertrat. Irgendetwas in ihm sendete Signale und er war eigentlich erfahren genug, sie zu verstehen. Aber hatte er denn eine Wahl?

Todmüde stemmte er sich von der Treppenstufe hoch. Das Tier seiner Träume lauerte ein paar Schritte weiter. Die schwellenden Muskeln unter einer unscheinbaren, samtschwarzen Vollverkleidung versteckt, kauerte es im Schatten und wartete auf ihn. Er steckte den Schlüssel ins Schloss, drehte ihn einmal herum und ein sattes Brummen zerriss die Stille der Nacht. Der Dämon war erwacht. Ein winziges Zucken in Hartwigs rechter Hand würde genügen, die unbändige Kraft des Vierzylinders freizugeben und aus dem Brummen des Untiers ein jubilierendes Kreischen zu machen. Doch Hartwig hatte keine Angst. Nicht vor ihm.

Drei Rechtskurven, dann könnte er auf der Umgehungsstraße sein, nach drei Sekunden bei Tempo einhundert, neun Sekunden später bei zweihundert und kurz darauf wäre der Drehzahlmesser im roten Bereich. Die Welt würde auf einen dunklen Tunnel zusammenschrumpfen, in dem nur noch dieses Tier unter ihm und er selbst, bis zur Halskrause zugedröhnt mit Adrenalin, existierten. Er würde Falco in seinem

Kopf mit seinem „Out of the Dark" hören und wenn das tote Genie bei seinem letzten „muss ich denn sterben, um zu leben" angekommen war, würde er endlich schlafen können. Der Stress wäre vorbei, der Mahlstrom der niemals endenden Gedanken in seinem Kopf würde versiegen und er würde frei sein. Für immer.

Einmal noch fliegen...

Er holte tief Luft, schloss den Helm und stieg auf. Der erste Gang zierte sich, als er dann doch einrastete, klang es wie ein böses Lachen. Ein Schatten schwang sich hinter Hartwig auf die Maschine und blies ihm den gleichen warmen Atem in den Nacken, den er auch in der Halle gespürt hatte. Hartwig erschauerte, ließ die Kupplung springen und raste los.

Trotz der eisigen Nacht war die Straße trocken. Nach zwei Ampeln, deren Farbe ihn nicht interessiert hatte und drei Rechtskurven bog er auf die Umgehungsstraße ein. Mit einem wölfischen Grinsen riss er den Gasgriff auf; der Hinterreifen brannte einen schwarzen Streifen auf den Asphalt und der aufkreischende Motor katapultierte mit brachialer Gewalt das Vorderrad in die Luft. Hartwig kämpfte, um den Dämon im Griff zu behalten und genau so hatte er es gewollt. Der Scheinwerfer der Super Blackbird fetzte einen Tunnel aus Licht aus der Dunkelheit und es war für ihn die Startbahn zu seinem letzten Flug.

Er wollte in den nächsten Gang schalten, doch plötzlich färbte sich der Tunnel vor ihm blutrot und der Schatten in seinem Rücken verbrannte ihm mit seinem Atem den Nacken. Hartwig ging mit allem, was er hatte, in die Eisen, mitten auf der Umgehungsstraße. Er schaffte es gerade noch, den Seitenständer aus und das Visier hochzuklappen, dann erbrach er sich, noch immer auf dem Bike sitzend.

Minutenlang kotzte er sich die Seele aus dem Leib, immer wieder, und wenn er glaubte, es sei endlich vorbei, kam die nächste Welle, bis er schließlich vor Entkräftung von der Maschine fiel.

Es dauerte Minuten, bis er sich stöhnend wieder aufrichtete. Mit zitternden Händen tastete er nach einer Zigarette, nahm einen Zug und ließ sie mit einem inbrünstig gemurmelten „Scheiße" wieder fallen. Sie hatte gallebitter geschmeckt. Was war er doch für ein harter Hund - ausgeknockt von einem Schatten. Einfach so.

Eine halbe Stunde später kam er zu Hause an. Er reinigte noch notdürftig die Maschine im Mondlicht, duschte danach und legte sich dann leise zu Maja.

„Alles gut?", fragte sie. Sie schlief nie sehr fest, wenn er Spätschicht hatte und mit der Maschine unterwegs war.

„Aber natürlich!", brummte er und drehte sich sofort zur Seite. Er konnte Maja jetzt nicht küssen, noch immer hatte er den Geschmack von Galle im Mund und es war schon schlimm genug, dass sie am Morgen die vollgekotzten Klamotten sehen würde.

Sie wartete noch, bis seine Atemzüge lang und tief wurden. Dann stand sie leise auf, ging ins Badezimmer und wusch seine Sachen mit ihren Händen, damit der Gestank sich nicht in der Wohnung festsetzte. Schließlich nahm sie noch die Schlüssel für sein Bike und versteckte sie so, dass Hartwig sie nicht finden konnte. Morgen würde sie ihn zur Arbeit fahren und auch wieder abholen.

Danach legte sie sich still wieder zu ihm, stützte den Kopf in die Hand und blickte ihn nachdenklich an. Er würde nie Gedichte für sie schreiben und ein fremder Mann, der sie zu lange ansah, hatte gute Aussichten, sehr schnell im Krankenhaus zu landen, wenn Hartwig das mitbekam. Doch seine Lippen waren auch die zärtlichsten, die sie je geküsst hatten und wenn er seine Arme um sie schlang, wusste sie, dass ihr nichts Böses in dieser Welt etwas anhaben konnte. Weil er es niemals zulassen würde.

Sie seufzte leise, schlang die Arme um ihn und wie jede Nacht strich ihr warmer Atem dabei gleich einem gehauchten Kuss über seinen Nacken.

Hartwig dachte an den Schatten, der sich am Bowlingcenter hinter ihm auf die Maschine geschwungen hatte. Er schluckte. Und niemals würde er zugeben, dass das, was da plötzlich aus seinem linken Augenwinkel rann, eine Träne war. Schließlich war er ein harter Hund.

*** ENDE ***

Das Perverdrin-Syndrom

Inhalt
Seine einzige Freundin hatte Christian eindringlich vor der dunklen Seite der Edelprostituierten Marina gewarnt, doch er hatte ihr nicht geglaubt. Nun bleiben ihm nur noch Sekunden für die Entscheidung, ob er sein geruhsames Dasein als verdeckter Ermittler auf dem Flughafen Parchim fortsetzen will oder, ob er vier Menschen das Leben rettet, und sich dabei einem Scharfschützen als Ziel präsentiert.

Er weiß nicht, dass, wie auch immer er sich entscheiden wird, sein Name bereits auf der Todesliste eines eiskalten Killers steht. Nur Marina könnte Christian helfen, doch dazu müsste er ihr, gegen alle seine Instinkte, vertrauen...

Das erste Buch (ca. 500 Seiten) des vierteiligen Thrillers „Das Perverdrin – Syndrom" erscheint 2017.

Leseprobe

Menschen wurden erschaffen, um geliebt zu werden.
Dinge wurden geschaffen, um benutzt zu werden.
Der Grund, warum sich die Welt im Chaos befindet,
ist, weil Dinge geliebt und Menschen benutzt werden.

Dalai Lama

Major Ragnar Borg, Kommandeur einer Spezialeinheit des Konzerns NordicSF, sprang die sieben Stufen auf der Innenseite der ausgeklappten Luke des Learjets hinab. Mit einem gemurmelten „Mistwetter!" riss er die Tür zum Fond des davor wartenden schwarzen Geländewagens auf, ließ sich in die Polster fallen und wischte sich angewidert die Regentropfen von den Ärmeln seines maßgeschneiderten, dunkelgrauen Sakkos.

„Nach Hause, Sir?" Sergeant Meyers, ein Mann mit bulligen Schultern und Haaren, die so kurz geschnitten waren, dass die Kopfhaut das Licht der Flughafenscheinwerfer spiegelte, ließ den Wagen anrollen.

„Wohin sonst? Geben Sie Gas!"

Meyers zuckte die Schultern und beschleunigte. Wenn der Boss schlechte Laune hatte, war jedes Wort genau eines zu viel.

Borg rieb sich mit Daumen und Zeigefinger die schmerzende Nasenwurzel. Kurz nach dem Start in Kapstadt hatten starke Turbulenzen den Firmenjet durchgeschüttelt und das hatte ihm für den Rest des Fluges den Schlaf vergällt. Er wollte nur noch seine Ruhe haben und endlich ins Bett. Schließlich hatte er sich das Wochenende mit Sylvie mehr als verdient, fand er. Vielleicht überraschte sie ihn diesmal und hatte sich ihre Haare endlich blond färben lassen. Die kurzen brünetten passten überhaupt nicht zu ihren stets kühl blickenden, blassblauen Augen.

Das Telefon in der Innentasche seines Sakkos summte und eine steile Falte bildete sich auf seiner Stirn. Nur wenige Leute würden es wagen, ihn nachts kurz vor zwölf anzurufen und nur einer davon wusste, dass er wieder in Oslo war. Mürrisch warf er einen Blick auf das Display, nahm das Gespräch an und knurrte: „Simmons, was zum Teufel fällt Ihnen ein, mich um diese Zeit anzurufen?"

„Tut mir leid, Sir, aber ich bin gerade durch einen Alarm geweckt worden. Im Polizeicomputer ist eine Vermisstenanzeige aufgetaucht mit einem unserer Suchbegriffe. Und nicht irgendeiner. Ein Alphaselektor!"

Borg atmete tief ein. Zu den Aufgaben seines Teams gehörte auch die Überwachung sämtlicher, in Reichweite befindlicher Computernetzwerke und ihre Durchforstung nach potentiellen, für die Firma wichtigen Informationen. Er hatte zusätzlich spezielle Vorrangselektoren programmiert, die ihn alarmieren sollten, wenn für ihn oder sein Team Gefahr im Verzuge war. Nun, nach über zwei Jahren, war es das erste Mal, dass ein solcher „Alphaselektor" fündig geworden war. Er fragte: „Welcher?"

„South African Oil and Diamonds."

Mit einem Schlag verschwand Borgs Müdigkeit und seine Hand presste das Telefon, als wollte er es zerquetschen. Das war böse, ganz böse. Er fuhr Simmons an: „Captain, weder die Nachricht noch meine Laune werden besser, wenn sie mir den Mist scheibchenweise servieren. Also?"

„Ein Tom Breedlove aus Südafrika sucht hier in Oslo nach seiner verschwundenen Schwester. Zwei Tage nach dem Attentat auf die Firma damals ist sie verschwunden und seitdem nirgendwo wieder aufgetaucht. Der letzte bekannte Arbeitgeber von ihr war der Security Service, der für die Sicherheit des Hauptsitzes in Durban zuständig war. Was sollen wir tun?"

Borg überlegte laut: „Der komplette Vorstand von denen ist damals von Wielander und Mikkelsen ausradiert worden und anschließend hat NordicSF den führungslosen Haufen übernommen. Das ist fast drei Jahre her und der Mann kommt erst jetzt auf die Idee, seine Schwester zu suchen und dann noch hier, in Oslo? Das ist Bullshit! Schmeißen Sie Deckland und seine Mannschaft aus dem Bett und tackern Sie ihn vor seinen Computern fest. Ich will alles über diesen Breedlove wissen. Und wenn er das erledigt hat, soll er anschließend alle Daten darüber aus dem Polizeinetzwerk löschen. Sie besorgen sich die Adresse des Hotels von dem Mann oder wo auch immer er untergekommen ist und schnappen Sie ihn sich, aber seien Sie freundlich dabei. Vergrätzen Sie ihn mir nicht, ich will, dass er freiwillig redet. Ich treffe Sie dann im Hauptquartier. Borg Ende."

Er ließ das Telefon wieder in seinem Sakko verschwinden und blickte durch das Seitenfenster, ohne die dicken Tropfen, die der Wind an die Scheibe des

Wagens klatschte, auch nur wahrzunehmen. Ein dunkler Schatten aus seiner Vergangenheit war soeben wieder aufgetaucht und es war noch nicht abzusehen, welche Kreise er ziehen würde.

„Ärger Sir?" Der Fahrer hatte seinen Kopf halb nach hinten gedreht und riss Borg aus seinen Gedanken.

„Meyers, wie lange sind sie jetzt in meinem Team, morgen schon nicht mehr mitgerechnet?"

Ein Blick in die zu Schlitzen zusammengekniffenen Augen des Majors reichte dem Fahrer. Er biss sich auf die Lippen, drehte seinen Kopf wieder nach vorne und schaute konzentriert durch die Frontscheibe auf den nächtlichen Verkehr der norwegischen Hauptstadt. Die Lust auf jede weitere Frage war ihm vergangen.

Borg verzog die Lippen. „Und jetzt geben Sie Gas, ich will ins Hauptquartier!"

„Ärger" war das falsche Wort gewesen. Irgendjemand hatte in Südafrika damals seinen Job nicht ordentlich erledigt. Borg war ein Perfektionist, der nichts so sehr hasste wie Pfusch und offene Enden. Irgendwann fiel einem so etwas immer wieder auf die Füße und meistens genau dann, wenn man es am wenigstens gebrauchen konnte. Schon als junger Informatikstudent hatte er begriffen, dass es Dinge im Leben gab, bei denen neunundneunzig Prozent Richtig bedeuteten, dass sie mit einhundertprozentiger Sicherheit nicht funktionierten. Weil genau dieses eine fehlende Prozent alles gegen den Baum laufen ließ.

Wie in Spanien. Wieder, wie so oft in den letzten Jahren, tauchte die Erinnerung auf an die Millionen, die ihm damals entgangen waren. Sie hatten den Laptop von Carlos Rocha, dem letzten noch lebenden

Boss des ehemaligen Perverdrinkartells und damit den Zugang zu dessen Konten in die Hand bekommen wollen.

Doch was von außen wie eine andalusische Finca ausgesehen hatte, war in Wirklichkeit eine Festung gewesen, die Tag und Nacht von ehemaligen Angehörigen der Special Forces und des amerikanischen Secret Service bewacht worden war. Und Rocha hatte sie nie verlassen.

Borg hatte niemals gefragt, warum der Captain es genau auf diesen Mann abgesehen hatte. Es hatte ihn nicht interessiert und er hatte wie in den guten alten Zeiten mit ihm zusammen mehrere Wochen an einem Plan gearbeitet, wie man in die Finca eindringen, Rocha umbringen und seinen Laptop stehlen konnte.

Am Ende hatten sie gewusst, dass es unmöglich war. Sie hätten eine ganze Armee oder bunkerbrechende Raketen einsetzen müssen und das konnten sie nicht. Zwar hätte Borg mit seinem Team einen virtuellen Tunnel in das Sicherheitssystem der Finca brennen können, doch der hätte nur einem einzigen Mann ein Zeitfenster von maximal fünfzehn Minuten verschafft. Eine viertel Stunde, in denen dieser Mann einundzwanzig Profis ausschalten, Rocha umbringen, dessen Laptop finden und den Weg zurückschaffen musste. Unmöglich!

Doch der Captain hatte nur grimmig gelacht, mit einem Finger auf die Hochleistungskühlbox, die er kurz zuvor sehr vorsichtig aus seinem Transporter getragen hatte, gezeigt und gesagt: „Das ist der Weg und ich werde ihn benutzen. Ganz sicher!"

Es waren die letzten Worte gewesen, die Borg jemals von ihm gehört hatte. Der Captain hatte es tatsächlich bis in Rochas Schlafzimmer geschafft, doch dann war die Hölle losgebrochen, das ganze Haus in Flammen aufgegangen und die Hälfte von Borgs Team bei dem anschließenden Feuergefecht getötet worden.

Borg hatte die Millionen Rochas in den Wind schreiben müssen, war auf Tauchstation gegangen und hatte sich geschworen, sich niemals mehr auf irgendjemanden anders als auf sich selbst zu verlassen.

*

Eine Stunde später öffnete Borg die Schallschutztür zu einem Raum, in dem sich nichts weiter als zwei primitive Stahlrohrstühle und ein Bürotisch befanden. Captain Aksel Simmons lehnte mit dem Rücken und verschränkten Armen an einer der vier kahlen, weißgestrichenen Wände und schaute mit einem Grinsen in seinem bartstoppeligen Gesicht auf den kleinen Mann, der unruhig mit seinem Hintern auf einem der beiden Plastikstühle hin und her rutschte.

Borg ließ sich auf den noch freien Stuhl fallen und streckte die Hand zu Simmons aus. Wortlos reichte der Captain ihm ein Tablet, Borg warf einen kurzen Blick auf das Display, dann musterte er den Mann vor sich, der laut der Akte von Captain Simmons Tom Breedlove hieß. Ein schlecht gestutzter, rötlicher Vollbart verbarg seine Mundpartie und das, was von seiner Gesichtshaut zu sehen war, wirkte wie Leder. Nach seiner Akte arbeitete er in der Landwirtschaft und so sahen auch seine Hände aus, die zwar sauber, aber ungepflegt und mit Narben gezeichnet waren, als würde er täglich Dornenhecken roden. Um seine schmalen Schultern trug er das Imitat einer Fliegerjacke, die vor vielleicht zehn Jahren einmal neu gewesen sein mochte und gleiches galt auch für den Rest seiner Kleidung.

Für Borg stand das Urteil fest. Tom Breedlove schien ein Mann zu sein, der sich nicht sonderlich gut in der Welt auskannte. Wahrscheinlich war er ein Bauer, hatte irgendwo eine kleine Farm in Südafrika und schlug sich ebenso durch. Mit solchen Leuten war das Arbeiten einfach, sie hatten keine Ahnung von der wirklichen Welt und man ging am besten den direkten Weg, wenn man etwas von ihnen wollte.

Er räusperte sich. „Ich bin Major Borg. Sie haben bei der Polizei eine Vermisstenanzeige aufgegeben und ich bearbeite den Fall. Sie sind Tom Breedlove aus Durban in Südafrika und sie suchen hier in Oslo nach ihrer Schwester Susan. Das ist korrekt?"

Obwohl es kalt war im Raum, rannen Schweißtropfen über Breedloves Stirnglatze. Er wischte sie mit einem altmodischen Taschentuch, das er aus seiner Tweedhose hervorholte, ab, und blickte Borg an. „Major? Das hört sich nach Militär an und dieser Raum sieht nicht aus, wie ich mir ein Polizeibüro vorstelle, eher wie ein Verhörzimmer. Bin ich ein Gefangener? Ich suche doch nur meine Schwester!"

Borg verkniff sich ein Grinsen. Der Mann hatte zu viele schlechte Filme gesehen. „Sie können den Raum jederzeit verlassen. Doch ich rate Ihnen davon ab, denn sie haben als letzten Arbeitgeber ihrer Schwester den Sicherheitsdienst von „South African Oil and Diamonds" angegeben. Ihre Vermisstenanzeige ist im Polizeinetzwerk gespeichert und ich gehe davon aus, dass auch die Sicherheitsabteilung von NordicSF sie bereits gesehen hat. Die werden nicht so höflich mit Ihnen umgehen wie ich."

„Warum? Ich habe nie etwas mit der Firma meiner Schwester zu schaffen gehabt und NordicSF kenne ich nicht einmal!"

„Aber Sie wissen sicherlich, was damals in Durban passiert ist?"

„Nur wenig. Es ist ja alles geheim gehalten worden. Ich weiß nur, dass alle Vorstandsmitglieder bei einem Anschlag ums Leben gekommen sind und die Firma aufgelöst wurde."

„Exakt. Und es sind viele Fragen dabei offengeblieben, nicht zuletzt die, wer das Verbrechen überhaupt begangen hat. Da alle Welt glaubt, dass es ein Racheakt von NordicSF war, ist der Sicherheitsdienst dieser Firma brennend interessiert an jedem, der davon Einzelheiten wissen könnte und versucht ihn aus dem Verkehr zu ziehen, bevor diese Einzelheiten anderen bekannt werden. Der Hauptsitz der Firma ist hier in Oslo, Sie sind ebenfalls hier und stellen Fragen nach ihrer Schwester, die als ehemalige Angestellte des Sicherheitsdienstes von South African Oil and Diamonds etwas darüber wissen könnte. Damit rücken Sie automatisch in den Fokus der Ermittlungen, sowohl der Polizei als auch der von NordicSF."

Breedlove schüttelte den Kopf. „Ich verstehe das alles nicht. Und wer sind Sie?"

„Ich leite eine internationale Spezialeinheit, die gegen die immer mehr ausufernde weltweite Firmenkriminalität vorgeht. Seien Sie froh, dass wir Sie so schnell gefunden haben!" Borg sprach den Satz mit einer Selbstverständlichkeit, als hätte er ihn schon einhundertmal gesagt und zumindest bei dem Teil vor dem Komma hatte er nicht gelogen. Die Mundwinkel von Captain Simmons zuckten und Borg schoss aus den Augenwinkeln einen scharfen Blick auf ihn ab. Sofort zeigte das Gesicht des Captains wieder dessen Standardlächeln.

Borg dehnte sich, zog seine Jacke aus, warf sie über die Rückenlehne seines Stuhls und nickte Breedlove zu. „Ich habe zehn Stunden Flug hinter mir und wollte schon längst im Bett liegen. Dann erreichte mich die Nachricht, dass Sie Ihre Schwester hier vermuten und darum habe ich meine Leute sofort losgeschickt, um Sie in Sicherheit zu bringen. NordicSF hat seine Leute überall, sicher auch bei der Polizei und nur, weil ich müde bin, muss ich Sie ja nicht denen in das Messer laufen lassen."

Breedlove sah zweifelnd zu Borg, dann zu Simmons und dann wieder zu Borg. „Aber ich suche doch nur meine Schwester", wiederholte er.

Borg verkniff sich eine abfällige Bemerkung. Der Mann war fix und fertig und verstand nichts. So freundlich, wie es ihm möglich war, fragte er: „Warum suchen Sie Ihre Schwester, Mister Breedlove?"

Der kleine Mann presste das Taschentuch in seinen Händen. „Weil ich fürchte, dass Sie etwas Schlimmes vorhat."

Als hätten sie ein Eigenleben, begannen Borgs Finger auf der Tischplatte zu trommeln. „Und was wäre das?"

Zum ersten Mal blickte Breedlove hoch und schüttelte den Kopf. „Das kann ich Ihnen nicht sagen!"

Schlagartig stoppte Borg das Trommelkonzert auf der Tischplatte, beugte sich vor und knurrte Breedlove ins Gesicht: „Sie können nicht? Sie wollen nicht! Ihre Schwester ist noch während der Ermittlungen zu einem Terroranschlag, der einundzwanzig Menschen das Leben gekostet hat, verschwunden. Bevor jemand sie dazu befragen konnte. Das macht sie zu einer Verdächtigen! Ich kann ganz Oslo auf den Kopf stellen, um sie zu finden. Und ich kann ‚das Finden' tot oder lebendig befehlen. Was davon ich tue, hängt von Ihren Antworten hier und jetzt ab. Also?"

Breedlove wich dem Blick Borgs aus und schaute zu Simmons hinüber, doch das Lächeln des Captains klebte unverrückbar in dessen Gesicht und half dem Mann aus Südafrika auch nicht weiter. Unsicher schaute er wieder Borg an und sagte: „Meine Schwester hatte damit nichts zu tun. Im Gegenteil, es war alles ganz anders!"

Borg hatte sich wieder zurückgelehnt. „Dann erzählen Sie mir, wie es war. Ich will die Geschichte von Anfang an. Und Antworten auf drei Fragen: erstens, warum sie sich in Luft aufgelöst hat, zweitens, wieso Sie erst jetzt nach ihr suchen und drittens, warum Sie Angst um sie haben."

Breedlove legte das feuchte Taschentuch auf die Tischplatte, wischte sich die Hände an seiner Hose ab und legte sie dann flach vor sich hin. Er tat das mit langsamen Bewegungen, als müsste er über jede Einzelne nachdenken. Schließlich hob er den Kopf und blickte Borg aus feuchten Augen an. „An dem Tag, an dem das Verbrechen stattfand, hatte Susan frei und wollte einkaufen. Sie ist Personenschützerin und wirklich gut darin, wissen Sie? Sie hat sogar schon mal einen Kerl, der mit dem Messer auf ihren Boss losgegangen ist, alle gemacht. Hat ihm das Ding aus der Hand geschlagen und es ihm dann in den Hals gejagt. Einfach so. Sogar einen Orden hat sie dafür gekriegt. Sowas konnte sie, unsere Susan." Breedloves Blick verlor sich irgendwo hinter dem Major und Borg räusperte sich.

Breedlove zuckte zusammen und sprach schneller. „Sie fuhr mit Micky, das war ihr Sohn, der war erst sechs, und ihrem Mann, der die Videopräsentationen bei der Aufsichtsratssitzung gesteuert hat, morgens nach Durban. Micky fand das immer so toll, wenn er seinem Vater im Kontrollraum beim Arbeiten zusehen konnte. Er schlief dann nachts immer nicht, wenn er am nächsten Tag bei seinem Vater sein konnte, wissen Sie? Jedenfalls, als die Sitzung anfing, ließ Susan die beiden alleine und ging shoppen. Als sie nach ein paar Stunden wiederkam, waren alle tot. Auch ihr Mann und ihr Sohn Micky. Zwei Tage später, direkt nach der Beerdigung, ist Susan verschwunden. Sie war einfach weg. Wir haben alles abgesucht, auch die Polizei, aber niemand wusste etwas und alle dachten, dass sie sich aus Gram das Leben genommen hat. Nur ich nicht. Niemals würde Susan so etwas tun. Nee, nich Susan. Die würde sich nich umbringen, nich, bevor sie die Mörder ihrer Familie hat. Ja und dann kriegte ich vor einer Woche eine Internetnachricht, dass sie lebt und weiß, wer ihre Familie umgebracht hat. Mehr nicht. Ich habe einem Professionellen Geld gegeben, aber der konnte mir nur sagen, dass die Nachricht aus Oslo kam. Und nu bin ich hier. Ich will nicht, dass Susan was Falsches macht. Ich will nicht auch noch meine Schwester verlieren!"

„Was denken Sie, was Ihre Schwester tun will?"

Breedlove rutschte mit seinem Hintern auf der Sitzfläche des Plastikstuhls hin und her. Seine Augen huschten mal hier und mal dahin, wichen aber immer denen von Borg aus und er antwortete nicht.

Borg fragte scharf: „Was hat Ihre Schwester vor, Breedlove?"

Breedlove krümmte sich auf seinem Stuhl zusammen, als wollte er sich verstecken und murmelte mit auf den Boden gerichtetem Blick: „Sie ist nicht schlecht, wissen Sie? Aber sie ist anders als ich, so herrisch. Man kann nicht mit ihr reden, sie weiß immer alles besser. Und sie kann so böse werden. Wenn sie erfährt, dass ich nach ihr suche, und dass ich mit Ihnen geredet habe, macht sie mir bestimmt Ärger. Richtig Ärger!"

Der Mann hatte Angst vor seiner Schwester! Borg warf Simmons einen Blick zu, der zuckte die Schultern und tippte sich kurz mit einem Finger an die Stirn.

Breedlove hauchte: „Sie will den umbringen, der das getan hat. Ja, das will sie!"

Bei den letzten Worten hatte Breedlove Borg fast flehend angeblickt, doch der hatte kaum noch zugehört. Er suchte in der Akte, die ihm Simmons hingelegt hatte, bis er ein Foto von Susan Breedlove fand. Er starrte auf das Bild und ihm wurde heiß. Kurze, brünette Haare rahmten ein herzförmiges Gesicht ein, in dem schwellende rote Lippen unter einer aristokratisch kleinen Nase wie für das Küssen geschaffen schienen. Doch wer in die kalten, blassblauen Augen unter der hohen, faltenlosen Stirn blickte, und seine sieben Sinne noch beisammen hatte, würde sich hüten, diese Frau jemals nur auf das Eine zu reduzieren.

„Sie hätte sich die Haare blond färben sollen, dann würde sie umwerfend aussehen", dachte Borg und wusste jetzt, warum Captain Simmons die ganze Zeit dieses seltsame Lächeln auf den Lippen hatte. Er blickte kurz zu ihm hinüber und der Captain nickte mit einem Ausdruck im Gesicht, den man mit einigermaßen gutem Willen als Mitleid hätte deuten können.

Borg schob das Tablet zu Breedlove hinüber. „Ihre Schwester ist eine außergewöhnlich schöne Frau." Wenn seine Stimme bei diesen Worten rau klang, so lag das wahrscheinlich an seiner Erschöpfung. Er hatte zu wenig Schlaf bekommen.

Breedlove nickte. „Ja, das ist Susan. Aber sie hat sich selbst immer für ihr Aussehen gehasst. ‚Männer reduzieren mich nur auf meinen Arsch und meine Titten', hat sie immer gesagt. Darum ist sie zum Sicherheitsdienst gegangen. Sie wollte es den Kerlen beweisen. Und bei Gott, ich kann ihnen sagen, sie hat so manchen von den Typen aufs Kreuz gelegt." Tränen rannen ihm aus den Augen.

„Ist das alles?"

„Reicht Ihnen das nicht?"

„Doch, voll und ganz."

Borg wendete sich an Simmons, als sei Tom Breedlove gar nicht im Raum. „Sylvie hat offenbar die Spur von Wielander aufgenommen. Wir waren zwar damals noch nicht offiziell in der Firma, aber ich wette, dass Wielander irgendwo eine Datei hat, in der unsere Namen auch auftauchen. Die muss weg. Deckland soll sich darum kümmern."

Simmons grinste. „Kein Problem."

Breedlove fuhr sich mit der Zunge über die Lippen und fragte leise: „Ich verstehe nicht. Wer ist Sylvie?"

Borg nahm seine Walther aus dem Achselholster und legte sie vor sich auf den Tisch. Dann hob er den Kopf und blickte Tom Breedlove an. „Ihre Schwester Susan ist auf die Suche nach demjenigen gegangen, der das Attentat auf den Vorstand von South African Oil and Diamonds verübt und dabei quasi als Kollateralschaden, ihren Mann und ihren Sohn getötet hat. Die Nachricht hat sie Ihnen gesendet, um Ihnen zu sagen, dass sie dabei Erfolg hatte. Korrekt?"

Breedlove starrte auf die Waffe auf dem Tisch und schluckte. „Ja, so in etwa. Aber Sie haben meine Frage nicht beantwortet - wer ist Sylvie?"

„Sylvie Skagen ist die Frau, die mir aus unerfindlichen Gründen vor einiger Zeit auf den Schoß gesprungen ist und seitdem versucht, sich häuslich in meinem Leben einzurichten."

Borg lachte auf, der Laut schoss tief aus seiner Kehle hervor und klang wie ein Schuss. „Auch ich habe mich gefragt, wer diese ausnehmend schöne und doch eiskalte Frau ist, die mir fast jedes Wochenende die Seele aus dem Leib vögelt. Und vor allem - was sie von einem abgehalfterten Söldner wie mir will." Er nahm die Waffe vom Tisch und ließ sie über den Abzugsbügel an seinem Zeigefinger baumeln. „Sie haben mir gerade die Antwort präsentiert, denn das Gesicht dieser Frau hat eine frappierende Ähnlichkeit mit dem Foto Ihrer Schwester Susan."

Tom Breedlove riss die Augen auf.

Langsam hob Borg den Lauf der Pistole, bis er genau auf das Gesicht von Tom Breedlove zeigte, und sagte mit einer Stimme, leise und so dunkel, dass sie aus einer Gruft zu hallen schien: „Ja, so ist das, mein Freund. Der Mann, den Ihre Schwester umbringen will, bin ich."

*

„Johannes Hakonsen, der Mäzen und Besitzer von NordicSF, zeigt einmal mehr, dass er ein Herz für die Armen besitzt. Mit großzügigen zwanzig Millionen Euro finanziert er die Ausbildung von einhundert Straßenkindern und gibt ihnen eine gesicherte Zukunft."

Borg las den Leitartikel der Morgennachrichten und schüttelte den Kopf. Was sich so gut als Schlagzeile machte, war in Wirklichkeit eine Überlebensstrategie der Firma. Kinder, die die öffentlichen Schulen besuchten, waren für anspruchsvolle Jobs nicht zu gebrauchen. Das Einzige, was sie dort wirklich lernten, war, wie man sich einer Gang anschloss und die verprügelte, die das nicht getan hatten. Hakonsen schuf sich mit seinen Privatschulen einen Pool von hervorragend ausgebildeten Fachidioten, die auch noch auf die Ideologie von NordicSF eingeschworen wurden, und sicherte sich so seine zukünftigen Marktanteile. Es hätte Borg nicht überrascht, wenn die Marketingabteilung der Firma den Artikel in Auftrag gegeben hätte.

Lüge und Täuschung waren nur zwei der vielen Waffen, die man im Arsenal bereithalten musste, wenn man in dieser Welt etwas erreichen wollte.

Er ließ die Zeitung sinken und massierte mit einer Hand die dicken Muskelstränge in seinem Nacken. Nun war er selbst auf eine solche Täuschung hereingefallen und die Wut, die heute Nacht bei den Worten Breedloves in ihm gekocht hatte, wollte sich wieder Bahn brechen.

Er war versucht gewesen, Breedlove zu erschießen, das wäre schnell und sauber gewesen. Es hätte seine Wut darüber, von Sylvie benutzt worden zu sein und vor allem darüber, es nicht gemerkt zu haben, etwas abgekühlt. Doch er brauchte ihren Bruder noch als Druckmittel gegen sie. So hatte er stattdessen Captain Simmons die Anweisung gegeben, Breedlove sofort in den Hochsicherheitstrakt der Basisstation N-22B der Firma in der Antarktis zu verlegen.

Dann war Borg nach Hause gefahren und hatte als Erstes die Zahlenkombination des Identicat-Schlosses an der Eingangstür seiner Firmenvilla geändert und war danach ins Schlafzimmer gestürmt. Bei dem Gedanken daran, was er da Sylvie angetan hatte, zog kurz ein freudloses Grinsen über sein Gesicht. Nachdem er mit ihr fertig gewesen war, hatte er sich in der Küche einen türkischen Kaffee gekocht und dachte seitdem über seine Optionen nach und darüber, was er in seinem Leben noch erreichen wollte.

Sylvie war ihm vor einigen Monaten mit ihrem göttlichen Arsch quasi auf den Schoß gesprungen. Er hatte sich nicht sonderlich gewehrt und auch die Wiederholungen nicht bereut. Natürlich liebte er sie nicht. Liebe war ein Konzept, das er vor langer Zeit aus seiner Gefühlswelt verbannt hatte. Aber eine Frau zu besitzen, für die sich andere Männer den Hals verrenkten, war nach seinem Geschmack gewesen und hatte seinen Stolz befriedigt.

Doch sie hatte ihn verarscht! Wieder kochte die Wut hoch in ihm, er ballte die Faust, holte aus ... und bremste sich im letzten Moment. Nein! Ein Gefühlsausbruch war ein Zeichen von Schwäche und die gestattete er sich nicht.

Ein Lichtreflex riss ihn für einen Moment aus seinen Gedanken und er blickte zum Fenster. Strahlend ging die Sonne auf über dem Oslofjord und es sah nach einem schönen Frühlingsmorgen aus, zumindest, was das Wetter betraf. Für sich selbst war er sich da nicht so sicher.

Er hätte Sylvie niemals so dicht an sich heranlassen dürfen, ohne sie gründlich zu überprüfen. Sie arbeitete für Olaf Wielander, den Sicherheitschef der Deutschlandsektion der Firma und der stellte keine faulen Eier ein. Deshalb hatte Borg sich eine Überprüfung Sylvies geklemmt und nur darauf geachtet, dass sie nichts von ihm selbst erfuhr. Wielander wusste gern alles über jeden, das war sein Job und darin war er verdammt gut.

Borg straffte sich, fuhr sich über das kurze blonde Haar und überdachte, was er auf der Hand hatte. Sylvie Skagen war in Wirklichkeit Susan Breedlove, die als Security Guard für die Firma gearbeitet hatte, die Wielander mit der Genehmigung von Mikkelsen ausgelöscht hatte. Ihr Mann und ihr Sohn waren dabei draufgegangen und damit war Rache das naheliegende Motiv.

Doch das warf mehrere Fragen auf. Warum hatte sie Wielander dann noch nicht umgebracht? Und warum hatte sie sich an ihn, Borg, herangemacht? Zwar hatte er das Unternehmen geplant und seine Leute waren es auch gewesen, die das ausgeführt hatten, doch davon wusste nur Wielander. Der hatte jemanden gebraucht, der die Fähigkeiten besaß, so etwas durchzuziehen und der nicht mit der Firma in Verbindung gebracht werden konnte. Selbst Mikkelsen, der dem Sicherheitschef das Okay gegeben hatte, war nicht in alles eingeweiht worden. Sylvie konnte also höchstens etwas von Mikkelsen und Wielander wissen, eher nur Wielander. Was zum Teufel wollte sie dann von ihm, Borg?

Über ihm klappte eine Tür, riss ihn aus seinen Überlegungen und er fuhr sich mit einem Handrücken prüfend über die Wange. Weder der zehnstündige Flug noch der Jetlag und auch nicht das, was heute Nacht passiert war, hatten seinem durchtrainierten Körper etwas ausgemacht und schon gar nicht hatten sie verhindern können, dass er sich perfekt rasiert hatte. Es wäre ein Zeichen von Schwäche gewesen, die zu zeigen er sich niemals gestatten würde.

Eine Stufe knarrte und er warf einen Blick auf den Tisch. Die Blätter des Sportteils der Zeitung verbargen gut genug eine geladene und entsicherte Pistole. Er hob den Politikteil wieder vor seine Augen und tat so, als würde ihn das, was er da las und als gequirlte Politikerscheiße bezeichnete, tatsächlich interessieren.

„Guten Morgen!" Sylvie tapste mit nackten Füßen in die Küche und hauchte ihm einen flüchtigen Zahnpastakuss auf die Wange, als hätte er sie heute Nacht nicht so gut wie vergewaltigt. Sie schwebte weiter, drückte im Vorbeigehen auf den Knopf der Kaffeemaschine, stützte ihre Hände auf die Marmorplatte unter dem Panoramafenster und reckte sich der Morgensonne entgegen. Das Gegenlicht ließ ihr schwarzes Negligé zu einem Hauch von Nichts schrumpfen und noch gestern hätte Borg dazu eine anzügliche Bemerkung gemacht.

Sie verschränkte die Arme hinter dem Kopf und genoss mit vorgereckten Brüsten die Wärme auf ihrem Körper. Einen Moment verharrte sie so, dann drehte sie sich ruckartig um und blitzte ihn an: „Was war das heute Nacht?"

„Ich bin kein byzantinischer Palasteunuch." Er sah keinen Grund, sich auch nur ansatzweise zu entschuldigen.

„Ein ehemaliger Computerhacker, der weiß, was ein byzantinischer Palasteunuch ist? Aus welcher Schmonzette hast du das denn? Oder war es ein Comic?"

„Streich das Attribut ‚ehemalig'!"

„Oh, du weißt, was ein Attribut ist? Du machst mich glücklich, Schatz! Mir wäre lieber gewesen, du hättest mich heute Nacht glücklich gemacht. Ich bin weder eine gefühllose Gummipuppe noch eine billige Hafennutte!"

„Wer bist du dann?"

„Jedenfalls keine Frau, die sich einfach vergewaltigen lässt und das hättest du getan, wenn ich mich gewehrt hätte. Oder?"

Er ließ sie gegen eine Mauer aus Eis laufen: „Ja!"

Sie stieß sich mit den Händen von der Arbeitsplatte ab, ging mit einem Hüftschlenker in die Knie und nahm die Milch aus dem Kühlschrank. Sie stellte sie neben die Ananas auf den weißgrau gesprenkelten Marmor, griff mit einer langsamen, wie abgezirkelt wirkenden Bewegung nach einer Kiwi und nahm ein Obstmesser aus dem kleinen Ständer auf der Anrichte vor ihr. Erst jetzt zischte sie wütend über die Schulter: „Warum?"

„Tom Breedlove." Er spuckte ihr den Namen ihres Bruders zwischen die schmalen Schulterblätter.

Die Hand, mit der sie die Kiwi hielt, verharrte mitten in der Bewegung. Wie in Zeitlupe drehte sie sich zu ihm herum und in ihrem immer kühl und beherrscht wirkenden Gesicht spannten sich die Wangenmuskeln. „Wie ...", begann sie und brach ab.

„Das geht dich nichts an. Du willst dich an Wielander rächen, für das, was er deiner Familie angetan hat. Kann ich verstehen. Doch du schmeißt dich mir an den Hals. Deine Erklärung?" Er bekam die Zähne kaum auseinander bei seinen Worten.

„Was ...", sie holte tief Luft. „Vielleicht wollte ich endlich einen Mann, der mich nicht nur benutzt und der mich nicht nur für sein Ego haben will wie ein

Hirschgeweih, dass man nach einem erfolgreichen Abschuss an die Wand nagelt? Ein Mann, an den ich mich auch einmal anlehnen kann, ohne Angst haben zu müssen, umzufallen?"

Etwas in ihm hätte ihr gerne geglaubt. Etwas, dass von dem jungen Informatikstudenten übriggeblieben war, der sich noch immer an den Erdbeergeschmack des ersten Kusses seiner großen Liebe erinnerte. Doch nur für einen Augenblick und dann spannten sich seine Wangenmuskeln wieder. Am nächsten Tag hatte er sich umsonst den Arsch auf dem Hamburger Kiez beim Warten auf den zweiten Kuss abgefroren. Sie war an ihm vorbeigegangen, achtlos und mit ihrer Hand in der Hand eines reichen Schnösels. Einen Tag später hatte man ein junges Liebespaar in der Nähe der Landungsbrücken im eiskalten Wasser der Elbe treibend gefunden. Es war der Tag gewesen, an dem seine Gangsterkarriere begonnen hatte.

Er riss sich aus seinen Erinnerungen und knurrte: „Falsche Antwort. Nach dir drehen sich Männer um, die sich alles mit ihrem Geld leisten können, nur eben nicht eine Frau wie dich. Du hast etwas an dir, was jeden Kerl in deiner Nähe zu einem vor Testosteron sabberndem Vollidioten macht und du lässt Wielander deinen Körper benutzen, um damit Verträge zu bekommen. Du tust nichts, absolut nichts, ohne dafür eine Gegenleistung zu verlangen. Welche wolltest du von mir?"

Sie verlagerte ihren Körper ein wenig zur Seite und tastete hinter ihrem Rücken mit der Hand herum. „Was ist mit meinem Bruder?"

„Beantworte meine Frage!"

Statt zu antworten, zog sie die Schublade mit den Küchenmessern auf, die Geschwindigkeit, mit der sich ihre Brüste beim Atmen hoben und senkten, erhöhte sich und ihr ganzer Körper schien plötzlich unter Spannung zu stehen.

Ihre suchenden Hände entgingen nicht seinem Blick und sein Gesicht nahm einen fast träumerischen Ausdruck an, wie jemand, der die Karten für ein lange vermisstes Spiel mischt. Er schob seinen Stuhl ein Stück vom Tisch zurück. „Ich warte!", sagte er.

„Worauf?", fragte sie, als wüsste sie nicht, was er gemeint hatte und knickte die linke Hand hinter ihrem Rücken am Handgelenk ein.

„Dass du das Messer da hinter deinem Rücken wirfst. Vier Meter, und wenn du so gut bist, wie dein Bruder behauptet, ist das deine Chance. Deine Einzige. Vertue sie nicht!" Er lächelte, die Augen zu Schlitzen zusammengekniffen und es war, als fletschte ein Pitbull seine Zähne.

„Du Drecksau!", zischte sie ein und tückisches Licht blitzte in ihren Augen auf. Sie tat nichts, was ihn hätte warnen können. Mit auswärts gedrehtem Ellenbogen schleuderte sie das Messer aus dem Handgelenk wie eine Frisbeescheibe. Es wirbelte knapp an seinem Hals vorbei und der schmetternde Schlag, mit dem es gegen den Türrahmen krachte, hallte noch durch die Küche, da hatte sie bereits ein zweites Messer in der Hand.

Er lachte sie aus. Er hatte nie in wirklicher Gefahr geschwebt und das gewusst. Die Augen eines Killers sahen anders aus als die von Sylvie Skagen. Und selbst wenn - seine Reflexe wären gut genug gewesen, ihrem Messer auszuweichen. Jemand, der immer ein klein wenig besser gewesen war als er, hatte ihm einmal eine bittere Lektion erteilt: der Captain. Sie stand neben anderen Dingen auf einer Rechnung, die er nie mehr begleichen konnte. „Weder provozierende Worte, die Augen oder irgendwelche sich bewegenden Körperteile sind es, die dich töten können, Ragnar. Es ist immer die Waffe, und die hättest du im Blick behalten sollen," hatte er gesagt. Diese Lektion hatte Borg nie vergessen, weil sie ihn so sehr geärgert hatte und deshalb auch Sylvies Messer keine Sekunde aus den Augen gelassen.

Mit der linken Hand zog er den Sportteil der Zeitung zur Seite, die Pistole darunter war genau auf sie gerichtet und sein rechter Zeigefinger lag am Abzug. „Versuchs nochmal. Vielleicht hast du beim zweiten Mal mehr Glück", provozierte er sie.

Sie starrte mit ungläubig aufgerissenen Augen auf die Waffe und das Messer in ihrer zum Wurf erhobenen Hand begann zu zittern. Nur ein wenig, doch er registrierte es. Er hob beide Hände in Schulterhöhe und sagte: „Ich mache es dir leicht. Letzte Chance, sonst schieße ich!"

Mit einem Ausdruck im Gesicht, als ekle sie sich, drehte sie sich um und warf das Messer wieder in die Schublade. Mit einem provozierenden Hüftschwung drehte sie sich dann wieder zu ihm, bog ihren Oberkörper ein wenig nach hinten, sodass ihre Brüste noch mehr zur Geltung kamen, und höhnte mit abfällig nach unten gebogenen Mundwinkeln: „Ich mache deine Machospielchen nicht mit. So kaltschnäuzig, auf die halb nackte Frau zu schießen, der du noch vor ein paar Stunden die Seele aus dem Leib ficken wolltest, bist du nicht. Dazu fehlt dir der Mumm, du ..."

Er schoss ihr in den Bauch. Die beiden Projektile der Tasertron bissen sich in Sylvies Haut, entluden im Bruchteil einer Sekunde ihre gespeicherte Energie in ihren Körper und wie von einem Hammer getroffen, brach sie unter dem Stromschlag zusammen.

*

Zurückgelehnt in seinem Stuhl, blickte er mit dem Gesichtsausdruck eines Kindes, das einen Schmetterling gefangen hat und überlegt, ob es ihm die Flügel ausreißen soll, auf die am Boden zuckende Sylvie. Eine Tasertron M-31 war eine Elektroschockwaffe und dafür ausgelegt, einen Angreifer auf kurze Entfernung zuverlässig zu stoppen, ohne ihn gleich zu töten oder schwer zu verletzen. Sie richtete keinen großen Schaden an, es sei denn, man hatte ein schwaches Herz oder trug einen Herzschrittmacher. Doch ein Treffer mit ihr tat höllisch weh und wer einmal eine Ladung abbekommen hatte, würde den Teufel tun, sich noch eine Zweite einzufangen.

Die Kaffeemaschine meldete sich mit einem sanften „Ding-Dong" und der Geruch von frisch gebrühtem Kaffee stieg ihm in die Nase. Er schob seinen Stuhl zurück, stieg achtlos über Sylvie hinweg und füllte sich eine Tasse fast bis zum Rand mit dem schwarzen Gebräu. Dann warf er noch drei Zuckerstücke hinein und hob die Tasse von der Arbeitsplatte bis in seine Augenhöhe. Die Oberfläche der Flüssigkeit zitterte nur minimal, er nickte zufrieden, nahm einen Schluck und ging zurück zu seinem Platz.

Sylvies Blick klärte sich und sie versuchte, sich vom Fußboden hochzustemmen. Er setzte die Kaffeetasse ab, war mit zwei schnellen Schritten bei ihr und fesselte ihre Hände mit einem Kabelbinder auf den Rücken. Ihr pheromongesättigter Schweißgeruch mischte sich in den Kaffeeduft und heftiger als nötig zerrte er sie vom Fußboden hoch. Der Hormoncocktail in seinem Blutkreislauf schrie danach, sie auf den Küchentisch zu knallen, ihr die Beine zu spreizen ...

Er schubste sie auf den Stuhl, der seinem gegenüberstand, schlug ihr zweimal nicht sehr zartfühlend ins Gesicht und schnipste mit den Fingern vor ihren Augen. „Na, wieder ansprechbar?"

Sylvie stöhnte und Wut verdrängte die Trübheit in ihrem Blick. „Du Drecksau!"

„Also ja." Er ging zu der Arbeitsplatte unter dem Fenster, nahm sich eine Orange und setzte sich ihr gegenüber. „Wenn du dich an Wielander rächen willst, warum hast du es nicht schon längst getan? Du bist seit einem halben Jahr seine Chefsekretärin und hättest zehnmal an ihn herankommen können."

„Leck mich!"

Er lachte ohne wirklichen Humor. „Das ist schon okay. Den Job hast du ganz gut gemacht bei mir. Das und Sprüche machen ist aber alles, was du kannst. Es ist ein Unterschied, ob man einen Menschen in einem Wutanfall umbringt oder aus logischen Erwägungen und ihm dabei auch noch in die Augen schaut. Dazu muss man nicht nur ausgebildet sein, sondern benötigt auch eine besondere Art von Mut, den man nicht lernen kann. Du bist weder dazu ausgebildet noch hast du diesen Mut. Du brauchst einen Trottel, der für dich die Kohlen aus dem Feuer holt. Das habe ich beim ersten Blick in deine Augen vorhin gewusst. Du kannst nur Theater spielen und genau deswegen lebt Wielander noch. Du dachtest, dass du mich so weit bringen könntest, es für dich zu tun. Kommt das in etwa hin?"

Sylvie antwortete nicht und Borg blickte auf seine Uhr. „Mir ist der Spaß an deinen Spielchen vergangen. Ich habe für deinen Bruder ein nettes Plätzchen gefunden, an dem ihm nichts passieren kann und ihn keiner stören wird. Wenn du ein Foul begehst bei dem, was ich vorhabe, lasse ich ihn töten. Dein Sohn und dein Mann sind schon über den Jordan und deinen Bruder und dich hinterher zu schicken, wird mir keine schlaflosen Nächte bereiten."

Tränen liefen ihr aus den Augen. „Du hast Tom? Woher weiß ich, dass du mich nicht anlügst?"

„Ich lüge dich an. Aber du weißt nicht, welches die Lüge ist. Vielleicht habe ich deinen Bruder schon getötet, oder ich werde ihn so oder so deiner Familie hinterherschicken und dich auch. Doch nichts davon weißt du genau, du kannst dir nicht sicher sein und so wirst du dich an das Einzige klammern, was ich dir lasse - die Hoffnung."

Sie antwortete nicht. Nur in ihren Augen glomm stiller, wütender Hass.

Mit einem Schulterzucken nahm er es hin. „Es gehört eine beneidenswerte Selbstbeherrschung dazu, jeden Tag für den Mann zu arbeiten, der die eigene Familie hat auslöschen lassen. Warum hast du ihn nicht getötet?"

„Mach mir die Hände los und gibt mir ein Glas Wasser!"

Er stand auf, füllte aus der Leitung ein Glas und hielt es ihr an den Mund. „Die Hände bleiben gefesselt. Ich bin nicht neugierig darauf, zu erfahren, was du noch alles damit anstellen kannst. Wenn ich sicher bin, dass du wieder dein Gehirn benutzt, mache ich dich los."

Sie spuckte ihm das Wasser ins Gesicht.

Er zuckte zurück, ein bösartiges Glitzern trat in seine Augen und er schlug zu, immer wieder, hart und mit der flachen Hand. Die Schläge rissen ihr den Kopf hin und her und ihre Lippen platzten auf, doch sie gab keinen Ton von sich. Schließlich ließ er von ihr ab, nahm ein Küchenhandtuch und wischte ihr nachlässig das Blut ab. Dann ließ er sich wieder auf dem Stuhl ihr gegenüber nieder und nahm die Tasertron in die Hand. „Ich kann dir weiter mit meiner Hand die Fresse polieren oder ich kann dich hiermit grillen, bis du leuchtest wie eine Magnesiumfackel."

Er hob die Waffe, richtete sie auf Sylvies Gesicht, und ließ sie dann wieder sinken. „Will ich aber nicht. Ich will, dass du mitdenkst, also krieg deine Hormone in den Griff!"

„Was willst du?" Sie fuhr sich mit der Zunge über die blutenden Lippen.

„Beantworte meine Frage!"

Sie hob die Schultern und verzog das Gesicht. Der Stromschlag und die Hiebe Borgs zeigten Wirkung. Sie räusperte sich. „Der Tod wäre zu einfach für die Schweine. Wielander hat sich das ausgedacht und Mikkelsen hat das genehmigt. Sie sollen leiden, alle beide. Ich will, dass sie alles verlieren und erst, wenn sie ganz unten sind, dann werde ich sie töten!"

„Ah ja. Und diese Gelegenheit wird sich von ganz alleine einstellen, einfach so. Mikkelsen ist ein kleinwüchsiger Kotzbrocken mit einem ganzen Heer von Bodyguards und Wielander ein durchgeknallter Psychopath, aber beide machen ihren Job verdammt gut, sonst wären sie nicht da, wo sie sind. Kleine Mädchen wie dich fressen sie im Dutzend jeden Morgen zum Frühstück. Welche Rolle spiele ich dabei?"

„Vor einigen Monaten gab es ein Führungsmeeting mit den Sektionschefs und Hakonsen. Du wirst der nächste CEO, damit gehst du nach Schwerin und wirst

Wielanders Stellvertreter." Sylvie verzog die Lippen. „Ich dachte mir, es wäre vielleicht hilfreich, einen Freund zu haben, der der Boss von zweihundert tollwütigen Killern ist."

Borg nickte. „Sie sind nicht ‚tollwütig'. Es sind Profis, die für Geld und etwas, was du nicht verstehst, die Drecksarbeit für andere erledigen. Tatsächlich übernehme ich in drei Wochen den Posten des ‚Chief of external Operations' und verlege mein Hauptquartier nach Schwerin. Aber warum wolltest du mich dann eben umbringen?"

„Wenn du weißt, wer ich bin, wirst du es Wielander und Mikkelsen sagen."

Borg betrachtete sie mit dem gleichen Blick, wie er auch ein seltenes Insekt angeschaut haben würde, und schüttelte den Kopf. „Du hast wirklich geglaubt, du könntest mich umdrehen?"

Sylvie richtete sich im Stuhl auf, reckte ihre Brüste nach vorn und versuchte ein verführerisches Lächeln. Doch so zerschunden, wie sie war, misslang ihr das gründlich und übrig blieb nur eine Grimasse.

Er lachte ohne echten Humor. „Ihr Weiber seid doch alle dämlich. Bloß, weil ihr einen Arsch und Titten habt und damit wackeln könnt, denkt ihr, ihr könnt mit uns machen, was ihr wollt. Ich habe dich das spielen lassen, weil es mir Spaß gemacht hat. Der Spaß ist vorbei, zumindest für dich. Meiner fängt jetzt an."

Sylvie sank in sich zusammen. Sie hatte nichts, was sie gegen Borg tun konnte und ihr Messerwurf war eine reine Panikreaktion gewesen. Sie hätte mit einem normalen Mann fertig werden können. Doch Borg war kein normaler Mann. Er war ein Killer.

„Und nun? Lieferst du mich Wielander aus?", fragte sie und die Verzweiflung in ihrer Stimme war echt.

Borg grunzte abfällig. „Pff, wer ist Wielander? Das, was er mit dir machen würde, kann ich besser und ich hätte noch Spaß dabei."

Er betrachtete sie in ihrem zerrissenen Negligé mit einem Blick, der sie frösteln machte.

„Drecksau!", sagte sie wieder.

„Du solltest an deinem Wortschatz arbeiten. Du bleibst weiter die Vorzimmermieze von Wielander, sammelst Daten und reichst sie mir weiter."

Ungläubig starrte Sylvie ihn an. „Aber warum? Ich dachte ..."

„Du dachtest, ich wäre der Pitbull der Firma, der nichts anderes als beißen kann. Ich habe mir auch viel Mühe gegeben, dass alle so denken." Er stand auf und was sie dabei in seinem Gesicht sah, machte ihr Angst.

„Wir haben genug geredet." Er packte sie am Oberarm, riss sie vom Stuhl hoch und schnitt ihre Fessel durch. „Geh dich waschen und dann will ich endlich frühstücken. So viel Aufregung auf nüchternen Magen kann ich nicht ausstehen."

„Du scheinst dir sehr sicher zu sein. Hast du keine Angst, dass ich dich hinterher im Schlaf umbringe?"

„Du wirst mich nie mehr schlafend sehen. Ich rede nicht von Ficken, sondern von Essen. Nach dem Frühstück verpisst du dich und ich kontaktiere dich erst wieder, wenn ich nach Schwerin komme."

„Und wenn Mikkelsen und Wielander dahinterkommen?"

„Beide sind nichts anderes als Schreibtischtäter und das Einzige, was sie können, ist kommandieren. Wie es draußen läuft, davon haben sie keine Ahnung, denn dafür haben sie Leute wie mich. Und die Großen von den Hyänen, die da noch herumlaufen, kenne ich alle und da gibt es nicht viele, die mir das Wasser reichen können. Ich hatte einen guten Lehrer."

Sylvie erhob sich und wankte zum Anrichttisch. Dort hielt sie sich einen Moment an der Kante fest, holte mehrmals tief Atem und griff nach einer Banane. Etwas war in den letzten Worten Borgs gewesen, dass sie neugierig gemacht hatte. Der Ragnar Borg, den sie kannte, hatte vor nichts und niemandem Respekt. Anscheinend gab es aber doch jemanden, den er fürchtete und derjenige interessierte sie brennend.
„Wer war das?"

Borg schob das letzte Stück seiner Orange in den Mund, kaute und sagte dann: „Der härteste und rachsüchtigste Mann, der mir je begegnet ist. Das Perverdrinkartell hatte einen hohen Preis auf seinen Kopf ausgesetzt, vorzugsweise ohne den dazugehörigen Körper. Wir haben ein paarmal zusammengearbeitet, als ich noch auf der anderen Seite stand. Er war der geborene Killer, ein absoluter Instinktkrieger, wie ich vor und nach ihm nie wieder einen getroffen habe. Jede Falle, die sie ihm gestellt haben, hat er gerochen und fast im Alleingang das ganze Kartell ausgelöscht. Er hatte nur eine Schwäche - er glaubte, dass er das für Recht und Gesetz täte und dachte, er würde etwas Gutes tun. Er hatte zu spät begriffen, dass man ihn genauso benutzt hat wie uns alle."

„Das hört sich an, als würdest du ihn bewundern."

„Bewundern? Nein. Ich arbeite im Hintergrund, weil ich keine Rauchsäulen mag und die gab es bei ihm immer. Ich bin ein Spieler, ziehe meine Fäden und lass die Puppen tanzen."

Er blickte über Sylvies Kopf hinweg ins Nirgendwo. „Aber das ist eine Weile her, ich war dabei, als er starb und so werde ich nie wissen, wer der Bessere ist."

„Geht es darum? Wer der Beste ist?"

„Um was sonst? Den höchstmöglichen Punkt über allen anderen zu erreichen, da, wo mich jeder respektiert und niemand mich mehr kommandiert - nichts anderes zählt."

„Du bist wahnsinnig! Dazu müsstest du Hakonsen von seinem Firmenthron stoßen."

Sylvie schauderte. Johannes Hakonsen, der alleinige Besitzer von NordicSF, war eine lebende Legende. Nie in Frage gestellt, hatte er die Firma in zehn Jahren an die Weltspitze geführt und es gab niemanden, der auch nur zu denken gewagt hätte, er könnte etwas gegen ihn unternehmen.

Borg sah sie wortlos an, doch in seinen Augen schien für einen winzigen Moment ein wildes Feuer aufzuflackern.

*

Von Blitzen erleuchtet, flutete der Wolkenbruch sowohl das Rollfeld als auch die Zufahrtsstraße zum Flughafen. Christian beobachte von seinem Lieblingsplatz aus, nicht weit von der Bar entfernt, hinter der Nicole gerade die letzten Gäste abkassierte, das Toben der Naturgewalten draußen vor den Panoramascheiben des Bistros. Eigentlich hatte er bereits zu Hause sein wollen, aber der Zusammenstoß mit Mettler brannte wie Säure in seinem Magen, und weder das Bier, das Nicole ihm hinstellte, noch ihr Lächeln, das sie ihm manchmal zuwarf dabei, änderten etwas daran. Auch nicht das Zweite und ebenso wenig das Dritte. Ihm klangen die Worte seines Vaters im Ohr: „Arbeit macht glücklich oder krank, und wenn dir die Arbeit keinen Spaß macht, such dir eine andere."

Wenn es nur so einfach gewesen wäre ...

„Na, brauchst du mal wieder eine Seelenmassage?" Nicole hatte die letzten Gäste verabschiedet und setzte sich zu ihm an den Tisch.

Er zuckte die Schultern. „Gibt es das überhaupt? Eine Seele? Wir funktionieren im Rahmen unserer genetischen Parameter. Selbst wenn es sie gäbe - wie wolltest du sie massieren?"

„Indem ich dir Aufmerksamkeit schenke und dir zuhöre? Dir zeige, dass du wichtig bist? Dich ernst nehme? Natürlich brauchst du das alles nicht, du bist ein großer, starker Mann und funktionierst nur im Rahmen deiner genetischen Parameter." Jetzt feixte sie und zeigte dabei eine Reihe kleiner, perlweißer Zähne: „Warum, hattest du gesagt, bist du jetzt hier und nicht nach der Arbeit gleich nach Hause gefahren? Du hast doch nicht etwa Angst vor der Einsamkeit, oder?"

Er stieß heftig die Luft durch die Nase aus. „Ich wollte in Ruhe ein Feierabendbier trinken und keine Sitzung bei einer Psychotherapeutin!"

Ihr Lachen verschwand wie weggewischt und sie beugte ihren Oberkörper näher zu ihm. „Nein, wolltest du nicht! Das hättest du auch zu Hause tun können. Wie immer wolltest du mit mir reden und auch wie immer, konntest du es nicht direkt sagen, du ach so harter Mann. Dann hättest du nämlich zugeben müssen, dass du Gefühle hast. Sag mir ins Gesicht, dass ich Unrecht habe!"

Sie schaute ihm fest in die Augen und er wich ihrem Blick nicht aus. Ihre Freundschaft hatte sich irgendwie durch seine regelmäßigen Besuche hier entwickelt. Er mochte Nicole und war sich sicher, dass das auch andersherum galt.

Mit ihrer Figur und vor allem ihrem Lächeln hätte sie bei einer Misswahl trotz ihrer vierzig Jahre mühelos jede Konkurrentin vom Laufsteg fegen können, und es hatte eine Weile gedauert, bis er begriffen hatte, dass sie mehr zu bieten hatte als ihr Äußeres. Hinter ihren großen Brüsten schlug ein ebenso großes Herz, und die Bemerkungen über ihre Gäste, die Nicole ihm gegenüber manchmal fallen ließ, zeigten ihm, welch scharfen Verstand sie besaß.

Zweimal hatte er mit ihr geschlafen, aber mehr war nicht daraus geworden. Sie war Krankenschwester gewesen, bevor das städtische Klinikum an eine private Aktiengesellschaft verkauft worden war und im Zuge der profitorientierten Personaloptimierung des neuen Unternehmens war sie wie viele andere ihrer Kolleginnen „sozialverträglich" entsorgt worden. Seitdem verdiente sie sich ihr Geld hier auf dem Flughafen.

Irgendwie schien sie heute ein wenig gereizt und so lenkte er das Thema auf etwas Unverfängliches. „Gibt es etwas Neues bei den Herren des Flugplatzes?"

„Mettler muss dir ja wirklich auf den Nerv gegangen sein, wenn du es mit Small Talk versuchst. Aber da bist du bei mir an der falschen Adresse. Auch wenn ich wie das geschwätzige Blondchen aussehe ...", sie strich sich mit beiden Händen über ihre langen Haare und klimperte mit den Wimpern, „muss ich mich doch an die Regeln halten. Also keine Betriebsgeheimnisse.

Aber vielleicht weißt du ja noch nicht, dass vor drei Wochen bei Nordic etwas richtig schiefgegangen zu sein scheint und Mikkelsen die Basisstation in der Antarktis erweitern lässt."

Er zuckte die Schultern. Ryland Mikkelsen war der große Boss der Deutschlandsektion von NordicSF und residierte ganz oben im Nordic-Tower am Pfaffenteich in Schwerin. Vom vierzigsten Stock war es nicht mehr weit bis zu Gott. Wenn der Mann einmal hustete, suchte ganz Schwerin nach einem Taschentuch einschließlich des Bürgermeisters. Nachdenklich sagte Christian: „Das passt zu dem, was im Moment auf dem Flughafen passiert. Nach außen hin hat sich nichts geändert, aber die Sicherheitsleute von NordicSF sind auf einmal wie zugeknöpft. Früher konnte ich mit ihnen fachsimpeln oder einfach nur einen Schwatz machen, aber seit einiger Zeit ist das vorbei. Sie benehmen sich, als wären wir alle Verbrecher, die sie nur noch nicht erwischt haben und nicht Kollegen. Wenn man sie fragt, geben sie keine Antwort, sondern schauen einen an, als mäßen sie mit den Augen, wie groß der Sarg für dich sein müsste."

Das Feixen in Nicoles Gesicht erschien wieder. „Sie haben also Zukunftsängste, Herr Svensson und fühlen sich nicht ausreichend beachtet. Sie werden es nicht glauben, aber das geht rund sieben Milliarden Menschen so. Reichen 25 Tabletten Sympathin oder wollen Sie gleich eine Großpackung mitnehmen?"

Er knurrte: „Hast du auch etwas gegen das Gefühl, täglich mindestens einmal kotzen zu müssen?"

Erstaunt blickte er auf ihre Hand, die sie ihm plötzlich auf den Arm legte. „Solange du nichts anstellst, was dazu führt, dass du es vor dem eigenen Spiegel tun musst, wird hier immer ein Platz für dich sein, Christian."

Er sah sie mit hochgezogenen Augenbrauen an und zögerlich, als bedürfe es einer besonderen Anstrengung, nahm sie die Hand wieder von seinem Arm.

Sie räusperte sich, als müsste sie sich zum Sprechen zwingen und ihre Worte klangen traurig: „Sex ist okay, aber nur keine Intimitäten? Ich vergaß, bitte entschuldige. Weißt du, in unserer zweiten Nacht bist du im Morgengrauen mit einem Schrei aufgewacht und in deinen verdrehten Augen habe ich nur noch das Weiße gesehen. Wenn du schläfst, rollst du dich zusammen wie ein Fötus im Mutterleib. Das tut kein Mensch, den nicht irgendwelche Geister seiner Vergangenheit in den Wahnsinn treiben."

„Habe ich dir weh getan?"

„Nein. Ich glaube nicht, dass du das überhaupt könntest. Aber das ist es ja. Du bist ein Bär von einem Mann und wer mit dir zu tun hat, käme nie auf den Gedanken, dass es etwas gibt, was dich aus der Bahn werfen könnte. Mit deiner breiten Brust und deiner ruhigen Art bist du der Traum einer jeden Frau. Und dann sehe ich, dass dieser Fels in der Brandung eines jeden Sturms nur auf tönernen Füßen steht, dass das alles nur Show ist. Das war es, was mir weh getan hat."

„Warum hast du es mir nie gesagt?"

Wieder sah sie ihn mit diesem Blick an, der ihm unter die Haut ging. „Weil du dann nie wieder ein Bier bei mir trinken gekommen wärst."

Da hatte sie Recht. Für einen Moment griff er nach ihrer Hand und drückte sie kurz, so, wie man die Hand eines Freundes drückt, dem man Mut machen will. Es war alles, was er in diesem Moment für sie tun konnte, wollte er nicht lügen. „Es würde nicht funktionieren. Und du weißt das."

Ihr Lächeln erlosch und eine Sekunde wirkte sie enttäuscht, als hätte er mit seinen Worten eine Hoffnung zerstört, die sie hegte. Dann zog sie ihre Hand weg und seufzte: „Du siehst, als Psychotherapeutin bin ich nicht wirklich geeignet. Ich bin wohl nicht objektiv genug in deinem Fall. Vergiss, was ich da gerade gesagt habe, ja?"

Sie schüttelte ihre langen blonden Haare, als ärgere sie sich über sich selbst. „Hey, hörst du mir überhaupt zu?"

Er hatte an ihr vorbei in Richtung Flugfeld geblickt. Jetzt stand er auf, ohne auf ihre Frage zu antworten und stellte sich an eines der Panoramafenster. Auf der Piste rollte eine AR-120 aus, ein Kurierflugzeug, das außer einer Strahlturbine auch noch ein Feststofftriebwerk besaß, das es ihm erlaubte, mit fünffacher Schallgeschwindigkeit durch die Stratosphäre zu jagen. Die extrem teure Maschine setzte man nur ein, wenn Zeit der alles entscheidende Faktor war und die enormen Kosten dagegen in den Hintergrund traten.

NordicSF besaß zwei dieser Flugzeuge, benutzte sie aber nur selten. Selbst Mikkelsen flog nur mit einem Learjet, wenn auch mit dem besten und schnellsten, den man für Geld bauen lassen konnte. Es erstaunte Christian, dass ein ganzes Empfangskomitee aus Sicherheitsleuten und zwei schwarzen und wahrscheinlich gepanzerten Geländewagen auf die Maschine wartete. „Weißt du, wer da gerade ankommt?", fragte er Nicole und ließ den Jet nicht aus den Augen. Die Luke wurde geöffnet, er setzte seine Visorbrille auf und justierte sie auf Nachtsicht und maximale Vergrößerung.

„Für heute ist nichts angekündigt und mit der AR-120 lässt Mikkelsen entweder frische Muscheln aus Japan einfliegen oder der ganz große Chef, Hakonsen, hat sich angesagt. Bei dem Aufgebot an Sicherheit tippe ich auf Letzteres", antwortete Nicole. Sie hatte sich zu ihm gesellt und beobachte wie er den Auflauf auf dem Flugfeld. Wenn seine kalte Reaktion eben sie erzürnt hatte, so ließ sie es in ihrer Antwort nicht durchklingen.

Er drehte kurz seinen Kopf zu ihr. „Lass mich mal einen Blick auf dein Terminal werfen!"

Sie schüttelte den Kopf. „Brauchst Du nicht, den Flugplan für heute habe ich im Kopf. Die Maschine da ist ein Gespenst. Sie ist nicht angemeldet und auch nicht gelandet - zumindest nicht offiziell. Vielleicht solltest du besser Deine Brille wieder absetzen, falls jemand von den Nordicleuten hier noch ein Bierchen trinken kommt hinterher. Die mögen es gar nicht, wenn man zu neugierig ist. Oder hast du einen Scheinwerfer gesehen, der die Szene ausgeleuchtet hat?"

Wahrscheinlich hatte sie Recht und er ließ seine Brille wieder in der Tasche verschwinden. Zwar gab es die offizielle Polizeigewalt, aber in Wirklichkeit bestimmte NordicSF, was auf dem Flughafen geschah, und die Leute von den berüchtigten SIT waren nicht gerade für Zimperlichkeit bekannt. Er knurrte: „Ich habe keine Angst vor denen. Immerhin gibt es so etwas wie Recht und Gesetz. Zumindest laut Mettler."

Nicole blickte ihn an und er registrierte erstaunt, wie ernst sie dabei aussah: „Das solltest du aber, glaub mir. Mettler vertritt Recht und Gesetz genau so lange, wie es seinem Weiterkommen nutzt. Dreh das mal um. Was glaubst du, wer sein Bankkonto auffüllt auf einem Flughafen, der quasi NordicSF gehört? Schon mal darüber nachgedacht? Komm, ich mach dir noch ein Bier."

Widerwillig folgte er Nicole. „Was ist nur aus Schwerin geworden? Millionäre, Waffenhändler wie Mikkelsen und korrupte Bürokraten bestimmen, was geschieht und niemand unternimmt etwas dagegen. Man sollte sie alle in einen großen Sack stecken und draufhauen."

Er trank das letzte Bier in einem Zug aus, tippte eine Zwanzig in das Zahlfeld vor ihm und gab Nicole seine EC-Karte. Sie schüttelte den Kopf und hielt die Hand auf. Seine Stimmung ging weiter nach unten. „Funktioniert das Lesegerät nicht? Ich schleppe doch kein Bargeld mehr mit mir rum."

„Ich will deinen Autoschlüssel."

„Brauche ich jetzt schon eine Mami, die auf mich aufpasst?"

Nicole schmunzelte. „Manchmal schon. Ich kenne Mettler ein paar Jahre länger als du. Er ist zwar ein Arsch, aber ein ziemlich cleverer. Er will dich abschießen, und wenn du jetzt noch bei einer Kontrolle auffällst, war es das für dich. Also gib schon den Schlüssel her."

Sie winkte mit dem Finger, und widerwillig rückte er den Wagenschlüssel heraus. „Kennst du die Frau auf dem Foto auf Mettler Schreibtisch?"

„Ja, ich kenne sie und ich kenne auch das Bild von ihr, das bei Mettler steht. Ich bringe ihm manchmal einen Kaffee vorbei. Warum willst du das wissen? Frauen sind dazu da, um Probleme zu lösen, die es ohne sie nicht gäbe, sagst du immer."

„Es gibt Gerüchte ..."

„... die dich noch nie interessiert haben." Nicole hob ein wenig den Kopf. „Mit dir stimmt etwas nicht."

„Mich interessiert, was sie für ein Mensch ist. Auf dem Foto hatte sie einen Ausdruck im Gesicht, der seltsam war. Warum stellt sich Mettler ein Foto auf den Tisch mit einer Frau, die so falsch lächelt?"

„Es ist seine Frau."

„Was?!"

„Er hat sie vor einigen Jahren im Stillen geheiratet, doch sie haben nie wirklich zusammengelebt. Kurz nach der Hochzeit wurde sie in die psychiatrische Abteilung des Klinikums eingeliefert, in dem ich damals als Krankenschwester gearbeitet habe. Nach ihrer Entlassung zog sie in eine eigene Wohnung. Mettler ist noch immer verknallt in sie und deswegen steht ihr Foto noch auf seinem Schreibtisch. Solltest du Gerüchte über ihre Vorliebe für Lack und Leder und den dominanten Part bei ihren Spielchen gehört haben - sie stimmen. Sie hat eine dunkle Seite. Eine sehr dunkle Seite."

Er antwortete nicht, sondern schaute sie nur weiter an. Die Fältchen um ihre Augen verschwanden und ihr Blick wurde weicher. „Stell dein weißes Roß wieder in den Stall und schlag sie dir aus dem Kopf. Solltest du ihr jemals begegnen, lauf so schnell und so weit weg, wie du nur kannst. Diese Frau ist gerade für Männer wie dich viel gefährlicher, als es Mettler je sein könnte - aber auch viel gefährdeter, denn sie ist schwer krank."

Nicole hatte mit einem tiefen Ernst gesprochen, wie er ihn so bei ihr noch nie gehört hatte. Meinte sie es ernst oder hatte er sie nur verärgert, weil er kurz zuvor ihr verstecktes Angebot abgelehnt hatte? Er schaute sie an und ihr Gesichtsausdruck sagte ihm, dass er zu diesem Thema keine weitere Auskunft von ihr bekommen würde.

Er zuckte die Schultern, griff nach seiner Jacke und stand auf. „Es ist nur ein Foto, nichts weiter. Schwerin hat zweihunderttausend Einwohner, da ist die Wahrscheinlichkeit nicht sehr hoch, ihr zu begegnen. Ich schau mir die Stadt noch ein wenig bei Nacht an. Danke für das Bier und deine Zeit."

Nicole tippte mit dem Finger kurz auf seine Pranke. „Es tut mir leid. Ich wollte keine alten Wunden aufreißen, aber du bist mir nicht ganz gleichgültig. Fahr nach Hause und lass die Toten ruhen, Christian. Batman ist eine Legende, und du änderst nichts, wenn du irgendwelche Nachwuchsgangster verprügelst."

„Bin ich so schlimm, wenn ich wütend bin?"

Sie lachte und es war wieder ein bisschen Sonne in ihrer Stimme: „Schlimmer. Und jetzt mach, dass du nach Hause kommst."

*

Da der Flughafen schon längst geschlossen gehabt hatte, als er aus dem Bistro gestolpert war, hatte er auch noch zwanzig Minuten warten müssen, bis sich endlich ein Taxi sehen gelassen hatte. Er hatte sich auf den Schweriner Dreesch fahren lassen, statt nach Hause, denn er kannte sich gut genug, um zu wissen, dass er innerlich noch längst nicht zur Ruhe gekommen war. Er stampfte die Treppen abwärts zur Endhaltestelle der Straßenbahn in der Hegelstraße und in der gleichen Richtung marschierte auch seine Laune. Zum Dank für seine Einsicht, den Wagen stehen zu lassen, rann ihm der Regen hinter den Kragen seiner alten Lederjacke und er fand, dass es alles in allem ein ziemlich beschissener Tag gewesen war.

Die gelb-blaue Straßenbahn rollte in die Haltestelle, er suchte sich in dem leeren Waggon einen Platz mit gegenüberliegenden Sitzen, damit er Raum für seine langen Beine hatte, und versuchte in seinem Kopf einen Break aus seiner Stimmung zu schaffen. Er dachte darüber nach, warum diese Gegend hier eigentlich „Klein Moskau" hieß.

Vermutlich stammte der Name noch aus der Zeit vor der Wende. Hier hatten die Angehörigen der sowjetischen Garnison gelebt, und viele von ihnen waren geblieben, auch wenn es die Rote Armee nicht mehr hier gab. In ihrer Muttersprache kannten sie sechs verschiedene Möglichkeiten, das deutsche „s" auszusprechen, und maßen den Wodka nicht in Zentilitern, sondern in „Sto Gramm" - wobei sich beides nicht wirklich gut miteinander vertrug. Schwerin war eine, nach deutschen Maßstäben gemessen, kleine Stadt, und wäre sie nicht Landeshauptstadt von Mecklenburg-Vorpommern geworden, wäre ihr wahrscheinlich die Bezeichnung „Provinznest" nicht erspart geblieben.

Man hätte ihr damit Unrecht getan, denn sie war ein Kleinod, und die Menschen, die hier lebten, waren etwas Besonderes mit ihrer unaufdringlichen Freundlichkeit. Wer auch nur einen Tag in der alten Innenstadt verbrachte, verfiel ihrem Zauber, und das lag nicht nur an dem Schloss inmitten des Schweriner Sees oder dem wirklich einmaligen Schlosspark. Wenn es wahr war, dass alles Leben aus dem Wasser stammte, dann musste die Wiege des Lebens irgendwo in einem der sieben Seen in und um Schwerin gewesen sein. Wer sich für die Straßenbahnfahrt entschied, bekam für wenige Euro zu jeder Tages- und Nachtzeit eine Sightseeingtour, egal, mit welcher der drei Hauptlinien er fuhr. Alleen wechseln sich mit Seen mitten in der Stadt ab, renovierte Plattenbauten mit Fassadenmalereien inmitten von Grünanlagen werden abgelöst von liebevoll restaurierten Häusern, die mehr als dreihundert Jahre auf ihren bemoosten Dächern schleppen.

Mit diesen Gedanken genoss er den mitternächtlichen Lichterzauber Schwerins und die entrückte Stimmung, die ihn ergriffen hatte. Es war der Grund, warum er sich hatte nicht direkt nach Hause fahren lassen. Eine mitternächtliche Straßenbahntour durch seine Stadt hatte fast immer diese Wirkung auf ihn und erst die drei Fahrgäste, die am Marienplatz einstiegen, weckten ihn aus seiner Träumerei. Die beiden Männer mochten so um die fünfundzwanzig sein und das Mädchen zwischen ihnen würde ihren achtzehnten Geburtstag erst noch feiern. Alle drei trugen löchrige Jeans, Turnschuhe und das Mädchen hatte ein offenes, rotes Blouson um die Schultern. Sie setzten sich auf den Viererplatz neben ihn auf der anderen Seite des Ganges.

Noch jemand war eingestiegen, und auch wenn derjenige den hinteren Eingang benutzt hatte, den er von seinem Sitz aus ohne Kopfdrehen nicht sehen konnte, so hörte er doch an dem Widerhall der Schritte, den ihre Absätze auf den plastbeschichteten Stahlplatten des Straßenbahnwaggons erzeugten, dass es nur eine Frau sein konnte.

„Boah, wat n geiler Arsch!" Christians Nachbar stieß seinen Kumpel mit dem Ellenbogen an und beide starrten mit bewundernd offenem Mund der an ihnen vorbeigehenden Frau unverblümt auf den Hintern. Ihre Hose aus schwarzglänzendem Leder saß eng wie eine Strumpfhose um den strammen Po und um Schenkel, die für Christians Geschmack ein wenig zu kräftig waren.

Wenn die Frau den Ausruf gehört hatte, ließ sie es sich nicht anmerken. Scheinbar achtlos schritt sie, das Gesicht von rotlockigen Haaren verdeckt, die ihr wie eine Löwenmähne über die Schultern fielen, mit schwingenden Hüften an ihnen vorbei und verhielt im mittleren Einstiegsbereich des Waggons. Mit einer anmutigen Bewegung ließ sie ihr helles Bolerojäckchen von den schmalen Schultern gleiten und eine im Rücken geknöpfte, schwarze Chiffonbluse kam zum Vorschein, die den ebenfalls schwarzen Büstenhalter darunter bestens in Szene setzte. Mit einer Hand fing sie die Jacke auf und griff mit der anderen nach der Haltestange.

Die Türen schlossen sich, die Bahn fuhr wieder an und sie griff mit einer schmalen Hand in einem durchbrochenen Sommerhandschuh aus rotem Leder nach der weißen Haltestange über ihr, und er ertappte sich bei dem Gedanken, dass er gerne ihr Gesicht gesehen hätte. Die Art, wie sie sich angezogen hatte, angefangen von den roten Stiefeletten mit den hohen Absätzen und vor allem die hauteenge Lederhose schrie geradezu „Fick mich!" Doch die nachlässige Arroganz, mit der sie es trug und vor allem ihr stolz erhobener Kopf und der durchgedrückte Rücken schienen genau das Gegenteil zu sagen, nämlich: „Fass mich nicht an!"

Was mochte sie damit bezwecken, in diesem Aufzug nachts alleine mit der Straßenbahn zu fahren? Sie sah nicht danach aus, als könnte sie sich kein Taxi leisten und ganz ungefährlich war es auch nicht ...

„Eh! Du brauchst doch deine Titten nicht vor uns verstecken. Kann man doch vorzeigen, nich?"

Die leicht lallende Stimme riss ihn aus seiner Träumerei und er blickte nach rechts. Einer der Männer auf dem Nachbarsitz grinste das junge Mädchen neben ihm mit einem zahnlückigen Lächeln an, während sie versuchte, seine Hand wegzudrücken, mit der er ihre Brust betatschte. Dann zog sie den Reißverschluss ihres Blousons nach oben. „Lass das Alex!", fauchte sie.

Der, den sie Alex genannt hatte, griff in seine Jackentasche, holte eine Flasche hervor, schraubte den Deckel ab, nahm selbst einen Schluck und hielt sie dann dem Mädchen hin. „Hier trink ,nen Schluck. Macht dich locker Kleine."

Die Kerle mussten schon vorher getrunken haben, sonst hätten sie sich nie getraut, in der Straßenbahn eine Flasche hervorzuholen. Der Fahrer würde sie an der nächsten Haltestelle rausschmeißen – wenn er die Eier dazu haben sollte.

Das Mädchen schob die Hand mit der Flasche zur Seite. „Lass mich in Ruhe, Alex!", wiederholte sie, doch es klang nicht entschieden genug. Eher, als spiele sie ein Spiel, für das sie noch nicht alt genug sein konnte.

Alex schien die Ablehnung nicht zu stören. Er grapschte nach ihrem Knie, und als sie auch da seine Hand wegschob, verpasste er ihr eine Kopfnuss und zischte: „Hab' dich nicht so zickig!"

Es war kein harter Schlag gewesen, eher eine gut gemeinte Ermahnung, nicht so mit ihm umzugehen und in Christian spannte sich etwas.

Das Mädchen fauchte: „Schlag mich noch mal und ich sag es Kevin!"

„Na und? Bloß weil du meinen kleinen Bruder rangelassen hast, wird er sich deinetwegen nicht mit mir anlegen. Trink!"

Widerwillig nahm sie die Flasche und trank einen winzigen Schluck. Die Straßenbahn hielt und Christian wartete auf das Geräusch der sich öffnenden Fahrertür, aber es kam nicht. Also ein Fahrer ohne Eier. Mit brennendem Blick starrte Christian zu den Dreien hinüber und in ihm begann wieder der gleiche Zorn zu brodeln, den er Stunden zuvor gespürt hatte, als er auf Mettler losgegangen war.

„Haste 'n Problem, Alter?" Der Kumpel von Alex stierte herüber.

„Sollte ich?" Ruhig, fast entspannt, hielt Christian dem Blick stand. Er wusste, dass der andere jetzt erwartete, dass er die Augen senkte. Es war so üblich. Sie waren zu zweit, hatten sich Mut angetrunken, und in der Straßenbahn legte sich um Mitternacht niemand mit Typen wie ihnen an. Messer machen hässliche Löcher.

Das Gesicht des Typen zeigte pure Bosheit. „Dann glotz woandershin oder bist geil auf die Kleine?"

Christian hätte wegschauen können und alles wäre erledigt gewesen. Das Mädchen war selbst schuld, wenn sie sich mit solchen Kerlen einließ. Und trotzdem – eine Frau schlägt man nicht. Niemals, unter keinen Umständen.

„Willst Ärger, oder was, Alter?"

Er hätte jetzt aufstehen und den beiden Typen zeigen können, mit welchem Kleiderschrank sie sich gerade anlegen wollten und die Situation wäre bereinigt gewesen. Leute wie sie kniffen den Schwanz ein, wenn sie ernsthaften Widerstand auch nur rochen. Doch etwas in ihm wollte, dass die Situation eskalierte und so blieb er scheinbar entspannt sitzen, die Hände auf den Oberschenkeln, die Knie leicht geöffnet und wendete sich nur ein wenig mehr zum Gang. Dann sagte er ruhig: „Ja, will ich."

Die beiden blickten sich einen Moment an, dann sagte Alex zu seinem Kumpel: „Ich glaube, der braucht eine Lektion!" Beide nickten sich zu, sprangen auf und machten einen Schritt auf den Gang hinaus. Der, den das Mädchen Alex genannt hatte, hielt Christian eine Faust mit nach oben gestrecktem Mittelfinger vor die Nase. „Weißt, was das ist, Alter?"

„Ein gebrochener Finger!" Ohne Vorwarnung riss Christian die rechte Hand hoch, packte den Finger, und eine energische Ellenbogendrehung nach außen erledigte den Rest.

Ein trockenes „Knacks," folgte und der Mann stieß einen wilden Schrei aus. Der andere starrte Christian mit offenem Mund an und steckte die rechte Hand in die Hosentasche.

Kalt sagte Christian: „Wenn du die Hand aus der Tasche nimmst, breche ich dir den Arm", und stand jetzt auch auf, Einmeterfünfundneunzig, einhundert Kilo, kein Gramm Fett und die Kälte in seiner Stimme war ein Versprechen.

Der Mann riss die Hand aus der Tasche und stieß sie mit etwas Blitzendem darin auf Christians Unterleib zu. Mühelos blockte Christian mit seinem Unterarm den Stoß, drehte sich blitzschnell mit der Schulter in den Mann hinein und stieß ruckartig seinen Ellenbogen nach hinten. Der Mann klappte zusammen wie ein Taschenmesser, prallte gegen eine Haltestange hinter ihm und rutschte daran zu Boden. Christian fuhr herum, krallte seine Pranke in die Haare des Mannes und riss ihn daran wieder hoch, ballte die rechte Hand zur Faust und schwang seinen ausgestreckten Arm wie einen Hammerstiel nach hinten.

Der Mann hatte jetzt Todesangst in seinen aufgerissenen Augen, das Tier in Christian sog sie auf und jubilierte, sein Blick verschwamm, er spannte die Muskeln ...

„Sind Sie wahnsinnig?"

Plötzlich hing das Mädchen an seinem ausgestreckten Arm und blockierte den nächsten Schlag. Er schaute verblüfft auf die Kleine, die sich mit allem, was sie hatte, an seinem Arm festkrallte.

Er schwankte und das lag weder an der fahrenden Straßenbahn noch an den lächerlichen vielleicht fünfzig Kilogramm des Mädchens, die er nicht einmal richtig erkennen konnte. Etwas wie ein dunkler Nebel trübte seinen Blick und er schüttelte seinen Kopf wie ein Boxer, der die Folgen eines Niederschlags vertreiben will.

Nach einigen Sekunden und einem tiefen Atemzug sah er wieder klar und blickte sich um. Alex saß auf dem Sitz, hielt sich den gebrochenen Finger mit der gesunden Hand und schluchzte still vor sich hin. Der andere Mann wand sich stöhnend am Boden und presste beide Hände auf seinen Unterleib.

Christian griff nach der Haltestange neben sich und knurrte: „Haut ab!"

Das Mädchen half Alex aufzustehen, dann zerrten sie den Dritten vom Boden hoch und drückten sich an Christian vorbei, als hätte er eine ansteckende Krankheit. Er hielt das Mädchen am Arm fest. „Du musst nicht mitgehen."

Sie fauchte ihn an: „Ich brauche Ihre Hilfe nicht, Mister! Gehen Sie mal zum Arzt, Sie sind ja völlig krank!"

Ein junges Mädchen sollte keine Augen haben, die schon so viel gesehen hatten. Die Türen schlossen sich hinter dem Trio und ein gedämpftes Geräusch ertönte, Leder schlug gegen Leder.

Er drehte den Kopf und sah in grüne, belustigt funkelnde Augen. Die Frau hatte den Dreien Platz gemacht, damit sie hinaustorkeln konnten, stand nun zwei Meter entfernt von ihm und klatschte ihre behandschuhten Hände gegeneinander. „Der grimmige Bär hat die Wölfe aus seinem Revier verjagt. Ich bin wirklich beeindruckt. Sie hatten einen schlechten Tag?"

Ihre Stimme klang wie ein Silberglöckchen im Nebel, hell und voller Herausforderung.

„Ich hatte schon Schlechtere." Es hatte keinen Grund gegeben, die Jugendlichen zu verletzen. Keiner von ihnen hieß Mettler.

„Ach, und was machen Sie dann? Werfen Sie mit Straßenbahnwaggons? Oder klettern Sie auf den Nordic-Tower und trommeln sich auf die Brust?"

Sie hatte ein ovales Gesicht mit leicht hervortretenden Jochbögen unter etwas schrägstehenden Augen und knallig rot geschminkte, nicht zu volle, aber schön geschwungene Lippen. Wenn sie lachte, musste sie umwerfend aussehen, trotz ihrer unnatürlich blassen Gesichtsfarbe. Sie lachte aber nicht, sondern musterte ihn mit funkelnden Augen von Kopf bis Fuß. Er grummelte: „Sehe ich aus wie King Kong?"

Sie legte ihren Kopf ein wenig schräg und schürzte die Lippen. „Nicht, wenn Sie sich rasieren. Dann könnte eine Frau wie ich sogar das Bedürfnis verspüren, sich an so einer breiten Brust anzulehnen."

Er war baff. Machte sie ihn etwa an? Aber auch wenn ihre Worte vielleicht eine Einladung darstellten – sie verströmte dabei eine gezierte Überlegenheit, an der er sich nur Frostbeulen holen konnte. „Das Bedürfnis verspüren" – welcher normale Mensch drückt sich so aus?

Und dann waren es ihre Sachen, die seinem Zorn neue Nahrung gaben. Er hatte keine Ahnung von Mode und hätte nicht zu sagen gewusst, in welchem Designerladen sie ihre Klamotten gekauft hatte, aber eines hätte auch ein Blinder mit Krückstock gesehen: Sie waren verdammt teuer und Christian hätte gewettet, dass der Preis ihrer Garderobe gereicht hätte, Schmidtke und seine beiden Töchter drei Monate gut leben zu lassen.

Er knurrte: „Ich frage mich, warum reiche Frauen nachts alleine Straßenbahn fahren. So ein Nervenkitzel kann auch mal nach hinten losgehen."

Das Funkeln in ihren mandelförmigen Augen schlug um in ein loderndes Feuer, dann warf sie mit einer Kopfbewegung, die seinen Zorn auf der Stelle verpuffen ließ, lachend ihre rote Mähne in den Nacken. „Vielleicht, um Männer wie Sie zu treffen?"

Die Bahn hielt und leise schwangen die Türen nach innen. Sie musterte ihn noch einmal mit einem seltsam hungrigen Blick von Kopf bis Fuß, trat dicht an ihn heran und sagte mit einer Stimme, die plötzlich viel tiefer und rauchiger klang als ihr Lachen eben: „Rufen Sie mich an, wenn Sie bessere Laune haben. Ich mag nicht nur Straßenbahnfahren."

Sie beugte sich vor, bis ihre Haare seine Haut kitzelten, und flüsterte in sein Ohr: „Und so hart wie Sie bin ich allemal. Natürlich nur, wenn Sie so etwas mögen."

Sie drehte sich um und schritt zum Ausgang, wendete aber in der Tür noch einmal ihren Kopf, schaute in sein Gesicht und quittierte Verblüffung darin mit einem lauten, herzhaften Lachen. Dann verschwand sie. Für einen Moment glaubte er noch, das Echo ihrer Schritte auf den Steinen des Gehwegs zu hören, dann schlossen sich die Türen der Bahn und er war allein.

Er blickte aus dem regennassen Fenster, und die Schwärze der Nacht dahinter zeigte sein Spiegelbild, einen Mann mit einem kantigen Gesicht und Bürstenhaarschnitt, Dreitagebart und Müdigkeit in eisblauen Augen. Er hatte keine Freundin. Frauen machten das Leben nur komplizierter, wollten sich bei ihm immer anlehnen und stellten zu viele Fragen. Wie Nicole. Bei wem sollte er sich anlehnen, und wer beantwortete seine Fragen?

Er zuckte die Schultern und vertrieb die Gedanken aus seinem Kopf. In dieser Welt ist alles möglich. Es gab alte Frauen mit sechzehn, die schon zu viel vom Leben gesehen hatten. Und es gab Frauen, die, egal wie alt sie waren, immer die vor Lebenslust und Witz sprühenden Augen einer Achtzehnjährigen behielten wie diese Frau eben. Auch wenn dahinter noch etwas anderes gewesen war, etwas, für das er keinen Namen hatte, doch er hatte es gefühlt. Ganz sicher.

An der nächsten Haltestelle stieg er aus und atmete tief die nach Regen und frisch gemähtem Gras duftende Nachtluft ein. Er musste nicht auf die Visitenkarte blicken, die er noch immer achtlos in der Hand hielt, um zu wissen, wer die Frau gewesen war. Er hatte es gefühlt, von dem Moment an, in dem sie in die Straßenbahn eingestiegen war. War es Zufall gewesen?

Wie groß war die Wahrscheinlichkeit, eine Frau, deren Foto man gesehen hat, ein paar Stunden später in der Straßenbahn zu treffen? Doch wenn es kein Zufall gewesen war, was war es dann gewesen?

Er dachte an die möglichen Konsequenzen, die ein Anruf bei ihr haben würde. Genauso, wie sie ihn eben überfahren hatte, würde sie sein Leben durcheinanderbringen, das Oberste zuunterst kehren, nichts würde mehr so sein wie bisher und sein Dasein würde im Chaos versinken.

Erst jetzt warf er einen Blick auf die Visitenkarte in seiner Hand und als wäre aus dem Nichts eine Mauer vor ihm aufgetaucht, blieb er stehen. Nichts weiter als ein in leuchtend roten Buchstaben auf schwarzes Plastik gedruckter Name und eine Telefonnummer sprangen ihm ins Gesicht: „Lady Marina".

Er griff zu seinem Handy. Es gab Dinge, die duldeten keinen Aufschub, sonst fielen sie einem irgendwann auf die Füße.

Fast sofort kam die Verbindung zustande, als hätte sie das Telefon in der Hand gehabt und auf seinen Anruf gewartet. „Sie sind also an der nächsten Haltestelle ausgestiegen. Fein. In zwei Minuten bin ich mit dem Wagen da. Der Platz neben mir ist noch frei."

„Ich eigne mich nicht als Beifahrer!"

„Haben Sie es denn schon einmal versucht?"

„Sie haben es nicht verstanden. Ich halte weder die Laterne, noch reiße ich die Eintrittskarten bei ihren Kunden ab oder agiere als ihr Beschützer. Vielleicht haben Sie ja mehr Erfolg bei ihrer nächsten Straßenbahnfahrt."

Bevor sie antworten konnte, unterbrach er die Verbindung. Er eilte durch die Nacht und dachte dabei an das, was Nicole über Mettlers Frau gesagt hatte: „Sie ist auf ihre Art viel gefährlicher, als es Mettler ist - und viel gefährdeter."

Hatte er eben einen Fehler gemacht?